THOMAS ERLE
Teufelskanzel

DIE WÄCHTER DER BERGE Der Kandel, sagenumwobener Schwarzwaldberg vor den Toren Freiburgs – angeblich tanzten hier einst die Hexen in der Walpurgisnacht. Am Morgen des Aschermittwochs wird am Fuße der Teufelskanzel die Leiche eines jungen Mannes gefunden. Die Polizei vermutet das tragische Ende eines Fasnetscherzes, aber die Nachforschungen bleiben ohne Ergebnis. Düstere Ahnungen lassen Lothar Kaltenbach an den Erklärungsversuchen zweifeln. Der Emmendinger Weinhändler und Musikliebhaber sieht dunkle Wolken über dem Schwarzwald aufziehen. Seltsame Vorkommnisse während der Beerdigung bestätigen seine Vermutungen.

Zusammen mit Luise, der rätselhaften Schwester des Toten, begibt er sich auf die Suche nach den wahren Hintergründen. Als es ein weiteres Opfer gibt, muss Kaltenbach erkennen, dass der Schwarzwald Geheimnisse birgt, die tief in die Vergangenheit zurückreichen ...

Thomas Erle, geboren 1952 in Schwetzingen, lebt seit 20 Jahren in Emmendingen bei Freiburg. Nach dem Studium begab er sich auf ausgedehnte Studienreisen durch Europa, Asien, die USA und Lateinamerika. Neben seiner Vorliebe für Musik, Literatur und gutem Wein widmet er viel Zeit der Erkundung des Schwarzwaldes und der angrenzenden Gebiete. 2011 wurde seine Kurzgeschichte »Der Zauberlehrling« für den Agatha-Christie-Krimipreis nominiert.

www.thomas-erle.de

THOMAS ERLE
Teufelskanzel
Kaltenbachs erster Fall

Personen und Handlung sind frei erfunden.
Ähnlichkeiten mit lebenden oder toten Personen
sind rein zufällig und nicht beabsichtigt.

Besuchen Sie uns im Internet:
www.gmeiner-verlag.de

© 2013 – Gmeiner-Verlag GmbH
Im Ehnried 5, 88605 Meßkirch
Telefon 07575/2095-0
info@gmeiner-verlag.de
Alle Rechte vorbehalten
3. Auflage 2013

Lektorat: René Stein
Herstellung: Julia Franze
Umschlaggestaltung: U.O.R.G. Lutz Eberle, Stuttgart
unter Verwendung eines Fotos von: © Stefan Arendt – Fotolia.com
Druck: GGP Media GmbH, Pößneck
Printed in Germany
ISBN 978-3-8392-1394-0

El sueño de la razón produce monstrous
Francisco de Goya

(Der Schlaf der Vernunft gebiert Ungeheuer)

PROLOG – ZWEI JAHRE ZUVOR

Das Tier in ihm lag ruhig, aber es lauerte. Er hatte es abgerichtet in all den Jahren. Abgerichtet darauf, dass es nur noch ihm gehorchen würde, ihm und sonst niemandem auf der Welt.

Keinem Sterblichen.

Der Mann mit den kurz geschnittenen Haaren und dem grauen Gesicht sah auf die Uhr. Das letzte Frühstück hatte er abgelehnt. Die letzte Wohltat der staatlich verordneten Gutmenschen um ihn herum, die sich anschickten, ihm mit aufmunternden ›Alles Gute‹-Worthülsen den Abschied zu erleichtern. Vielleicht meinten sie es wirklich so.

Er hatte sie von Beginn an verachtet, eine Verachtung, die sich von jenem Hass distanzierte, den andere, mindere Geister in einer solchen Situation entwickelt hätten. Nur ein gleichrangiger Gegner ist es wert, den Hass des Großen zu empfangen. Diese hier waren für ihn nur Würmer, weiße Maden, die in den Höhlen des hundert Jahre alten Baues herumkrochen, in den sie ihn gebracht hatten.

Er war nie aggressiv geworden, diesen Gefallen hatte er ihnen nicht getan, den Gelehrten, den Wissenden, den Herren und Deutungsaposteln des menschlichen Geistes. Sie wussten nichts über ihn. Niemals würde ein Geringerer einen Hochstehenden erkennen. Er hatte sich immer im Griff gehabt, die ganze Zeit über. Er hatte die Medikamente entgegengenommen und dann heimlich im Zimmerwaschbecken hinuntergespült, er hatte sich an den Gesprächen willig beteiligt, in denen sie versuchten, seine Seele zu erreichen und nach ihren Vorstellungen umzuformen. Es war genauso vergebens gewesen wie die Beschäftigungen am Nachmittag, die er in scheinbar kindlicher Einfalt vollzog. Er wurde zum Musterschüler, weil er selbst es so wollte.

Nie wieder sollte ein anderer über ihm stehen, nie wieder würde er sich das Gesetz des Handelns aus der Hand nehmen lassen.

Der Mann zwang sich zu einem letzten Händedruck, ehe er den Umschlag mit den Papieren entgegennahm und achtlos in die Tasche seines hellgrauen Mantels steckte. Als er das Büro verließ und die Schranke passierte, blickte er nicht ein einziges Mal zurück.

Er hatte keine weitere Zeit zu verlieren.

Aschermittwoch, 21. Februar

»Overhead the albatross hangs motionless upon the air ...«

Das Licht der frühen Morgensonne kroch durch die Fensterscheiben, fing sich in dem kleinen, orange gestreiften Teppich vor dem Bett und vermischte sich mit den getragenen Klängen von Pink Floyds Musik und dem sanften Gluckern eines 250-Liter-Aquariums.

Obwohl er bereits wach war, hielt Lothar Kaltenbach die Augen noch für eine Weile geschlossen. Er spürte, wie die Februarsonne ihren unverwechselbaren Vorfrühlingsoptimismus im Schlafzimmer ausbreitete. Die Helligkeit drang durch seine Lider und zwang ihn sanft, aber unerbittlich, sich von seinem Traum zu verabschieden und sich mit der Realität des Hier und Jetzt vertraut zu machen. Als er schließlich die Augen öffnete, hatte er die Begegnung mit den Wesen der Nacht bereits vergessen und genoss lediglich das Gefühl, dass sie angenehm gewesen war.

Seine Träume hatten sich spürbar verändert in diesem Jahr. Sie waren ruhiger und zusammenhängender geworden, ein Zeichen, dass nach seinem Verstand nun auch seine Seele den Abschied von Monika bewältigt hatte. Immer seltener kam dieses Gefühl der Einsamkeit, das ihn am Abend durch leere Straßen laufen ließ, vorbei an Häusern, die er nicht kannte und deren Klingelschilder unleserlich waren.

Kaltenbach wälzte sich zur Seite, um seine Augen besser an die Helligkeit zu gewöhnen. Das säuerlich riechende Glas neben dem Bett erinnerte ihn an gestern Abend. Der Spätburgunder war zwar kein herausragender Jahrgang, doch immerhin ein Produkt der hiesigen Winzer, die sich mit Stolz als Deutschlands beste Rotweinbauern bezeichneten. Ein Grund, weswegen er seit geraumer Zeit und etlichen Versuchen zu

Kaltenbachs Hauswein avanciert war, von dem er immer eine Flasche in der Küche stehen hatte.

Er blinzelte. Die Helligkeit am frühen Morgen war noch ungewohnt nach den langen trüben Tagen. Kaltenbach setzte sich auf die Bettkante und streifte seine Armbanduhr über. Es war kurz vor sieben. Er gähnte und streckte sich ausgiebig. In der Küche nahm er eine Henkeltasse aus dem Schrank über dem Herd, blies kurz hinein und stellte sie unter die Auslaufstutzen seiner nagelneuen ›DeLonghi‹. Er entschied sich für schwarzen Kaffee, drückte den Knopf und setzte sich an den Tisch. Die neue Maschine wirkte etwas deplatziert auf dem Buffet der mit alten Holzmöbeln stilvoll eingerichteten Küche. Doch Kaltenbach war mächtig stolz auf seine neueste Errungenschaft. Er hatte richtiggehend gespart darauf, was ihm wegen seiner ständigen Geldsorgen nicht einfach gefallen war. Heutzutage kostete eine gute Kaffeemaschine mehr als früher ein gebrauchter Kleinwagen. Doch bei solchen Entscheidungen gab es kein Überlegen. Ein guter Kaffee am Morgen gehörte neben dem Rotwein am Abend zu seinen Leidenschaften.

Während die Maschine dagegen leidenschaftslos vor sich hin ratterte, genoss er den einzigartigen Ausblick, der sich ihm von seinem Platz aus bot. Direkt vor dem kleinen Balkon, auf dem ein zerzauster Oleander tapfer der morgendlichen Kühle trotzte, lagen die Felder und Streuobstwiesen vom Emmendinger Stadtteil Maleck, wo Kaltenbach seit Jahren wohnte. In südöstlicher Richtung über dem Tal mit den Zaismatthöfen breitete sich der lang gestreckte Hügel des Hachbergs aus, auf dessen Kamm die stattliche Ruine der Hochburg thronte. Auf deren Söller flatterte deutlich sichtbar die badische Fahne im Morgenwind. Dahinter begann die Kette der Schwarzwälder Randberge mit dem Kandel. Obwohl dessen Westseite, die nach Maleck herüberschaute, noch in diffuses morgendliches Schattengrau gehüllt war, sah Kaltenbach, dass oben auf über 1.000 Meter noch Schneereste lagen. ›Der Glänzende‹, das war der Name, den ihm bereits die keltischen Siedler gegeben hatten.

Kaltenbach saß gerne hier und genoss diesen Ausblick, der Vergangenheit und Gegenwart zu einer großartigen Kulisse verschmolz. Bald würde es wieder so weit sein, dass er den Balkon benutzen konnte. Kaltenbach seufzte, als er vorsichtig den ersten Schluck des brühend heißen Kaffees versuchte. Er mochte den Winter nicht sonderlich. Seit er vor vielen Jahren den Wintersport in allen Formen aufgegeben hatte, gab es nichts mehr, was ihn an dieser Jahreszeit reizen konnte, weder die dicken Pullover und Jacken noch die matschbedeckten Straßen. Vor allem die endlos grau verhangenen Tage drückten ihm aufs Gemüt. Seit er wieder alleine lebte, hatte er das Lesen wiederentdeckt. Wenn es gerade keinen Krimi im Fernsehen gab, ging er öfter früh zu Bett und verlor sich in den magischen Welten lateinamerikanischer Autoren. Dort oben im Schwarzwald, wo an manchen Orten die Zeit verwunschen schien und uralte Geschichten unter Bäumen, Moos und Fels verborgen lagen, drehte sich die Zeit unendlich langsam, gerade wie in den schwülen, dumpfen Urwäldern Kolumbiens, in denen ein Autor wie García Márquez seine Erzählungen angesiedelt hatte. Die Einsamkeit der Jahrhunderte, in denen sich die Zeit dehnte, verformte und wiederholte.

Er stellte seine Tasse erneut unter die beiden Wasserdüsen und drückte den Startknopf. Im Schrank fand er noch einen Rest Baguette vom Vortag, aus dem Kühlschrank holte er Margarine und Frischkäse, strich beides darauf und biss halbherzig hinein. Mit dem Brot in der Hand lief er kauend zurück in das Zimmer. Er wischte die Krümel an seinen Fingern an der Schlafanzughose ab, hob den Plexiglasdeckel seines alten Dual-Plattenspielers, nahm vorsichtig die schwarze Vinylscheibe herunter und steckte sie zurück in die Hülle, auf der ein überdimensionales grünliches Ohr unter Wasser abgebildet war. Nach kurzem Überlegen griff er in die Reihen seiner stattlichen Plattensammlung, zog Cat Stevens hervor und senkte die Nadel in die Lücke vor ›Morning has broken‹, dem Lied, mit dem er schon Tausende Male den Morgen begonnen hatte. Während die ersten Gitarrenakkorde ertönten, öffnete er das Fenster. Dann lief er zurück in die Küche und setzte sich wieder an den Tisch.

Inzwischen war es kurz vor halb acht. Nach der zweiten Tasse war Kaltenbachs Müdigkeit einigermaßen vertrieben. Er zog sich den Morgenmantel über, stieg barfuß die knarrende Holztreppe hinunter und öffnete die Haustür. Was er sah, sah gut aus. Der Himmel war fast wolkenfrei und ein frischer, würziger Duft lag in der Luft. Die Schneeglöckchen im Vorgarten schienen es genauso zu sehen und reckten ihre Blüten mutig dem Morgen entgegen.

»Sali!« rief es vom Garten des Nachbarhauses herüber. Herr Gutjahr stand in voller Montur bereit für seinen täglichen Morgenspaziergang. Der Frührentner, der seit 40 Jahren mit seiner Frau in dem einfachen Bungalow gegenüber lebte, war zuckerkrank und hatte von seinem Arzt Bewegung an der frischen Luft verordnet bekommen, einen Ratschlag, den er gewissenhaft zweimal täglich befolgte.

Kaltenbach setzte sein Gute-Laune-Lächeln auf und grüßte zurück.

»Sali! Wie wird's hit?«

»Nit schlecht!«

Nach dieser erschöpfenden Auskunft zum Tageswetter holte Kaltenbach die Zeitung aus dem Briefkasten. Beim

Hochgehen überflog er die Schlagzeilen. Das Übliche – ein Tankerunfall vor der koreanischen Küste, ein Anschlag auf eine Botschaft in Islamabad, Parteiengezänk um Koalitionen und Steuererhöhungen. Kaltenbach fragte sich, wen dies überhaupt interessierte. Er selbst las außer dem Sport- und Kulturteil wenig, und für das Regionale hatte er die Nachbarn, vor allem Herrn Gutjahr und seine Frau. Eigentlich hätte er die Zeitung abbestellen können. Aber sie war inzwischen zur Gewohnheit geworden wie so vieles. Zu vieles.

Als er in die Küche zurückkam, war Cat Stevens inzwischen verstummt. Kaltenbach warf die Zeitung auf den Tisch und schlurfte ins Bad. Auf sechseinhalb Quadratmetern drängten sich eine Wanne, die kleine Waschmaschine, ein Waschbecken und die Duschkabine. All dies stellte in den 60er-Jahren, als Nachbar Gutjahr das Haus baute, durchaus eine Andeutung von Luxus dar. In der heutigen Zeit wirkte diese Enge altertümlich und schreckte jeden potenziellen Mieter ab, Käufer sowieso. Kaltenbach fand das beruhigend. Er war zufrieden und die Miete hielt sich in überschaubaren Grenzen.

Kaltenbach zog seinen Morgenmantel und seinen burgunderroten Schlafanzug aus, warf ihn in das Waschbecken und stellte sich unter die Dusche. Mit zusammengebissenen Zähnen ließ er die ersten, noch kalten Wasserstrahlen über seine Füße laufen. Mit zunehmender Erwärmung bezog er dann Waden, Beine und Bauch mit ein, ehe er sich mit undefinierbaren Ächz- und Stöhnlauten in sein Schicksal ergab. Er hängte den Brausekopf zurück in die Wandvorrichtung, schloss die Augen und hob sein Gesicht der sanften Massage entgegen.

20 Minuten später nahm er einen letzten Schluck Kaffee und zog sich rasch an. Er verschob das Fischefüttern, fand seine Handschuhe nicht und hastete zur Bushaltestelle.

Aschermittwoch, 21. Februar, nachmittags

Als Kaltenbach von dem Toten am Kandel erfuhr, hatte er eben gerade einen Abschluss getätigt, von dem er annehmen musste, dass er ihn noch tiefer in finanzielle Nöte stürzen würde. Zumal es auf das Monatsende zuging und der Umsatz in ›Kaltenbachs Weinkeller‹ im Emmendinger Westend in den letzten Tagen nicht eben gerade gut gelaufen war. Doch solche Überlegungen waren in den Hintergrund getreten angesichts der Gelegenheit, die sich unverhofft geboten hatte. Eine 124 Exemplare starke Sammlung Vinyl-Platten aus den 50er- und 60er-Jahren des vorigen Jahrhunderts.

Als er vor ein paar Tagen die Annonce im ›Emmendinger Tor‹, dem örtlichen Anzeigenblatt, gelesen hatte, hatte er sich zusammenreißen müssen, um nicht laut loszujubeln. Als der Student bei seinem Anruf dann noch seine Preisvorstellung genannt hatte, war Kaltenbachs einzige Sorge gewesen, der unbedarfte Jüngling würde es sich in letzter Minute anders überlegen.

Nun war das Geschäft unter Dach und Fach. Es war kurz nach fünf, der Feierabend in Sichtweite und Kaltenbach machte sich daran, seine neuen Schätze liebevoll vor sich auszubreiten. Es war eine kleine, feine Sammlung aus der Zeit, als Vinyl das gängige Musikmedium war und die Plattencoverdesigner noch viel Raum hatten und ihren kreativen Ideen freien Lauf lassen konnten. Kaltenbach hatte seinen ersten Plattenspieler bekommen, als er 14 war, und eine nagelneue, glänzende Neil-Young-Platte mit dazu. Er hatte sie hoch und runter gehört bis er alle Melodien und Texte auswendig konnte und seine Eltern am Rande des Nervenzusammenbruchs standen. Dass er sich kurz darauf eine Gitarre wünschte und einige Zeit später mithilfe aller Tanten und Onkel auch bekam, war nur folgerichtig. Seither bestimmte die Musik Kaltenbachs Leben. Seine Plattensammlung nahm in seiner Malecker Wohnung inzwischen eine ganze Zimmerwand ein.

Vor ihm auf dem Tisch lagen Platten von den Everley Brothers und den Beach Boys, von den Animals und von B. B. King, dem alten Bluesmeister, allesamt Erstausgaben und wenig gespielt. Die bestens erhaltenen Stücke ließen sein Herz höher schlagen. Er saß auf der Fensterbank und bewunderte die Schwarz-Weiß-Fotografien der jungen Beatmusiker mit ihren Topffrisuren, die in den 6oer-Jahren als Inbegriff der Verruchtheit und Aufsässigkeit verurteilt wurden, als hinter ihm die Glocke seiner Ladentür ihr lautes Gebimmel ertönen ließ. Unwillig drehte er sich um und schalt sich, dass er den Laden zur Feier des Tages früher hätte schließen sollen. Es war zu spät. Der Türeingang wurde von einer massigen Gestalt verfinstert. Die untere Hälfte zumindest. Erna Kölblin war, wie man hier in der Gegend liebevoll sagte, ein ›Mordswib‹, das heißt, in Größe, Breite und Tiefe etwa gleich, was ihr zusammen mit dem zeltartigen Kleid und ihren rollenden Bewegungen das Aussehen einer überdimensionalen Bowlingkugel verlieh.

Die füllige Dame im ewig besten Alter blieb einen Moment unter der Tür stehen und schnaufte hörbar. Dann ließ sie sich mit einem aus tiefster Seele hervordrängenden Seufzer in den bedenklich aussehenden Ohrensessel fallen, der in der Ecke neben dem Regal mit den Roséweinen stand. Die Federn quietschten verdächtig, doch zu Kaltenbachs Erleichterung hielt der alte Knecht stand.

Noch einmal seufzte sie ausgiebig, schüttelte dann den Kopf, zog ein winziges, zartblaues Spitzentaschentuch aus den Tiefen ihrer Strickjacke und putzte sich die Nase. Kaltenbach unterdrückte den aufkommenden Ärger, als er seinen

Gast erkannte. Stattdessen lächelte er, legte die Jethro-Tull-Platte auf den Stapel zu den übrigen und wartete gespannt, was kommen würde. Er wusste, dass seine Nachbarin aus dem Westend ihm etwas Wichtiges mitteilen würde, sobald sie wieder zu Atem gekommen war. Wie stets in so einem Fall hatte die Frau rote Bäckchen, die ihr das Aussehen eines schüchternen Backfisches verliehen, und das ihr, wie Kaltenbach fand, nicht schlecht stand. Doch etwas schien heute anders zu sein. Frau Kölblin wirkte ziemlich verstört.

»Horch, hesch es mitkriegt ...« Wieder nahm sie ihr Taschentuch und tupfte sich die Nase. »Also waisch ...«

Kaltenbach wartete.

»Nai, also sell isch ...«

Doch auch den dritten Versuch brach sie ab, schnaufte erneut und schüttelte den Kopf. Kaltenbach stand auf und legte ihr beruhigend die Hand auf die Schulter. Er kannte sie lange genug, um zu wissen, dass er ihr Zeit lassen musste. Heute schien es um mehr zu gehen als den üblichen Westendklatsch.

Vor ein paar Jahren hatte Kaltenbach den ehemaligen Laden in der Fußgängerzone übernommen und zu einer Weinhandlung umfunktioniert. Frau Kölblin war damals eine der ersten gewesen, die gekommen waren, zunächst nur aus Neugier. Doch dann hatte sie den schüchtern wirkenden ›jungen Mann‹, der damals Anfang dreißig war, unter ihre Fittiche genommen. Ihr verdankte Kaltenbach nicht nur eine lückenlose Aufzeichnung der Geschichte des Emmendinger Westends, seiner Häuser und seiner Bewohner, sondern auch, was für ihn wichtiger war, die Vermittlung von Kunden sowie ab und zu ein paar belegte Brote (›Dass ebbis wird üs dir!‹). Inzwischen lief Kaltenbachs Weinkeller ganz ordentlich, doch ihre Fürsorge war ihm erhalten geblieben.

Frau Kölblin war von Anfang an sicher, dass ein Ladenbesitzer, der täglich mit vielen Menschen zu tun hatte, eine vielversprechende Quelle für Neuigkeiten sei. Es störte sie nicht weiter, dass meist sie selbst es war, die etwas loswerden musste und wollte.

»Was ist denn los?«, versuchte er sie zu beruhigen. »Ist etwas passiert? Ein Unfall? Moment, ich hole etwas.«

Kaltenbach verschwand hinter einem Perlenvorhang, der hinter dem kleinen Verkaufsraum ein noch kleineres Hinterzimmer abtrennte. Nach kurzer Zeit kam er mit zwei Tassen Kaffee zurück, von denen er eine auf die umgedrehte Weinkiste stellte. Frau Kölblin nahm den Kaffee dankbar entgegen. Aus der hinteren Ecke schleppte er einen zweiten Sessel heran, setzte sich und versuchte es noch einmal. »Etwas Schlimmes?«

»Ebbis Schlimms?« Erna Kölblin richtete sich im Sessel auf, sodass sie beinahe ihre stattliche 151 Zentimeter Stehgröße erreichte. Ihre Augen blickten wirr.

»Ebbis Schlimms? Des hetts noch nie gä!« Sie betonte das ›nie‹ in einer Weise, die keinen Widerspruch erlaubte. »Sitt mirs denkt!«, fügte sie unmissverständlich hinzu.

Kaltenbach stellte seine Kaffeetasse ab, lehnte sich zurück und machte es sich auf seinem alten Sessel so bequem wie möglich. Er wusste, das könnte dauern. »Erzählen Sie!«, sagte er.

Eine knappe Viertelstunde später verabschiedete sich Frau Kölblin immer noch reichlich atemlos und sichtlich aufgeregt, um noch ›e paar wichtigi Sache‹ zu erledigen. Kaltenbach wusste, was das bedeutete. Schließlich war er nicht der Einzige, bei dem sie ihre Neuigkeiten loswerden musste. Wenn Erna Kölblin etwas wusste, erfuhr es innerhalb eines halben Tages garantiert die halbe Stadt. Zumindest das Westend.

Kaltenbach blieb einigermaßen verwirrt zurück. Natürlich

verstand er unter Nachbarschaft, dass man sich gegenseitig zuhörte, auch dass man immer wieder einmal über andere lästerte, das reinigte die Seele, war gut gegen Magengeschwüre und stärkte das Zusammengehörigkeitsgefühl. Das war eine der ersten Lektionen gewesen, die Kaltenbach gelernt hatte, als er sich damals entschlossen hatte, von Freiburg hierher zu ziehen und diesen Laden aufzumachen. Mit den Leuten reden und den Leuten zuhören. Was sich anderswo für jeden guten Wirt gehörte, war im Breisgau Gemütlichkeitskitt. Unter anderem.

Doch dieses Mal war etwas zurückgeblieben. Etwas von dem, was er von Frau Kölblin gehört hatte, ließ Kaltenbach aufhorchen. Ein unbestimmtes Gefühl setzte sich in ihm fest, das er nicht einordnen konnte.

Wenn er alles richtig verstanden hatte, war heute früh oben im Schwarzwald auf dem Kandel ein junger Mann im Narrenkostüm, dem Häs, wie man es hier nannte, tot aufgefunden worden. Er war mit seinem Freund in der Nacht hochgestiegen und dabei im Dunkel von der Teufelskanzel heruntergestürzt. Aus Emmendingen sei er gewesen, aber sie wisse noch nicht wer, und sein Freund sei aus Waldkirch. Der sei im Krankenhaus und man wisse noch nichts Genaues. Die ganze Angelegenheit sei sehr geheimnisvoll, denn man habe noch Reste eines Feuers entdeckt und ein zerbrochenes Kruzifix gefunden, und natürlich Blut, aber nicht nur unten an der Absturzstelle, sondern auch noch oben auf dem Felsen. Ihre Freundin Marianne meinte, die seien besoffen gewesen, und sie, Frau Kölblin, glaube eher an die Kandelhexen, aber nicht die von der Fasnet, sondern die echten, die dort oben rumspukten, vor allem an Fasnet, das müsse man doch wissen, wodurch sich nach Frau Kölblins Meinung die Lösung des Falles schon ergebe. Mit diesem vielsagenden Ausbruch von tief sitzendem Volksglauben hatte sie ihn zurückgelassen.

Kaltenbach sah durch sein Fenster eine junge Frau, deren kleiner Sohn mit wachsender Begeisterung auf einer Schneckenskulptur herumkletterte. Aus deren Maul speiste sich im Sommer Wasser für das Bächle, das vom Marktplatz her durch die Lammstraße plätscherte.

Düsterer Tod und unschuldiges Leben! Als regelmäßiger TV-Krimi-Seher konnte er nicht genug davon bekommen, diese menschlichen Urgewalten wieder und wieder aufeinanderprallen zu sehen. Auf der einen Seite das Böse, leicht erkennbar und doch unergründlich, zielgerichtet und trotzdem oft unberechenbar, auf der anderen Seite die unerschütterlichen Hüter der Gerechtigkeit, die mit derselben Energie und derselben Überzeugung das Gleichgewicht der Kräfte wiederherstellen mussten. Bei den TV-Krimis wetteiferte er gerne mit den Kommissaren um die Lösung eines Falles. Auf dem Bildschirm war es manchmal ganz schön kompliziert. Doch nach spätestens 90 Minuten hatten es die Ermittler geschafft, den Fall zu lösen. Das Drehbuch, die Regie und die vorgeschriebenen Zeitfenster der Fernsehanstalten verlangten das. Kaltenbach seufzte und wandte sich wieder dem Innenleben seines Ladens zu. Im richtigen Leben war es komplizierter. Es konnte Wochen und Monate dauern, bis es eine Lösung gab. Wenn überhaupt. Hier gab es keine Regie, die die Richtung vorgab. Oder etwa doch?

Zusammen mit den letzten Fahrgästen des Tages verließ Kaltenbach den Bus an der Endhaltestelle vor der ›Krone‹ in Maleck. Er winkte dem Busfahrer zu, der sich sichtlich auf seinen wohlverdienten Feierabend freute. Nach ein paar Schritten stand er vor seiner Haustür.

Nach diesem Tag war er zufrieden, wenigstens am Abend keine Hektik mehr zu haben. Im Kühlschrank fand er genau das, was er suchte und dazu brauchte. Er holte eine Schale mit eingelegten schwarzen Oliven hervor, dazu eine dicke Scheibe Schafskäse und zwei Tomaten. Dann sah er auf die Uhr. Es war noch eine halbe Stunde bis zum Tatort-Beginn. Heute gab es eine ältere Folge, die er aber noch nicht kannte.

Kaltenbach trug das Tablett in sein Wohnzimmer, stellte es neben dem Sofa auf einen kleinen Rattantisch und schaltete das Dritte Programm ein, wo gerade die Fanfare zur ›Landesschau‹ ertönte. Doch zuerst wollte er sich noch ein Glas Wein einschenken.

Auf dem Weg zur Küche hörte er im Hintergrund die Stimme des Sprechers. ›Wie bereits mehrfach gemeldet, wurde heute in den frühen Morgenstunden auf dem Gipfel des Kandel bei Waldkirch im Südschwarzwald die Leiche eines jungen Mannes gefunden …‹

Kaltenbach drehte sich um und rannte zurück zum Sofa. Die Bilder vom Kandelgipfel waren ihm vertraut, schließlich war er oft genug oben gewesen, zuletzt bei einer Vespatour mit seinem Stammtischkollegen Dieter Rieckmann im Spätherbst. Die TV-Aufnahmen gaben leider nicht viel her. Seit Tagen war es wolkenverhangen auf den schneebedeckten Höhen des Schwarzwaldes, sodass man nur wenige graue Schemen erkannte. Es gab ein paar Bilder vom Kandelfelsen, der im Volksmund ›Teufelskanzel‹ genannt wurde, ebenso von der Absturzstelle. Dazu ein kurzes Interview mit einem der Männer von der Bergwacht, die den Toten geborgen hatten. Am Ende wurde das Bild des Opfers eingeblendet, eines etwa 25-jährigen Mannes. Eine Reporterin bat die Zuschauer um Mithilfe bei der Identifizierung. Allgemein wurde ein tragischer Unfall angenommen. Leichtsinn am Fasnetsdienstag. Das war alles.

Während er anschließend mit halber Aufmerksamkeit die

Tagesschau verfolgte, schossen ihm nie zuvor gekannte Gedanken durch den Kopf. Da war ja etwas los im beschaulichen Südwesten! Nicht dass es zwischen Schwarzwald und Vogesen keine Verbrechen gab, das war es nicht. Es gab Diebstähle, Überfälle, Schmuggel, ja selbst Morde – wie überall sonst auch in der Republik. Freiburg stand sogar in der Kriminalitätsstatistik des Musterländles noch vor Stuttgart an oberster Stelle, wobei dies allerdings hauptsächlich auf die Einnahme verbotener Substanzen und die gefühlten 3.000 Radfahrer ohne Licht in den Einbahnstraßen zurückzuführen war.

Kaltenbach schenkte sich das erste Glas des Abends ein, ein gut temperierter Durbacher Roter. Er hob das Glas und betrachtete die funkelnde Farbe vor dem Licht der flackernden Mattscheibe. Dann hob er die Nase über die Öffnung und sog das vertraute Aroma ein. Jedes Glas Spätburgunder verkürzte ihm die Wartezeit auf den Frühling. Er nahm ein paar Tropfen in den Mund, ließ den Wein zwischen Gaumen, Zunge und Wangen hin und her gleiten und schluckte dann genießerisch. ›Sürpfle‹ war eines seiner Lieblingsworte der alemannischen Sprache. Selbst wer nicht wusste, was das hieß, konnte es allein am Klang erahnen. Außer ein Biertrinker vielleicht.

Kaltenbach hob das Glas erneut an die Lippen und nahm einen größeren Schluck. Ein findiger Drehbuchschreiber könnte daraus durchaus etwas machen. ›Tod am Teufelsfelsen!‹, warum nicht?

Er stellte sich innerlich die Eingangsszene vor, wie der Vollmond sein fahles Licht auf düstere Tannen warf und irgendwo auf dem Gipfel das Grauen wartete. Doch daraus würde nichts werden. Seit Jahren hatte sich Kaltenbach geärgert, dass sein geliebtes Südbaden in der Krimilandschaft äußerst stiefmütterlich behandelt wurde. Der Tatort bewegte sich auf der

Linie Ludwigshafen–Stuttgart–Konstanz und ließ südwestlich davon ein kriminalistisches Niemandsland. Vielleicht wegen der vielen Touristen, denen man ihren Urlaub nicht vermiesen wollte, vielleicht trauten die Autoren schlichtweg den Alemannen zu wenig Potenzial an Heimtücke zu. Selbst in Bad Tölz, Rosenheim und Kitzbühel schien mehr los zu sein.

Kaltenbach verwarf seine Gedanken und machte es sich bequem, während auf dem Bildschirm das vertraute Augenpaar in das vertraute Fadenkreuz genommen wurde. Heute waren mal wieder die Münchner dran. Er trank einen weiteren Schluck, stopfte eine dicke schwarze Olive hinterher und nahm sich vor, den Fall schneller zu lösen als die Spezialisten auf der Mattscheibe.

Donnerstag, 22. Februar

Die unruhigen Gedanken ließen Kaltenbach auch den nächsten Tag nicht los. Nicht einmal die Kundschaft verschaffte ihm ein wenig Abwechslung. Im ›Weinkeller‹ herrschte eine geradezu unnatürliche Betriebslosigkeit. Er stürzte sich in die ungeliebten routinemäßigen Arbeiten – Bestellungen und Abrechnungen überprüfen, von Kunden herausgezogene Flaschen mit dem Etikett nach vorn wieder einsortieren, Sonderangebotskisten neu zusammenstellen. Als gegen 11 Uhr der Briefträger kam und ihm einen Stapel Umschläge in die Hand drückte, war dies keineswegs die Abwechslung, die er gebraucht hätte.

»Hesch es ghert, obe am Kandel …«

»Ja, der Tote. Soll ein Unfall gewesen sein«, antwortete Kaltenbach einigermaßen höflich.

»Seller isch vu Ämmedinge gsi. E Student!«

So wie er es sagte, erwartete der Briefträger eine wohlwollende Bestätigung für diese Nachricht, deren Verbreitung er sich an diesem Morgen offenbar zur Aufgabe gemacht hatte.

Kaltenbach wusste um die Wichtigkeit eines wohlgesonnenen Postbeamten, und so entspann sich ein kurzer Dialog darüber, wie überrascht man sei, und dass man das doch eher von einem Auswärtigen gedacht hätte, und na ja, es war eben ein Student, und allein diese Eigenschaft war schon grenzwertig in den Augen unbescholtener Bürger. Zu Kaltenbachs Erleichterung schien dem Briefträger dies zu genügen. Er nickte sichtlich befriedigt und war kurz darauf wieder verschwunden.

Am frühen Nachmittag hängte Kaltenbach das ›Geschlossen‹-Schild hinter die Eingangstür und fuhr mit dem Stadtbus zurück nach Maleck. Es war ihm klar geworden, dass er dabei sein musste. Vor Ort. Er musste dieses Ereignis sehen, spüren, erfahren. Ohne Verzögerung. Die innere Stimme ließ sich nicht mehr unterdrücken.

Gegen halb drei stellte er seine silbergraue Vespa auf dem großen Parkplatz auf dem Kandelpass ab. Er verschloss den Helm in der Kofferbox, seine Wollmütze, die er während der Fahrt darunter getragen hatte, behielt er auf. Unten im Elztal war das Rollerfahren in der letzten Februarwoche einigermaßen auszuhalten. Der Asphalt war trocken und Kaltenbach hatte mit dem Fahren keine Mühe. Doch spätestens auf dem Anstieg am Gasthof in Altersbach, wo die schmale Straße unter das Dunkel der großen Fichten eintauchte, wurde es kalt. Im oberen Teil verdichteten sich die vereinzelten Schnee- und Eisreste am Straßenrand zu einem schmutzig grauen Saum, der Kaltenbach bis zur Baumgrenze begleitete und sich auf dem Passsattel zu großen, zusammenhängenden Schneeinseln ausbreitete.

Auf über 1.200 Metern Höhe war es empfindlich kalt. Der Himmel hielt sich bedeckt, und ein böiger Wind frischte in unregelmäßigen Abständen auf. Bis zur Teufelskanzel war es ein gutes Stück zu laufen. Hinter dem Parkplatz musste er zunächst an dem leer stehenden ehemaligen Kandel-Hotel vorbei. Es zeigte an den oberen Fenstern immer noch die schwarzen Rußreste des einige Jahre zurückliegenden Brandes und wartete seither sehnlichst auf einen Investor, der ihm wieder zu altem Glanz verhelfen würde. Kaltenbach war immer gern hier gewesen, hatte in dem geräumigen Wintergarten zur Westseite hin vor dem allzeit blasenden Kandelwind Schutz gesucht und bei einer dampfenden Schale Gulaschsuppe den Drachenfliegern zugeschaut, die direkt hinter dem Haus ihre Startrampe hatten. Doch die Küche blieb seit Jahren kalt und für die Drachenflieger war es noch zu früh im Jahr.

Hinter der verschneiten Hotelterrasse zweigte der Fußweg ab hinunter zu dem spektakulären Felssturz unterhalb des eigentlichen Gipfels. Zum Glück hatte er daran gedacht, seine gefütterten Lederstiefel anzuziehen, sodass seine Socken einigermaßen trocken bleiben würden. Auch sonst war es weniger anstrengend, als er befürchtet hatte. Offenbar hatten seit gestern noch andere dieselbe Idee gehabt, denn der Weg war ziemlich ausgetreten. Unter dem Schutz der tief herabhängenden Äste kam er gut voran.

Nach einer Viertelstunde sah er im Halbdunkel der Baumstämme vor sich etwas Rotes schimmern. Ein paar Schritte weiter hörte er vereinzelte Stimmen, deren undeutliches Gemisch sich seltsam fremd in der verschneiten Stille des Waldes ausbreitete. Beim Näherkommen entpuppte sich das farbige Geflatter als Teil des wohlbekannten rot-weiß gestreiften Absperrbandes, das in abenteuerlichen Windungen um Stämme, Büsche und Baumstümpfe geschlungen war. Direkt am Ende des Weges standen zwei dick in Winterjacken, Handschuhe und Schals eingehüllte Polizisten, die der undankbaren Aufgabe nachkommen mussten, die Neugierigen vom Ort des Geschehens fernzuhalten. Etwa 20 Sensationshungrige drängten sich auf der engen Lichtung oberhalb des Felsens, der von hier aus steil nach unten abfiel. Kameras wurden in allen möglichen Körperverrenkungen in Stellung gebracht, Thermosflaschen, aus deren Öffnung der heiße Dampf aufstieg, machten die Runde. Einige sprachen wild gestikulierend in ihr Handy. Ein Fernsehteam von TV Südbaden versuchte, das spärlicher werdende Tageslicht für ihre Aufnahmen zu nutzen, während zwei Zeitungsreporter abwechselnd die beiden Polizisten, die Umstehenden und sich gegenseitig befragten.

»Jetzt seid doch vernünftig, Leute«, hörte man den größeren der beiden Polizisten zum wiederholten Mal seine Stimme erheben. »Ihr dürft hier nicht weiter!« Sein Kollege baute sich derweil unmissverständlich vor der drängenden Meute auf. Sofort erhob sich ein forderndes Durcheinander verschiedener Stimmen.

»Nur *ein* Foto von der Absturzstelle, das ist doch nicht zu viel verlangt!«

»Pure Schikane, was willst du denn von den Bullen anderes erwarten!«

»Es soll hier Blutflecken geben! Wo ist das Kruzifix?«

»Guter Mann, wir sind vom Fernsehen. Sie werden doch nicht unseren Zuschauern das Recht auf Informationen verweigern?«

»Ich war schon hier oben, da warst du noch nicht mal in der Planung!«

»Bürokraten! Dickschädel!«

Die beiden Polizisten ließen sämtliche Wünsche und Wertschätzungen an ihrer stoischen Dickfelligkeit abprallen. Es blieb ihnen auch gar nichts weiter übrig. Der Unfallort musste gesichert werden, so lauteten ihre Anweisungen. Offenbar waren die Ermittlungen noch nicht abgeschlossen.

»Kommt morgen wieder, ab morgen früh ist die Unfallstelle freigegeben!« Mit diesem Schlussappell gab der Große ein eindeutiges Zeichen, dass er nicht weiter zu diskutieren bereit war. Die beiden nickten sich zu. Bis es dunkel wäre, mussten sie aushalten, spätestens dann würde die Meute frierend nach Hause gehen.

Kaltenbach hatte nicht damit gerechnet, an diesem Ort noch weitere Menschen anzutreffen. Diese jahrmarktähnlichen Szenen standen in völligem Gegensatz zu der Stimmung, mit der er heraufgekommen war. Für einen Moment spielte er mit dem Gedanken, umzukehren, nach Hause ins Warme zu flüchten und das Ganze zu vergessen. Unschlüssig trat er von einem Fuß auf den anderen und schlug die Hände mit den Handschuhen aneinander, denn die Kälte wurde allmählich unangenehm. Dann hatte er eine Idee.

Zur Talseite gab es neben dem Felsen einen Pfad, auf dem im Sommer die Wanderer aus dem Elztal heraufkamen. Normalerweise war er um diese Zeit unpassierbar. Doch Kaltenbach sah, dass der Weg immerhin so weit ausgetreten war, dass er ihn benutzen konnte.

Bereits nach wenigen Schritten verklang das Stimmengewirr. Die meisten Menschen wollten nur sehen, was sie wussten, dachte er. Und jeder machte am liebsten, was alle machten. Herdentrieb. Was war es, was die beiden jungen Männer in jener Nacht hier oben wollten? Ob sie sich gegenseitig angestachelt hatten, als sie am Abend mit ihren Kumpels beim Fasnetstreiben waren? Oder ging es um eine Wette? Ein Mädchen vielleicht? Alkohol? Für einen der beiden war der Preis des Andersseins der Tod.

Kaltenbach musste stehen bleiben und sich an einem Baum festhalten. Obwohl er viele Jahre hier wohnte, war er erst vor zwei Jahren zum ersten Mal hier oben an dem imposanten Felsabbruch gewesen. Mit Unbehagen erinnerte er sich an die Angst, die ihn überwältigt hatte, als er oben zwischen den beiden Felsen gestanden und hinunter ins Elztal geschaut hatte. Die Angst vor der Höhe war an ihn herangeschlichen, seit er die 30 überschritten hatte. Eine Angst, die ihm die Kehle zuschnürte und kalten Schweiß über den Rücken trieb.

Meter um Meter stolperte er vorwärts. Die Baumstämme um ihn herum bildeten einen unüberschaubaren Stangenwald, endlos in seiner Ausdehnung und ohne Orientierung für das Auge. Die letzten spärlichen Sonnenstrahlen kämpften sich eben durch die tief hängenden Wedel der mächtigen Fichten am Westhang des Berges. Mühsam krempelte er den Jackenärmel hoch, um auf die Uhr sehen zu können.

Es war kurz vor fünf. Ein paar Schritte weiter konnte er endlich den unteren Teil des Abbruchs sehen, dessen Fuß mit wild durcheinander gewürfelten Fels- und Steinbrocken übersät war. Erst vor wenigen Jahren war ein beträchtlicher Teil des Überhangs, der dem Felsen sein typisches Aussehen verliehen hatte, in einer Nacht abgebrochen und heruntergestürzt. Allein der Gedanke ließ Kaltenbach erneut schwindeln. Doch dieses Mal ging es schnell vorüber, zumal er inmitten der schneebedeckten Geröllhaufen jemanden umherklettern sah. Den Bewegungen nach zu schließen schien es eine Frau zu sein. Sie war dick eingemummt in eine gefütterte helle Jacke, dazu trug sie eine Art Skihose und Pelzstiefel. Auf dem Kopf hatte sie eine hellbraune Inka-Mütze, wie Kaltenbach sie von früher aus seinen Studententagen kannte.

Die Frau schien etwas zu suchen. Sie kletterte zwischen den verschneiten Felsbrocken herum, wobei sie mehr als einmal abglitt und sichtlich Mühe hatte, festen Tritt zu finden. Dazwischen blickte sie immer wieder nach oben zum Rand der Felskanzel, den Kaltenbach von seinem Platz aus nicht sehen konnte. Kurze Zeit später hatte die Frau offenbar gefunden, was sie suchte. Sie beugte sich herab und fuhr mit der Hand über den Schnee, ein zwei Mal, wie ein Streicheln. Dann stand sie wieder auf und verharrte, die Hände in den Jackentaschen vergraben, den Kopf gesenkt.

Kaltenbach war verblüfft. Wer war diese Frau? Und wie war sie dorthin gekommen? Vor allem, was wollte sie? Konnte sie von der Bergwacht sein oder von der Polizei? Vielleicht kam sie gar nicht wegen des Unglücks, sondern wegen des Toten.

Im selben Moment hatte Kaltenbach das Gefühl, etwas Verbotenes zu tun. Wie heimlich durch ein Fenster das Leben eines fremden Menschen zu beobachten. Er wagte kaum, sich zu bewegen, um den seltsamen Zauber des Bildes nicht zu zerstören.

Der Anblick der Frau, die noch immer regungslos dastand, ließ ihn nicht los. Erst als es von den Füßen kalt heraufzog, kam er wieder zu sich. Er spürte, dass ihm das linke Bein eingeschlafen war und verlagerte das Gewicht auf die andere Seite. Dabei trat er in einen unter dem verharschten Schnee verborgenen Hohlraum und rutschte ab. Im selben Moment durchzuckte ein heftiger Schmerz sein Knie. Er musste seine ganze Beherrschung aufwenden, um nicht laut aufzuschreien. Mit Schmerz verzerrtem Gesicht versuchte er, die Balance wiederzufinden, rutschte jedoch weiter, verlor vollends das Gleichgewicht und fiel rückwärts in den Schnee wie ein nasser Sack.

Im ersten Moment befürchtete er, dass ihn die Frau gehört hatte. Er wusste nicht, was ihm unangenehmer war – das heimliche Beobachten einer Fremden oder die groteske Stellung, in die er sich manövriert hatte. Einige Sekunden blieb er regungslos liegen. Dann merkte er, dass es gar nicht einfach war, wieder hochzukommen. Für einen Moment schoss es ihm siedend heiß durch den Kopf, dass keiner von seiner Gegenwart hier wusste. Niemand hatte ihn den Weg herunterklettern sehen.

Vor etlichen Jahren war eine englische Schulklasse mit ihrem Lehrer unterhalb des Schauinslandgipfels bei Freiburg vom Weg abgekommen, hatte sich verstiegen und in einem plötzlich aufkommenden Schneesturm nicht mehr nach Hause gefunden. Einige waren in der Nacht erfroren, andere trugen schwere Schäden davon. Als die Vermissten schließlich geborgen worden waren, wurde das Entsetzen über diesen tragischen Vorfall noch überschattet von der furchtbaren Erkenntnis, dass der rettende Pfad nur wenige Meter von der Gruppe entfernt gewesen war. Kaltenbach war selbst einmal am ›Engländerdenkmal‹ gewesen, das bis heute die Erinnerung wachhielt. Wie viele andere hatte auch er, als er zum ersten Mal von der Geschichte gehört hatte, dies auf die scheinbare Ignoranz ausländischer Touristen abgeschoben, denselben, die in ihrer Heimat noch nie von Winterreifen oder Schneeketten gehört hatten und die regelmäßig im Winter mit ihren liegen gebliebenen Wohnwagenzügen und Lkw die Straßen um Feldberg und Belchen blockierten.

Er musste Ruhe bewahren. Es war inzwischen merklich dunkler geworden, die Schatten des Waldes hatten sich zu einer zusammenhängenden, schattenwerfenden Decke vereint. Es wurde empfindlich kalt. Er versuchte, den Schmerz in seinem Knie zu ignorieren, und ruckte vorsichtig hin und her, bis es ihm gelang, seine Schulter ein wenig anzuheben. Nach weiteren schmerzhaften Versuchen bekam er seinen rechten Arm frei, sodass er den dünnen Stamm einer jungen Esche packen konnte. Er schloss die Augen und hoffte inständig, dass das Holz sein Gewicht aushalten würde, und zog sich keuchend Zentimeter für Zentimeter hoch, bis er sich endgültig hochgestemmt hatte.

Mit keuchendem Atem und heftigem Herzklopfen lehnte er sich an einen Baum, bis er wieder zu Kräften kam. Dann kletterte er auf allen vieren die wenigen Meter hoch zu dem Weg, von dem er abgerutscht war.

Als er wieder sicheren Tritt unter den Füßen hatte, schüttelte er den Schnee aus seinen Haaren und klopfte Jacke und Hose ab. Das Knie schmerzte höllisch, doch er biss die Zähne zusammen. Er musste sich beeilen, nach oben zu kommen, solange er noch ein bisschen sehen konnte.

Die Sonne verschwand rasch hinter den aufziehenden dicken grauen Wolken, der Tag hüllte sich in das traurige Grau des Februarabends. Tief unten im Waldkircher Tal flammten die Straßenlaternen auf, in einzelnen Häusern brannte das Licht. Die Silhouette der Kastelburg war in der aufziehenden Dämmerung bereits kaum mehr zu erkennen.

Er sah noch einmal zurück zu dem Felsabhang. Die Geröllbrocken hatten ihre Konturen verloren, alles lag still. Die Frau war verschwunden. Dort, wo sie gestanden hatte, flackerte der winzige Lichtschein einer Kerze.

Freitag, 23. Februar

»Der Walter, der wird 60 heut, da kommen zum Gratulieren alle Leut!«

»Ach nein, das schreiben doch alle. Hab ich schon hundertmal gelesen. Es muss was Originelles sein. Pass auf, wie wäre es damit: ›60 werden ist nicht schwer, für den Walter aber sehr!‹«

»Ist zu pessimistisch.«

»Na und? 60 ist 60. Früher hat der auch ›Trau keinem über 30!‹ verkündet. Jetzt hat er selber schon das Doppelte. Lothar, sag doch auch mal was! Du bist doch unser Dichter, du kannst das doch.«

Kaltenbach hatte bisher nur wenig beigetragen. Dabei waren die Stammtisch-Kumpels früher als gewohnt zusammengekommen, um Walter Macks Geburtstag am nächsten Wochenende vorzuplanen. Markus hatte eine der üblichen hiesigen Zeitungsannoncen vorgeschlagen, an der sie sich nun bereits seit über einer halben Stunde abmühten. Der Hinweis auf den Dichter war Kaltenbach peinlich. Bei einer ihrer vielen Stammtischrunden hatte er sich dazu hinreißen lassen, von seinen lyrischen Versuchen zu erzählen. Seither hatte er seinen Titel weg.

»Ich muss noch was trinken, sonst wird das nichts.« Dieter gab mit seinem leeren Glas ein Zeichen zum Tresen hinüber. Markus tat es ihm nach, und im nächsten Moment waren beide wieder beschäftigt, die gut gemeinten Glückwünsche an den ersten Sechziger in ihrer Runde in Worte zu fassen. Trotz Kaltenbachs Bedenken hatten beide darauf bestanden, das Ganze in Reimform zu halten.

»Du bist jetzt cool und nicht mehr lechzig, deine Jahre zählen 60 …«

Die meiste Zeit hatte er nur mit halbem Ohr zugehört. Das Erlebnis auf dem Kandel beschäftigte ihn weit mehr, als er gedacht hatte. Es war weniger das schmerzende Knie, das ihn seither zu einem langsameren Gang zwang und das Markus und Dieter gleich mit entsprechenden Kommentaren bedacht hatten. Heute morgen waren wieder die Gedanken an den Toten gekommen. Er spürte, dass es da etwas gab, was ihn tief berührte. Es war wie ein fernes Rufen, das er noch nicht entziffern konnte. Und da war diese Frau.

»Eine Schorle sauer, ein Bitter Lemon.« Evangelos, der bezopfte Kellner, stellte die gewünschten Getränke vor den beiden auf, nickte vielsagend mit dem Kopf in ihre Richtung und grinste Kaltenbach zu, ehe er sich nach hinten verzog.

»Es ist verflixt kompliziert, warum reimt sich denn nichts auf 60?«

»Dann nehmen wir eben ›60 Jahre‹! Pass auf: ›Der Walter wird heut 60 Jahre, und nicht mehr lange, dann liegt er auf der Bahre!‹«

Prustendes Gelächter.

Je mehr sich die beiden in ihre Knittelverse à la Hans Sachs hineinsteigerten, desto weniger Lust hatte Kaltenbach, sich zu beteiligen. Vielleicht hatten sie ja recht. Es gab viele Rituale der Milderung, mit denen die Menschen versuchten, das Älterwerden und die Unabänderlichkeit des Todes zu kompensieren, sei es durch die jährliche Erinnerung an die Geburt.

Er nippte an seinem Gutedel. Das Leben war ohne Veränderung nicht denkbar, obwohl es Zeiten gab, in denen er sich sehnlichst gewünscht hatte, dass es niemals anders werden möge. Er drehte sein Glas zwischen den Fingern und betrachtete versonnen die Wandmalereien in der gegenüberliegenden Essnische des griechischen Lokals. Eine blutrote Sonne erhob sich über einem türkisfarbenen Meer und beschien ein weiß gekalktes Häuschen mit flachem Dach, das aus einem sattgrünen Zypressenhain hervorlugte. Das pralle Leben, eine kitschige Reminiszenz an das Land der immer währenden Jugend.

Et in arcadia ego. Was wäre gewesen, wenn er der unendlich verliebte Jüngling geblieben wäre? Die ewigen Freuden – wenn es sie gäbe, wäre kein Platz für anderes. Alles wäre endgültig. Fertig.

›Wer sein Ziel erreicht, ist tot‹, hatte einst ein einfacher schottischer Fischer gesagt, als sie am Abend in einem Pub in der Nähe von Edinburgh zusammen ein Bier getrunken hatten. Kaltenbach hatte es nicht verstanden, damals, während der ausgedehnten Reise durch Schottland mit all seinen kühnen Plänen im Rucksack. Er würde einen tollen Beruf haben, der ihn forderte und befriedigte, er würde genug Geld verdienen, um sich all seine Wünsche erlauben zu können. Und er würde mit der Frau an seiner Seite, die er erst wenige Monate zuvor kennengelernt hatte, all dies erleben. Sie würden eine gemeinsame Zukunft bauen, und alles würde immer schön sein.

»Wer 60 ist, ist noch nicht weise, drum mach dich weiter auf die Reise ...«

Die Menschen verhielten sich in jungen Jahren wie Siddhartha, der indische Prinz, der Krankheit, Alter und Tod nicht kannte. Vielleicht musste es so sein, dachte Kaltenbach, vielleicht mussten Ungestüm und Illusion uns begleiten und vorwärtstreiben. War es nicht das tragische Schicksal des Menschen, dass – anders als sein Leib, den die Biologie ohne unser Zutun aufbaute – die Weisheit ein Gut war, das er selbst erwerben musste?

Er dachte an die beiden Hästräger, von denen einer jetzt in der kalten Leichenhalle aufgebahrt lag und der andere versuchte, das alles zu begreifen. Sie wollten wissen, wie es wäre, in der Nacht zum Aschermittwoch auf dem Großen Kandelfelsen zu stehen. Also hatten sie es getan. Die Bedenken blieben bei den Alten unten im Tal. Die Alten verstanden das nicht. Wer sein Ziel erreichte, war tot.

Einer hatte es erreicht.

»60 Jahr' wird unser Walter, er macht sich gut für dieses Alter!«

Kaltenbach war erleichtert, als Walter pünktlich zur gewohnten Zeit um halb neun kam. Er warf seine abgewetzte Lederjacke auf die Sitzbank und setzte sich auf die Eckbank.

Walter war deutlich älter als die anderen drei, doch das tat ihrer Freundschaft keinen Abbruch. Neben Frau Kölblin war er es gewesen, der ihn damals in die Emmendinger Szene eingeführt und seine unzähligen Kontakte mit ihm geteilt hatte.

Dieter ließ die Zettel mit den Gedichten unauffällig in seiner Tasche verschwinden und wechselte das Thema. »Also, vor allem diesen einen Song finde ich klasse, dieses ›Bam-da-dammbam-da, bam-da-damm ...‹«

»Wie heißt der?«, unterbrach ihn Markus geistesgegenwärtig.

»Keine Ahnung, hab ich erst vorgestern gehört. ›Kopfhörer‹ auf SWR1.« Der Hinweis auf die Aktualität der Musik war ein geschickter Schachzug, denn den ganzen ›modernen Mist‹ lehnte Walter kategorisch ab. Er schwor auf Irische Folklore und Degenhardt.

»Hab ich was verpasst?«

Markus war froh, das Thema nicht vertiefen zu müssen. »Nö«, sagte er rasch und blinzelte Kaltenbach zu. »Wir sind noch in der Aufwärmphase.« Beide lachten. Die vier waren seit Jahren ein eingespieltes Team, das keine Geheimnisse voreinander hatte. Es sei denn, es ging darum, den anderen zu überraschen. Oder auf die Schippe zu nehmen.

Wie gewohnt hielt sich Walter nicht lange mit Vorreden auf. »Springt da einer vom Kandelfelsen! Darauf muss man ja erst mal kommen. Nachts und in der Kälte.« Er krempelte die Ärmel seines schwarzen Rollkragenpullis hoch und legte die Ellbogen breit auf den Tisch. »Und dann noch in dieser Hexenverkleidung. Ich denke, der Typ ist nicht ganz dicht.«

Evangelos brachte die Halbe an den Tisch, die Walter beim Hereinkommen am Tresen bestellt hatte. Er hob seinen Daumen, um sich zu bedanken, und nahm sofort einen tiefen Schluck, dem ein genießerisches »Aaah!« folgte.

»Was meint er?« Markus schaute verwirrt in die Runde.

»Liest du keine Zeitung?« Dieter schüttelte den Kopf. »Da ist einer vom Kandel runtergestürzt, tot. Kam sogar im Fernsehen.«

»Das war Selbstmord, ganz klar.« Walter stellte das halb ausgetrunkene Glas zurück auf den Bierdeckel und wischte sich den Schaum vom Mund. »Das wollen die bloß nicht zugeben, ist schlecht fürs Touristenimage. Der glückliche Breisgau!« Er richtete sich auf und hob seine Stimme ins Theatralische: »Wohnen, wo andere Urlaub machen!« Er grinste süffisant. »Da kann man keine negativen Schlagzeilen brauchen.«

Kaltenbach dachte an die Sensationshungrigen, die ihn schon gestern Mittag an der Absturzstelle angewidert hatten. Er wandte sich an Dieter, der ihm direkt gegenüber saß. »Du bist doch unser Pragmatiker. Es hieß, es sei ein Unfall, oder?«

»Klar, ein Unfall. Stand jedenfalls so in der Zeitung. So hat es die Bergwacht gesagt.«

»Typisch Beamter, glaubt natürlich alles, was die Presse schreibt. Die stecken doch alle unter einer Decke. Das war Selbstmord!« Walter blähte die alten Klassenkampfnüstern. »Allein schon wegen des Kruzifixes. Der hat das alles arrangiert, und sein Kumpel hat ihm geholfen.«

»Vielleicht war es ja der andere. Der hat ihn runtergeschmissen und will nur ablenken.«

»Stimmt, das könnte Eifersucht gewesen sein. Die sind hinter demselben Mädchen her, ein kleiner Stoß mit dem Ellbogen und schon bist du den Konkurrenten los.«

Sofort war eine heftige Diskussion im Gang.

»Komische Logik. Die können sich nicht ausstehen und klettern gerade zu zweit nachts dort hoch.«

»Warum nicht, vielleicht wusste der andere ja noch gar nichts davon?«

»Unser Romantiker. Das klingt alles ganz schön abgedreht. Für mich bleibt das ein Unfall. Die waren besoffen und haben Blödsinn gemacht.«

Markus beugte sich vor. »Ich erzähl euch jetzt mal etwas, was nicht in der Zeitung steht. Hab ich von einem ZFP-Kollegen, aus der Psychiatrie. Der andere ist seither bei uns in Behandlung. Und der redet die ganze Zeit vom Teufel, den er auf dem Felsen gesehen hat.«

Jetzt ging es erst richtig los.

»Was meint er mit ›Teufel‹?«

»Na, der Teufel eben. Er sei furchterregend gewesen und auf sie losgegangen. Und er habe es mit der Angst bekommen und sei gleich weggelaufen.«

»Wie hat er denn ausgesehen? Was hat er angehabt?«

»Hörner wahrscheinlich! Und einen Kuhfuß!«

»Ich weiß nicht mehr als das, und das auch nur über zwei, drei Ecken. Was man halt so hört. Aber den hat's ganz schön erwischt. Nicht mal die Polizei darf ihn sehen.«

Dieter versuchte, die anderen zu beruhigen. »Aber das sind doch alles wilde Spekulationen.«

»Und was ist mit diesem Kruzifix?«

»Wenn es überhaupt dazu gehört!«

»Natürlich gehört es dazu. Ich weiß gar nicht, was ihr wollt. Für mich ist die Sache völlig klar. Der ist mit dem Kreuz in der Hand runtergesprungen. Wahrscheinlich hat er noch gesungen ›Näher mein Gott zu dir!‹«

»Klingt nach Selbstmordattentäter ohne Attentat.«

»Verbietet nicht die Kirche den Selbstmord? Der war doch bestimmt evangelisch, wenn er aus Emmendingen kommt.«

»Und recht haben sie. Da hat ihn der Teufel gleich mitgenommen!«

Unter normalen Umständen hätte Kaltenbach an einer Diskussion wie dieser gerne mitgemacht. Heute war ihm nicht danach. Im Gegenteil. Die Spekulationen und Witzeleien waren ihm unangenehm. »Jetzt mal langsam. Ich finde das furchtbar, was da passiert ist, und ihr macht blöde Witze!«

»Was heißt da ›ihr‹? Ist doch wieder typischer Alt-68er. Nichts ist denen heilig. Außer der Maobibel.«

Walter knurrte: »Wenn du nicht brav bist, kriegst du am Samstag kein Guinness!«

Wie auf ein Signal lachten alle los und prosteten sich zu. Kaltenbach war erleichtert. Evangelos bekam Arbeit und mit einem erneuten raschen Themenwechsel machte man sich an die gemeinsamen Planungen zu Walters 60.

Kurz vor eins fuhr Markus Kaltenbach nach Hause. Beide waren recht schweigsam. Kaltenbach dachte an die Frau mit der Inka-Mütze. Während des Abends hatte er überlegt, ob er den anderen von seinem gestrigen Abenteuer erzählen sollte. Irgendetwas hatte ihn abgehalten. Als er später im Bett lag, konnte er lange nicht einschlafen. Das Gefühl tief im Innern meldete sich immer stärker. Das Gefühl, dass das alles – der Tote, das Unglück und die Frau – etwas mit ihm zu tun hatte.

Sonntag, 25. Februar

Es schien, als könne sich die Natur Ende Februar nicht entscheiden. Das feuchte Etwas, das von einem trüben Himmel herunterkam und zwischen nadelfeinen Schneekristallen und

einem fädrigen Geniesel schwankte, verdiente den hoffnungs-
vollen Namen ›Frühlingsregen‹ noch lange nicht.

Kaltenbach beglückwünschte sich, dass er seinen grau-rot
karierten Taschenknirps mitgenommen hatte. Es war wieder
deutlich kälter geworden, und er hoffte, sich nach der Rol-
lerfahrt durch den Wald von Maleck herunter in der Friedhofshalle ein wenig aufwärmen zu können. Als er die letzte
Kurve zum Haupteingang des Emmendinger Bergfriedhofs
hochfuhr, sah er, dass er sich getäuscht hatte. Auf dem völlig
überfüllten Parkplatz war nicht einmal eine schmale Lücke
für seine Vespa zu finden. Außerdem hatte die Beerdigung
bereits angefangen.

Er war überrascht, dass so viele Menschen zu Peter Bührers Beerdigung gekommen waren. Der Eingang zur Leichenhalle war von Besuchern völlig blockiert. Vor der schmalen
Glastür standen etwa 30, 40 Leute dicht gedrängt unter ihren
Schirmen wie Schafe, die sich vor der Tristesse des grauen
Tages duckten. Orgelmusik und vielstimmiger Gesang tönte
gedämpft aus dem Innern.

Kaltenbach parkte seinen Roller unerlaubterweise vor der
Treppe, die zum Stadtpark hinunterführte, streifte seine Wollmütze über und spannte den Schirm auf. So wie es aussah,
würde er auf die Feier in der Halle verzichten müssen. Er entschloss sich daher am Grab zu warten. So gut es sein schmer-
zendes Knie erlaubte, stapfte er an den Wartenden vorbei den
breiten Weg bergauf.

Die Musik verklang mit jedem Schritt ein wenig mehr. Nach
ein paar Minuten gabelte sich der Weg. Kaltenbach setzte sich
auf eine Bank und wartete. Vor zwei Jahren war er auf der
Beerdigung von Dieters Vater gewesen. Er hatte den alten
Mann nicht gekannt, und es war nichts weiter gewesen als
seelischer Beistand für einen Freund. Und heute?

Er musste an Monika denken. Am Morgen, nachdem sie gegangen war, war ihm die Leere neben sich schmerzlich bewusst geworden. Das qualvolle Wechselspiel zwischen Hoffen, Beschwichtigen und Nicht-Ernst-Nehmen war vorbei. Ihr Weggang war für ihn wie ein Tod gewesen. Die eine Möglichkeit, die er gefürchtet hatte, die nicht sein durfte, war eingetreten. An jenem Morgen hatte ihn das Endgültige überwältigt und mit einem mitleidlosen Schwung alles hinweggefegt, woran er sich geklammert hatte. Was blieb, waren die Erinnerungen, mit denen er versuchte, die Leere zu stopfen. Die Träume waren am hartnäckigsten.

Nach etwa einer Viertelstunde sah er, wie die Menschen aus der Friedhofshalle herauskamen und sich der Trauerzug in Bewegung setzte. Hinter der Bank führte eine breite Treppe einen steil aufragenden Hügel hinauf zu einer großen Familiengrabstätte. Er kletterte die Stufen hinauf und gelangte durch ein hüfthohes schmiedeeisernes Gitter in den kleinen schattigen Hain. Um eine steinerne Urne waren in den vier Himmelsrichtungen unter tief herabhängenden Buchenzweigen jeweils eine überlebensgroße Säule errichtet worden. Das Ganze wurde bewacht von der Skulptur eines jünglinghaften Kriegers, der sich in Trauer über einen Todeskranz beugte. Ein vollendeter Ausdruck der Ästhetik vergangener Tage, in denen man dieses martialische Gepränge liebte. Vor allem, wenn man es sich leisten konnte. War das die richtige Art, mit dem Unvermeidbaren umzugehen? Es in Stein und Eisen bewahren, um nicht zu vergessen?

Er betrachtete von oben die Leichenprozession, die sich langsam näherte. Der Pfarrer und seine beiden Gehilfen schritten in ihren liturgischen Gewänder würdevoll vorneweg, unter denen sie sichtlich froren. Den reich mit Blumen geschmückten Sarg schoben vier schwarz uniformierte Friedhofsdiener.

Gleich dahinter lief die Frau. Er erkannte sie sofort. Obwohl sie in einen dicken schwarzen Mantel gehüllt und ihr Gesicht halb unter einem dunkelroten Schal verborgen war, gab es keinen Zweifel. Ihr Gang, ihre Haltung, die Statur – alles schien ihm vertraut, wie wenn er sie Hunderte Male gesehen hätte. Selbst ihren Blick schien er zu kennen, obwohl er am Kandel ein gutes Stück von ihr entfernt gewesen war. Sie hatte sich bei einem Mann in einem dunklen Wintermantel untergehakt.

Kaltenbach zog sich ein Stück weiter unter den Schutz der Bäume zurück. Im Vorbeigehen erkannte er einige vertraute Gesichter in der Menge der schwarz gekleideten Trauergäste, vor allem Geschäftsleute aus der Lammstraße und dem Westend, aber auch etliche Kunden seiner Weinhandlung. Gegen Ende kam schnaufend und schwankend Frau Kölblin, die trotz sichtlicher Mühe tapfer versuchte, mit den anderen Schritt zu halten.

Kaltenbachs Blick ging zurück zu der Frau in der ersten Reihe. Es war offensichtlich, dass sie dem Toten sehr nahe stand. Eine Verwandte? Seine Freundin? Er versuchte, sich an die Sterbeanzeige am Samstag in der Badischen Zeitung zu erinnern. Neben der Familienanzeige gab es Beileidsbekundungen der Stadtmusik und einer Emmendinger Narrenzunft, die ihm in diesem Zusammenhang etwas unpassend erschienen war. Doch es waren zu viele Namen gewesen, als dass sich Kaltenbach an einzelne erinnern konnte.

Die Spitze des Zuges verschwand jetzt aus seinem Blickfeld. Von seinem Platz unter den Säulen hatte er nun genügend Zeit, den Weg abzukürzen. Der halbherzige Regen hatte inzwischen an Stärke zugenommen. Die Luft war von einer unangenehmen Feuchte durchzogen, die sich auf den Grabsteinen niederließ wie ein nasses Tuch. Zwischen den Grabeinfassungen hatten sich kleine Pfützen und matschige Stellen gebildet. Zweige streiften sein Gesicht, als er sich durch die Büsche zwängte und gleichzeitig versuchte, seinen Schirm nach oben zu halten.

Die Grabstelle lag nur wenige Schritte vom oberen Friedhofstor entfernt direkt am Waldrand. Auf dem Boden und in das offene Loch hineinragend lagen zwei starke Taue.

Während sich nach und nach alle Trauergäste so gut es ging um das offene Grab versammelten, mischte sich Kaltenbach unter eine kleinere Gruppe älterer Männer, die etwas abseits stand und trotzdem einen guten Blick auf das Geschehen hatte.

Die Friedhofsdiener ließen jetzt den Sarg an den Seilen nach unten in die Grube ab und der sichtlich frierende Pfarrer begann mit seiner Zeremonie. Kaltenbach beobachtete die Frau nun aus der Nähe. Sie stand unbewegt mit gesenktem Blick zwei Schritte neben der aufgehäuften Erde. Er schätzte sie auf etwa Mitte dreißig. Trotz ihres dicken Mantels sah er, dass sie schlank und hoch gewachsen war. Ihre Haltung und vor allem ihr Gesicht zeigte die eigenartige Attraktivität, die Kaltenbach so sehr mochte, auch wenn er sie höchstens durch eines seiner Gedichte würde in Worte fassen können. Ihre eigentümliche Schönheit wurde durch einige zarte Falten um Augen und Wangen noch unterstrichen. Ein dezentes Make-up versuchte mit bescheidenem Erfolg der Trauer entgegenzuwirken. Ihren Schal hatte sie von hinten so um ihre Haare geschlungen, dass nur noch das Gesicht frei blieb. Eine dunkelblonde Strähne, die sie jedoch nicht zu stören schien, war ihr über die Augen gefallen. Ihre Arme hielt sie eng umschlungen, als wolle sie sich nicht nur vor der Kälte, sondern auch vor dem Unfassbaren schützen. Der etwas ältere Mann, bei dem sie sich während des Gehens untergehakt hatte, stand dicht neben ihr. Er hatte seinen Arm um sie gelegt, während er mit der freien Hand versuchte, den Schirm über beide zu halten.

Ebenfalls in vorderster Reihe stand ein älteres Ehepaar, anscheinend die Eltern des Verstorbenen. Auch hier hatte der Mann seinen Arm um die Frau gelegt, und Kaltenbach konnte beobachten, wie er mit leisen Worten beruhigend auf sie einsprach. Die Frau schluchzte leise vor sich hin.

Wie eine düstere Hecke aus schwarzen Blättern umstanden die übrigen Gäste das Grab. Kaltenbach fragte sich, ob es unter ihnen Zweifler gab, die die Ursache für den Tod des jungen Mannes infrage stellten. Bestimmt hatte jeder seine eigene Meinung zu den Motiven, die ihn in der Fasnetsnacht mit seinem Freund auf den Kandelfelsen getrieben hatten. Viele würden verständnislos den Kopf schütteln, andere sogar empört sein. Manch einer wäre vielleicht selbst gerne dabei gewesen. Aber wer hatte Zweifel daran, dass es ein Unfall war? Einen Selbstmord würden gewiss all diejenigen ausschließen, denen eine solche Tat Sünde war. Ob es überhaupt jemanden gab, der ihn so gut gekannt hatte, um zu wissen, ob er zu einer solchen Tat fähig gewesen wäre?

Und wenn alles ganz anders war? Was war, wenn der Begleiter des Toten recht hatte und doch noch jemand anderes in der Nacht auf dem Kandel war? Sofern Kaltenbach wusste, war es das Einzige, was die Ärzte bisher aus dem Unglücklichen herausbekommen hatten.

Vielleicht gab es jemanden, der in diesem Moment unerkannt inmitten der Menge stand und allein wusste, was geschehen war.

Ihm fiel gerade die Geschichte von Siegfried ein, warum gerade jetzt, das wusste er nicht. Als Kind war er fasziniert von den Abenteuern mit dem Drachen und der Tarnkappe, die den Helden unsichtbar machte. Er war der größte Held und nur durch eine gemeine List zu bezwingen. Als er in ihrer Kammer aufgebahrt lag, ließ seine junge Gemahlin alle an dem

Toten vorbeilaufen, die mit ihm auf der verhängnisvollen Jagd gewesen waren. Nach dem Glauben der Germanen würde sich die Wunde im Angesicht des Mörders wieder öffnen und bluten.

In seine Erinnerungen mischten sich einige halblaut gebrummte Sätze hinter seinem Rücken.

»Schu schlimm.«

»Jo, schlimm.«

»Uesgrechnet der.«

»Jo.«

»Verschtohsch due's?«

»Nai, ich au nit.«

»Der war noch so jung.«

Kaltenbach wandte sich mit der gebotenen Unaufdringlichkeit an einen der beiden Sprecher, ein älterer Herr im Regenmantel. Er trug einen schwarzen Sonntagshut und hielt wie die meisten einen Schirm in der Hand.

»Die arme Freundin«, raunte er ihm zu, indem er mit dem Kopf in Richtung der Frau nickte.

Der Alte bedachte Kaltenbach mit einem grimmigen Blick. Trotzdem nahm er die Gelegenheit zum Friedhofstratsch gerne an. »Wen meinsch?«

»Na, die da am Grab steht. Oder ist das seine Frau?« Als der Alte nicht gleich antwortete, schob er nach: »Ein bisschen älter als 20, oder?«

»Die mit dem Schal bi sellem Ma?« Der Alte schüttelte kaum merklich mit dem Kopf. »Nai, nai. Des isch die Luise.«

Kaltenbach gab sich Mühe, trotz der lakonischen Antwort die Geduld zu behalten. Nach einer kurzen Pause, in der man nur das sanfte Nieseln des Regens und die monotone Stimme des Pfarrers hörte, fragte Kaltenbach vorsichtig: »Und – wer ist Luise?«

Der Alte ging nicht darauf ein. Die Aufmerksamkeit seines Gesprächspartners wurde auf ein neues Ereignis gelenkt. Eben postierte sich die Stadtmusik um das Grab. Die Musiker, deren Altersspanne vom Schüler bis zum Rentner reichte, hatten zur Feier des Tages ihre Festtagsjacken angezogen. Der unaufhörlich vom Himmel tropfende Regen hatte ihnen schon gehörig zugesetzt. Manche hatten einen Begleiter zur Seite, der einen Schirm so hielt, dass zumindest die empfindlichen Instrumente und die Noten einigermaßen geschützt waren. Der Dirigent hielt seinen Schirm selbst und gab mit einem Stock in der anderen Hand den Takt vor.

»Fagott hätt er gschpielt!«, hörte es Kaltenbach hinter sich raunen, als die ersten Töne des Trauermarsches erklangen.

Die getragene Musik war gut ausgewählt, sodass sich in die Regentropfen manche Träne auf den Gesichtern der Zuhörer mischte. Auch Kaltenbach konnte sich der Feierlichkeit des Augenblicks nicht entziehen. Viele seiner Erinnerungen waren mit Musik verbunden – der erste langsame Tanz des 16-Jährigen, als sich zu den Klängen der Moody Blues ein Mädchen ganz nah an ihn angeschmiegt hatte. Die harten Schläge damals in Berlin beim Besuch seiner ersten ›richtigen‹ Großstadtdisco hatte er im ganzen Körper gespürt. Und er erinnerte sich, wie sich der tödlich verwundete Sheriff in ›Pat Garret jagt Billy the Kid‹ zum Klang von ›Knocking on heaven's door‹ zum Flussufer in den Sonnenuntergang schleppte. Das halbe Kino hatte geheult, sogar die Männer.

Inzwischen waren die Musiker beim zweiten Lied angekommen, einer ruhigen Weise, die Kaltenbach an das Lied vom alten Kameraden erinnerte. Keiner war den Spielern gram, als sie sofort nach dem letzten Ton ihre Instrumente zusammenpackten und sich vor der Nässe in Sicherheit brachten.

Von den unvermeidlichen Ansprachen, die nun folgten, beeindruckten Kaltenbach nur der Auftritt von drei Vertretern der Narrenzunft, die ein kleines, liebevoll genähtes blaugelb-rotes Fellteufelchen am Rande des Grabes abstellten und ihre wohlmeinenden Worte in Reimform vortrugen. Als sie ihrem verstorbenen Mitglied am Ende ein herzhaftes ›Ajo‹ mit auf die Reise gaben, hörte man in der Menge ein bekräftigendes ›Ajo‹-Raunen, dem sich auch Kaltenbachs Rentner anschloss. Derart an die Vergänglichkeit alles Irdischen erinnert, kommentierte er zusammen mit seinem Pendant den Rest der Zeremonie mit kurzen Sätzen, von denen Kaltenbach nicht einmal die Hälfte verstand. Immerhin erfuhr er, dass Luise die Schwester des Toten war, dass sie in Freiburg wohnte und dort ›ebbis mit Kunscht‹ machte.

Allmählich wurde er ungeduldig. Trotz seiner warmen Zweiradkleidung spürte er die Kälte. Als sich die Frau nach den ersten Kondolierenden mit ihrem Bruder und den Eltern abwandte und langsam den Weg zurück hinunter zum Parkplatz ging, wusste er, dass es für ihn hier nichts mehr zu sehen gab. Lieber wollte er noch ein paar Schritte laufen.

»Schu schlimm«, hörte er im Vorbeigehen.

»Jo, schlimm.«

»Uesgrechnet.«

»Jo.«

Als Kaltenbach nach einem halbstündigen Spaziergang noch einmal am Grab vorbeikam, hatten sich die Trauernden längst ins Trockene verzogen. Selbst von den üblichen Dauerfriedhofsgängern, die jede Beerdigung besuchten, um anschließend über das Geschehene, den Verstorbenen und die daraus entstehenden Folgen heftig zu diskutieren, war nichts mehr zu sehen. Als Kaltenbach einen letzten Blick auf den Sarg warf, merkte er, dass er nicht allein war. Er duckte sich hin-

45

ter einem mannshohen Marmorengel, der ihm zusammen mit einem dickblättrigen Wacholderbusch ausreichend Schutz bot.

Von hier aus konnte Kaltenbach den Mann gut beobachten. Er war hager und hoch aufgeschossen, seine Hakennase und ein stechender Blick, der unter dünnen Augenbrauen hervorsah, verliehen ihm die Gestalt eines Raubvogels. Dieser Eindruck wurde unterstrichen durch einen dünnen weiten Mantel, der sich wie ein schwarzes Federkleid im leicht aufkommenden Wind um ihn bauschte. Kaltenbach fiel auf, dass er trotz des schlechten Wetters weder eine Kopfbedeckung noch einen Schirm mit sich führte. Seine schulterlangen Haare waren völlig durchnässt und hingen in fetten Strähnen über Stirn und Wangen.

Der Hagere sah sich nach allen Seiten um, als wolle er sich vergewissern, dass er ungestört sei. Dann trat er an den Rand des Grabes und blickte hinunter. Vorsichtig bog Kaltenbach einen Zweig zur Seite, um besser sehen zu können. Der Mann stand einige Sekunden still. Dann breitete er langsam beide Arme aus und führte sie zum wolkenverhangenen Himmel empor. Gleichzeitig hob er sein Gesicht und Kaltenbach konnte erkennen, wie er seine Lippen bewegte. Wieder verharrte der Mann eine Weile in dieser Haltung, die Kaltenbach an einen Priester erinnerte. Schließlich griff er in seine Manteltasche und holte etwas heraus. Kaltenbach sah für einen Moment ein metallenes Glitzern, als der Hakennasige den Gegenstand wie eine Hostie mit beiden Händen zum Himmel hob und anschließend mit einer würdevollen Bewegung ins Grab warf. Noch einmal blieb der Mann ein paar Sekunden stehen, dann wandte er sich um und ging rasch in Richtung Friedhofsausgang.

Als Kaltenbach aus seinem Versteck herauskam, konnte er gerade noch erkennen, wie der Hagere in einen bulligen Geländewagen stieg und den Wöplinsberg hinunterfuhr. Er war verblüfft. Was hatte das zu bedeuten? Er ging zurück zum offenen Grab. Die Erde und die Blumen, die die Trauergäste auf den Holzdeckel geworfen hatten, waren zu einer vermatschten und unansehnlichen Masse geworden. Dazwischen sah er etwas Glänzendes. Ein Kreuz vielleicht? Ein Andenken, eine Erinnerung an einen Freund?

In diesem Moment hörte er Stimmen hinter sich, die nicht gerade freundlich klangen.

»Schisswetter, mischtigs! Un mir mehn schaffe!« Es waren zwei der Uniformierten, die zuvor den Sarg auf dem Wagen zum Grab gerollt hatten. Statt der Uniformen trugen sie jetzt grobe graue Overalls, Gummistiefel und knallgelbe Regenjacken. Jeder hielt eine Schaufel in der Hand.

Als sie Kaltenbach sahen, besserte sich ihre Laune keineswegs. »Kennte mir emol afange?«

In Kaltenbachs Kopf formte sich blitzartig eine Idee. »Es tut mir leid, meine Herren«, sagte er freundlich und zeigte in das Grab. »Mir ist gerade etwas hinuntergefallen, und ich weiß nicht, wie ich es wieder herausbekommen soll! Dort unten, das Glitzernde. Zwischen den Blumen!« Er setzte den verzweifeltsten Hundeblick auf, zu dem er in der Lage war. »Ich kann ja schlecht hinuntersteigen.«

»Au des noch.« Der Jüngere der beiden fluchte, doch sein Begleiter grinste. »Loss nur Karli, due siehsch, der isch noch verruggter wie mir.«

Mit einem pietätlosen Satz sprang er hinunter, wühlte ein wenig in der nassen Erde und ließ sich dann von seinem Kompagnon wieder hinaufziehen.

»Do hesch!« Er reichte Kaltenbach den kleinen metallenen Gegenstand. »Un 's negscht Mol bassesch besser uff, sunsch kaisch noch selwer nii!« Die beiden brachen in ein meckerndes Gelächter aus, das Kaltenbach aber nicht weiter beachtete. Er bedankte sich, so freundlich es ging, steckte das Ding in die Tasche und ging rasch davon.

Dienstag, 27. Februar, morgens

Am Dienstagmorgen war Kaltenbach damit beschäftigt, die Lieferung aus Sizilien durchzusehen. Sechs Kartons Rotwein, eine Besonderheit, die er durch Zufall bei einem befreundeten Händler in Müllheim kennengelernt hatte und die er nun seit ein paar Jahren selbst im Sortiment führte. Die schlanken Flaschen aus dem kleinen Weingut in der Nähe von Catania kosteten Kaltenbach ein kleines Vermögen. Doch er hatte sehr bald ein paar begeisterte Liebhaber gefunden, die den glühenden Tropfen von den Hängen des Ätna schätzten. Fünf der sechs Kisten waren wie in jedem Jahr vorbestellt.

Kurz nach neun klingelte der kleine Schellenbaum an der Ladentür. Herbert Schramm, Wirt der in derselben Straße gelegenen ›Lammstube‹, kam gleich zur Sache.

»Wo warst du gestern morgen? Mir ist der Müller ausgegangen!«

Kaltenbach legte die letzte Flasche in eines der rautenförmigen Holzregale neben dem Verkaufstisch.

»Beim Arzt.« Er humpelte demonstrativ nach vorn und schüttelte seinem Gast die Hand. »Knie verrenkt.«

»Machst du etwa Sport? Seit wann denn das?«, stichelte Herbert.

»Hab am Wochenende beim Training zu viel Gewicht aufgelegt«, gab Kaltenbach todernst zurück. Sein Missgeschick am Kandel behielt er für sich.

»Ja, beim Essen vielleicht.« Herbert grinste. »Komm, ich brauche zwei Kisten.«

»Dann hilf tragen.« Kaltenbach nickte mit dem Kopf in Richtung Tür, die ins Lager führte. »Du kennst ja den Weg.«

»Weißt du was? Ich nehme gleich noch einen Roten mit. Vorsichtshalber. Ortenauer. Ich hab mein Wägelchen dabei.« Gemeinsam beluden sie die Sackkarre, die vor der Tür an den kleinen Treppenaufgang gelehnt stand.

»So, die Herre, sinner schaffig!« Frau Kölblin kam auf ihrer Morgenrunde vorbei.

»Damit keiner verdurstet«, entgegnete Herbert. Er bockte das Gefährt auf und rumpelte über die gepflasterte Straße hinüber zu seiner Wirtschaft, die um diese Zeit noch geschlossen war. »Sauber bleiben, ihr zwei!«, rief er über die Schulter zurück.

Frau Kölblin ließ sich nicht beirren. »Des war e scheeni Beerdigung«, begann sie ohne Überleitung. Die füllige Dame stapfte hinter Kaltenbach her, als er zurück in den Laden humpelte. »Wenn nur 's Wetter nit so mischtig gsi wär.«

Frau Kölblin ließ sich in einen der Besuchersessel fallen. Sie sparte nichts aus, angefangen bei den Blumen auf dem Sarg, über die Ansprache des Pfarrers bis hin zur Trauerkleidung der Verwandten, die man leider unter den Regensachen nicht genau hätte erkennen können. Kaltenbach hörte kaum zu. Vor seinem inneren Auge rollte das Geschehen vom Sonntag noch einmal ab. Erst als sie von der Schwester des Toten sprach, wurde Kaltenbach hellhörig.

»Ja, die Luise. Des isch e netts Maidli.« Alle Frauen, die jünger waren als sie selbst, nannte sie so. »Die wär ebbis für dich! Die hab i schu kennt, wo sie noch uff d'Schuel gange isch, in d'Parallelklass vu minem Wolfi!«

49

Kaltenbach musste aufpassen, wenn sie von ihrem ›Wolfi‹ anfing. Er war ihr einziger Sohn, und sie war mächtig stolz auf ihn. Immerhin war er führender Mitarbeiter in einem aufstrebenden Freiburger Solarzellenunternehmen, hatte es also in ihren Augen zu etwas gebracht.

Überraschenderweise blieb sie jedoch beim Thema.

»Die klei Luise Bührer. Die hett später viel Pech gha!«

Kaltenbach wurde neugierig.

»Und dann isch ihre au noch de Ma abghaue. Ja, mi Wolfi, bi dem …«

»Wo wohnt sie denn jetzt?«, unterbrach sie Kaltenbach geistesgegenwärtig.

»Irgendwo z'Friburg. Due kannsch jo mol in ihre Lade go. Der isch in der Fischerau. Irgendebbis mit Kunscht.« Nach dieser knappen Information wandte sie sich wieder der Chronistenpflicht zu und Kaltenbach erhielt eine ausgiebige Zusammenfassung aller Gerüchte um den Todessturz. Die in ihren Augen wesentlichen Leute waren sich einig, dass das Ganze ein Unglück war und dem jugendlichen Übermut der beiden zuzuschreiben sei. Über das Kruzifix wurde wild spekuliert.

»Die Litt sin doch soo guet katholisch!«, meinte sie kopfschüttelnd, wobei mit den ›Leuten‹ die Familie des Toten gemeint war. Es müsse irgendetwas mit der Fastenzeit zu tun haben.

Pünktlich nach 20 Minuten nahm Frau Kölblin ihre Runde wieder auf. Kaltenbach sah ihr nach, wie sie das ›Mahlwerkk‹ ansteuerte, wo sie von ihrer Freundin sicher schon sehnlichst erwartet wurde.

Im Laufe des Vormittags blieb es ruhig. Kaltenbach verbuchte Herberts Einkauf, schrieb ein paar Bestellungen und bereitete eine kleine Lieferung vor, die er heute Abend für einen Gemeindeempfang nach Freiamt bringen sollte. Er dachte nach über das, was Frau Kölblin zu dem Kruzifix gesagt hatte. Er staunte immer wieder, wie die Menschen versuchten, sich etwas zu erklären, was nicht sein durfte. Wenn man nichts wusste, war es immer noch besser, etwas herbeizufantasieren. Der Schrecken der Unwissenheit war offenbar schlimmer als die Konfrontation mit dem Erfundenen.

Kurz vor der Mittagspause kam er endlich dazu, sich das merkwürdige glitzernde Etwas anzusehen, das er vom Friedhof aus dem Grab mitgenommen hatte. Noch am Abend nach der Beerdigung hatte er es sorgfältig mit Wasser von der Erde befreit und danach zum Trocknen auf ein Handtuch ins Bad gelegt. Als er dann am Montag bei seinem Hausarzt einen frühen Termin bekam, musste er ohne Frühstück los und ging dann gleich anschließend in den Laden. Den Abend hatte er dann ganz der Erkundung seiner neuen Plattenschätze gewidmet. Bis er einen Teil der Titel zumindest einmal angespielt hatte, war es schon nach Mitternacht gewesen.

Kaltenbach saß auf seinem Lieblingsplatz, einem ausrangierten Barhocker, der zusammen mit einem Bistrotisch im hinteren Teil des Verkaufsraums stand. Von hier hatte er bequem Eingangstür, Schaufenster und das Innere des Ladens im Blick. Meistens blätterte er um diese Zeit durch die Zeitung. Heute ließ er die Badische jedoch in seiner abgeschabten Aktentasche stecken. Stattdessen holte er das Tuch mit dem Schmuckstück heraus, legte es auf den Tisch und wickelte es sorgfältig auseinander.

Der flache metallene Gegenstand war nur wenig größer als ein altes Fünfmarkstück. Über die Vorderseite zog sich ein feines silbernes Netzwerk aus Linien in verschiedenen Mustern, in deren Zentrum ein einfach gefasster blauer Stein saß. Die Linien bildeten mehrere Spiralen, deren Anordnung

51

er nicht deuten konnte. Die Rückseite war bis auf ein paar dünne Kratzer glatt.

Kaltenbach überlegte, was der geheimnisvolle Fremde auf dem Friedhof damit bezweckt hatte. Ein christliches Motiv war es offensichtlich nicht. Vielleicht ein gemeinsames Erinnerungsstück an einen Freund, der unerkannt bleiben wollte? Wieder hatte er das unangenehme Gefühl, sich in etwas einzumischen, das ihn eigentlich nichts anging. War er nicht eindeutig zu weit gegangen, als er dieses Medaillon aus dem Grab einfach mitgenommen hatte?

Er sah auf die Uhr. Am besten, er ging hinüber in den ›Kristall‹ und fragte dort. Er wickelte das Stück wieder sorgfältig in das Tuch und steckte es in seine Hosentasche. Draußen empfing ihn trotz des klaren Himmels bissige Februarkälte. Er blickte kurz um sich und schlug dann seinen Kragen hoch. Mit eingezogenem Genick ging er die Treppe hinunter.

Zum Glück waren es nur wenige Schritte bis zu dem kleinen Laden. Beim Eintreten empfing ihn eine wohlige Mischung aus Wärme und Sandelholzduft. Außer ihm schien kein Kunde da zu sein. Sein Blick streifte die Vitrinen und Regale, in denen es glitzerte und funkelte. Es gab Steine in allen Farben und Formen, dazu Figürchen, Anhänger und Ringe. Pyramiden in verschiedenen Größen standen neben Engels- und Buddhafiguren.

»Hallo!«, rief er durch den Raum nach hinten. Ein zartes Mobile mit durchsichtigen hellen Steinen klirrte leise. »Ist jemand da?«

Nach einem kurzen Moment erschien eine junge Frau. Über ein paar einfache Jeans trug sie eine rosa Seidenbluse, in der sich die Schätze des Raumes zu spiegeln schienen. Sie lächelte ihn freundlich an und fragte nach seinen Wünschen.

»Ich wollte Sie etwas fragen«, begann Kaltenbach. »Ich

brauche sozusagen einen fachmännischen Rat.« Noch während er es sagte, fiel ihm blitzartig ein, ob es richtig war, eine Frau als Fachmann zu titulieren. In Freiburg hätte er damit möglicherweise Schwierigkeiten bekommen.

»Worum geht es denn?« Die Frau behielt ihr Lächeln bei.

Kaltenbach holte das Tuch hervor, wickelte es auf und zeigte der Verkäuferin das Medaillon. »Können Sie mir sagen, was das ist?«

Die Frau warf einen kurzen Blick darauf. »Eine Brosche, ein Schmuckstück.« Er spürte deutlich, wie sie sich den Satz ›Etwas, was Frauen gerne tragen‹ verkniff. Sie blieb höflich.

»Aha«, sagte er. »Und – ein bisschen mehr?« Er strich mit der Kuppe seines Zeigefingers über die verzierte Oberfläche. »Das Muster zum Beispiel?«

»Darf ich?« Ohne eine Antwort abzuwarten, nahm ihm die Frau das Stück aus der Hand. Eine Weile drehte sie es hin und her und studierte die Linien. Dann drehte sie es kurz um und besah sich die Rückseite.

»Merkwürdig, es gibt keinerlei Öse, keinen Aufhänger, keine Nadel zum Befestigen.«

»Vielleicht ist es abgebrochen?«

»Könnte sein, da sind Kratzer hinten drauf.«

»Was ist mit den Linien?«

»Spiralen, drei große, die ineinander übergehen. Sehen Sie?« Kaltenbachs Blick folgte ihrer Fingerspitze, als sie über die feinen Metalldrähte entlang fuhr. »Und dazwischen sind kleinere, alle miteinander verflochten.« Sie sah ihn an. »Woher haben Sie das?«

Die Frage brachte Kaltenbach in Verlegenheit. Er zögerte einen Moment, dann murmelte er etwas von einem Geschenk einer Großtante.

»Sehen Sie, der helle Stein in der Mitte, das ist wie eine

kleine Sonne, von der aus die Linien wie lebendige Strahlen außen herum laufen. Ein Sonnenrad sozusagen.« Sie legte das Stück zurück auf das Tuch auf dem Tisch. »Vom Prinzip her wie eine Swastika zum Beispiel.«

»Eine – Swastika? Was ist das?«

Die Frau lächelte. »Sie würden wahrscheinlich Haken-kreuz dazu sagen. Das Zeichen ist uralt und wird heute noch vor allem von Hindus und Buddhisten verwendet. Eigentlich überall auf der Welt.« Dann fügte sie rasch hinzu: »Außer bei uns natürlich.«

»Natürlich.« Kaltenbach spürte, wie er unruhig wurde. Die große hagere Gestalt am Grab fiel ihm wieder ein.

Die Verkäuferin sah ihm seine Überraschung an und beruhigte ihn. »Wie gesagt, vom Prinzip her. Das was sie hier haben ist eine sogenannte Triskele. Ein Sonnensymbol, hauptsächlich aus dem europäischen Raum, Sizilien zum Beispiel, Frankreich, England. Ein wirklich schönes Stück.«

»Eine Triskele?«

»Ja, man könnte auch ›Drei-Bein‹ dazu sagen. Wahrscheinlich ein Symbolzeichen. Die Drei war schon immer eine besondere Zahl, vor allem in der Religion. Denken sie nur an die Göttliche Dreieinigkeit oder an die Heiligen Drei Könige.«

Kaltenbach hatte das Gefühl, dass die Verkäuferin nur darauf gewartet hatte, ihr Fachwissen loszuwerden.

»In der Philosophie könnte es für Körper, Seele und Geist stehen. Vielleicht ein dreifacher Segen.« Sie schmunzelte. »Oder ein dreifacher Fluch. Es sind die Menschen, die die Zahlen zu etwas Magischem machen.« Sie ging vom Ladentisch an Kaltenbach vorbei und trat an das Bücherregal.

»Warten Sie, ich hätte hier ein schönes Buch …«

Kaltenbach fasste sich wieder und unterbrach sie. »Nein, nein, danke. Machen Sie sich nicht die Mühe. Eigentlich wollte ich nur …« Als die Frau ihn erstaunt ansah, fügte er rasch hinzu: »Also, eine Triskele sagen Sie? Kann ich so etwas auch bei Ihnen kaufen?«

»Nein, da müssen Sie nach Freiburg, diese Art Schmuck führen wir nicht.«

Kaltenbach war es unangenehm, das Gespräch auf diese Weise beenden zu müssen, nachdem er herausgefunden hatte, was er wissen wollte. Während er die Brosche einpackte, überlegte er, ob er nicht wenigstens einen der polierten Halbedelsteine kaufen sollte, die in einem geflochtenen Bastkörbchen als Sonderangebot neben der Kasse standen. Glücklicherweise wurde er durch einen weiteren Kunden erlöst, der in diesem Moment den Laden betrat und mit einem charmanten Lächeln sofort die Aufmerksamkeit der Verkäuferin in Beschlag nahm. Kaltenbach steckte das Tuch ein, zog den Reißverschluss hoch und verließ mit einigen Dankesbezeugungen den Laden.

Draußen hatte es wieder zu regnen begonnen.

Dienstag, 27. Februar, abends

Nachmittags war überraschend viel Betrieb im Weinkeller. Eine Woche nach Fasnet hatten die Emmendinger die Nachwehen der tollen Zeit überwunden und fanden, dass wenigstens die Qualität stimmen sollte, wenn man in der Fastenzeit schon mit dem Alkohol kürzer treten musste. Kaltenbachs Laden war im Laufe der Jahre zu einer guten Adresse geworden. Wer zu ihm kam, wurde immer fündig, denn er hatte es sich von Anfang an zum Ziel gesetzt, neben den Spitzenweinen aus der Regio den Kunden zusätzlich eine kleine, aber feine Auswahl südeuropäischer Kostbarkeiten zu bieten.

So konnte Kaltenbach mit dem Tagesumsatz sehr zufrieden sein, als er am frühen Abend die Tür hinter sich zuschloss. Der Regen hatte sich inzwischen zu einer düsteren Drohgebärde in die Wolken zurückgezogen, doch es blieb empfindlich kalt. Vom Märzanfang in zwei Tagen war noch nichts zu spüren.

Der letzte Fünfer-Bus war wie immer unter der Woche ziemlich voll besetzt und umgab ihn mit einem Geruch von Schweiß und nassen Mänteln. An der Endhaltestelle vor dem Hotel ›Krone‹ war er der letzte Fahrgast.

»Wiedersehen!«, grüßte er beim Aussteigen.

»Wiedersehen!«, gab der Busfahrer zurück und fuhr seinem verdienten Feierabend entgegen.

Der Briefkasten war leer bis auf einen Supermarkt-Prospekt, den er gleich in eine Obstkiste warf, die am Kellerabgang auf der Treppe stand. Als er seine Wohnung betrat, musste er zu seinem Leidwesen feststellen, dass er vergessen hatte, die Heizung anzustellen. Die Wohnung war kalt. Grummelnd lief er durch alle Zimmer und drehte die Thermostate auf. Das letzte Mal, als ihm das passiert war, war kurz nach Monikas Auszug gewesen. Ihr selbst gezogener Avocado hatte bis lange ins Frühjahr hinein geschmollt und ihm sein Missfallen mit unansehnlichen braunen Blatträndern ausgedrückt. Zum Glück lief die Wärmepumpe des Aquariums ohne Probleme.

Kaltenbach ging zurück in die Küche, füllte am Hahn den Wasserkocher und schaltete ihn an. Vielleicht sollte ich einen Zeitschalter an die Heizung anbringen, dachte er. Wie am Aquarium. Er öffnete die unterste Schublade an seinem Küchenschrank und besah seine Teevorräte. Tee trank er nicht oft, morgens und mittags gab es fast immer Kaffee. Doch jetzt war es ihm zu spät am Tag, und er brauchte dringend etwas zum Aufwärmen. Die Auswahl war bescheiden. Kaltenbach seufzte. Er könnte sich stattdessen eine Nudelsuppe machen. Er könnte der kalten Ödnis nach Windenreute entfliehen und bei einem gepflegten Bier in der ›Waldschänke‹ warten, bis seine Wohnung wieder wohnbar wurde.

Er entschied sich für Schwarztee, nahm eine große Henkeltasse mit dem vielversprechenden Aufdruck ›Gute-Laune-Becher‹ aus dem Schrank, hängte einen der Beutel hinein und goss heißes Wasser darüber. Dann holte er eine Wolldecke, schlang sie um seine Schultern und stellte den Küchenstuhl so vor den Heizkörper, dass er die Füße hochlegen konnte. Mit dem heißen Becher in beiden Händen wärmte er sich ein wenig, ehe er vorsichtig den ersten Schluck trank.

Als er sich wieder einigermaßen wohl in seiner Haut fühlte, holte er die Triskele aus seiner Hosentasche und rief sich in Erinnerung, was die ›Kristall‹-Verkäuferin gesagt hatte. War es möglich, dass diese fein geschwungenen silbrigen Linien eine Art Nazi-Symbol darstellten? Dieses verhängnisvolle Zeichen, unter dem Deutschland zu neuer Größe erwachsen sollte und stattdessen zum Symbol für das Todesurteil von Millionen wurde. Er spürte, wie seine Unruhe wuchs. Hatte der Tote ein Leben geführt, das nicht dem entsprach, was die Todesanzeigen und die Trauerreden von ihm berichteten?

Er drehte die Brosche um und betrachtete die Rückseite. Bisher hatte er die unscheinbaren Kratzer nicht weiter beachtet. Nun fiel ihm auf, dass die Einkerbungen eine gewisse Regelmäßigkeit aufwiesen. Er erkannte drei deutlich voneinander abgegrenzte, etwa zwei Zentimeter lange Striche, von denen zu beiden Seiten winzige Abzweigungen nach außen zeigten.

›Runen!‹, schoss es ihm durch den Kopf. Natürlich. Das mussten diese alten germanischen Schriftzeichen sein, die er vor Jahren bei seiner Norwegenreise auf Gedenksteinen und in Museen gesehen hatte. Er erinnerte sich, dass es sogar ein Alphabet gab.

Und das die Nazis verwendeten.

Trotz der Kälte spürte er, wie ihm plötzlich heiß wurde. Das alles war kein Zufall mehr. Ein merkwürdiger Fremder, der unbeobachtet am Grab eines zu Tode Gestürzten aufkreuzte, sich sonderbar verhielt und einen derart symbolträchtigen Gegenstand dem Toten mitgab. Gehörte Peter Bührer einer nationalistischen Gruppe an? Erst kürzlich hatte er gelesen, dass die sogenannten Neonazis dabei waren, ihre Strategie zu ändern und nunmehr äußerlich den Anschein normaler Bürger erwecken wollten. War dies der letzte Gruß eines faschistischen Kameraden?

Mit einem Schlag war Kaltenbach wieder hellwach. Er sprang auf und ging in das Zimmer, in dem sein Computer stand. Während der Rechner hochfuhr, goss er eine weitere Tasse Tee auf. Er stellte sie neben der Tastatur ab und hüllte sich in die Decke, so gut es ging.

Schon im ersten Artikel in einem der großen Internet-Lexika fand er, was er suchte. Es war, wie die Verkäuferin erzählt hatte. Vorsichtig trank er von dem heißen Tee, während er den Text auf dem Bildschirm las. Er schien auf eines der ältesten Symbole gestoßen zu sein, das bis in die Steinzeit zurückreichte. Es waren Beispiele aus Ägypten, Korea und aus der Türkei abgebildet, aber auch aus Skandinavien und Irland und aus mittelalterlichen Kirchen. Es gab Beispiele für Wappen, Ringe und Anhänger, auf der Nationalflagge von Sizilien zeigten drei Beine in verschiedene Richtungen.

Die meisten Abbildungen zeigten jedoch wie bei Kaltenbachs Exemplar Spirallinien, manche äußerst kunstvoll verschlungen, andere streng wie mit Lineal und Zirkel konstruiert, wie beispielsweise dem Abzeichen einer ehemaligen SS-Grenadier-Division, das tatsächlich an eine Art Hakenkreuz erinnerte mit nur drei der ansonsten üblichen vier Strahlenarmen.

Er druckte den Artikel mitsamt Bildern aus und gab über die Suchmaschine den Begriff ein weiteres Mal ein. Die meisten Hinweise führten auf Seiten von Schmuckherstellern, die das Sonnensymbol auf Broschen, Ringen, Anhängern und Ohrringen in unzähligen Varianten anpriesen. Wenn man den Werbesprüchen Glauben schenken durfte, wurde den Trägern die Kraft der Sonne gleich mitgeliefert.

Auch zum Thema ›Runen‹ gab es jede Menge, doch Kaltenbach war zu müde, um aufmerksam genug zu sein. Die Vergleiche der Einritzungen mit den verschiedenen Runenalphabeten führten zu keinem Ergebnis, er wusste nicht einmal, ob die Zeichen wirklich übereinstimmten.

Kaltenbach merkte, dass er so nicht weiterkam. Es war weit nach elf Uhr, als er entnervt den Computer ausschaltete. Vielleicht sollte er in den nächsten Tagen in die Stadtbücherei gehen und sich dort Zeit für eine gediegene Suche nehmen.

In der Zwischenzeit war es einigermaßen warm in der Wohnung geworden. Außerdem merkte er jetzt, dass er Hunger hatte. Auf einem Tablett richtete er einen kleinen Imbiss mit Schafskäse und Oliven. Dann legte er das Baguette dazu, stellte ein Glas daneben und trug das Ganze in sein Wohnzimmer. Neben dem Sofa stand vom Vorabend noch eine halbe Flasche Spätburgunder. Kaltenbach nickte zufrieden. Ehe er es sich bequem machte, schaltete er die Stereoanlage ein, wählte eine der alten Bluesplatten und setzte behutsam die Nadel auf.

Trotzdem wollte sich die wohlverdiente Entspannung am Ende des Tages nicht so recht einstellen. Seine Gedanken kreisten wie nervöse Schwalben vor einem Spätsommergewitter.

Der Tote vom Kandel, der Hagere am Grab, die merkwürdige Brosche, die Symbole von Leben und Tod, altgermani-
sche Schriftzeichen. Und in der Mitte all dessen das Bild dieser Frau. Luise. Ein schöner Name, wie er fand. War sie es, die
ihn aus seinem Alltag aufgeschreckt hatte? War es der Tote?
Oder doch etwas ganz anderes?

Nach dem zweiten Glas war die Flasche neben dem Sofa
ebenso leer wie der Teller mit seinem Nachtmahl. Die Platte
war längst abgelaufen. Er schaltete die Anlage ab, schlurfte in
sein Schlafzimmer, zog sich aus und warf sich ins Bett. Nur
das leise Plätschern des Aquariums war zu hören.

Er spürte, dass tatsächlich etwas anders geworden war seit
der letzten Woche. Etwas Unbekanntes, das ihn rief, ein Rät-
sel, das sich auftat. Er würde die Lösung schon noch finden.

Mittwoch, 28. Februar

Kaltenbach stützte sich auf das Geländer der kleinen Brücke über den Freiburger Gewerbekanal. Der träge Strom des
schmutzig-grauen Wassers trug nicht dazu bei, seine Stimmung zu bessern.

Er hatte Luise Bührers Kunstgeschäft nicht gefunden. Er
war die Fischerau einmal hoch und runter gelaufen, jenes
schmale Gässchen in der südlichen Freiburger Altstadt, das
ein wenig abseits des Touristenstroms lag. Doch außer ein paar
wenigen Geschäften gab es hier nur Wohnhäuser.

Ob Frau Kölblin sich geirrt hatte? Vielleicht hatte sie die
Gerberau gleich nebenan gemeint, eine ähnliche Straße, in der
sich ein Laden an den anderen reihte. Er ärgerte sich, dass er
sich nicht besser erkundigt hatte. Er hätte vorher anrufen oder

im Branchenverzeichnis nachschlagen können. Aber einen
Anruf hatte er ausgeschlossen. Er hätte nicht gewusst, was
er sagen sollte.

Kurz entschlossen betrat Kaltenbach den nächstbesten
Laden. Ein überwältigender Duft nach Honig und Bienen-
wachs empfing ihn. Als er sich umsah, bemerkte er in dem
gedämpften Kunstlicht nach und nach eine Fülle von Kerzen,
Seifen, Duftkugeln, Badezusätzen und Flakons. In den Rega-
len an den Wänden standen säuberlich aufgereiht Gläser und
Flaschen, deren bunte Etiketten auf die Herkunft der süßen
Speisen aus der ganzen Welt hindeuteten.

Kaltenbach bestaunte eben einen Porzellanhonigtopf, der
einem altertümlichen Bienenkorb nachempfundenen war,
als sich aus dem Hintergrund eine Gestalt löste und auf ihn
zukam. In dem gelbbraunen Kosakenkittel, der ihr bis zu den
Knien reichte, hob sie sich kaum vom pastellfarbenen Interieur
ab. Die strohblonden Haare hatte sie hinter ihrem Kopf zu
einem Zöpfchen gebunden. Durch eine randlose runde Brille
bedachte sie ihn mit einem sanften Blick.

Kaltenbach stellte das Gefäß zurück. Die Gestalt, ein Mann,
sagte nichts und lächelte nur.

»Ich sehe mich nur ein wenig um.« Der süßliche Geruch
schien ihm auf die Stimmbänder geschlagen zuhaben. Normalerweise war dies die Antwort auf die unvermeidliche Verkäu-
ferfrage, ob er ihm helfen könne. Doch der Bezopfte lächelte
beharrlich und schwieg. Kaltenbach sah in Gedanken einen
chinesischen Mandarin vor sich, der den Eingang zum Kai-
serpalast bewachte und auf die Legitimationspapiere wartete, ohne die es sich gar nicht erst lohnte vorstellig zu werden. Er trat an eines der Regale heran und tat so, als würde er
die Aufschriften der Etiketten lesen. Wie konnte er am besten
nach Luise fragen, ohne dass es unangenehm wurde? Das gut

gemeinte Honiglächeln schreckte ihn ab. Kaltenbachs Blick fiel auf ein Sortiment handgerollter Bienenwachskerzen. Er hatte sie nicht mehr gesehen, seit er als Kind zusammen mit seiner Mutter in der Adventszeit die gesamte Verwandtschaft damit versorgen musste. Kaltenbach nahm aufs Geratewohl eine heraus. Sie war klebrig.

»Was kostet die?«, räusperte er sich, ohne sich zu dem Verkäufer umzudrehen.

Der Mann schwirrte heran und nahm ihm die Kerze ab. »Achtfünfzig«, säuselte er. »Mann oder Frau?«

Dieses Mal war es Kaltenbach, der schwieg und den anderen mit großen Augen anstarrte.

»Ist das Geschenk für einen Mann oder eine Frau gedacht? Ich werde Ihnen noch einen kleinen Brummer mitgeben.«

»Frau«, entgegnete Kaltenbach, der immer noch nicht wusste, was der andere meinte.

Der Verkäufer wickelte die Kerze sorgfältig in ein rötliches Zellophanpapier und band eine gelbe Schleife darum. Dann zauberte er aus einer Schublade eine winzige, fast echt wirkende Plastikbiene hervor, die er darauf befestigte.

»Männer bekommen Wespen«, lächelte der Mandarin. »Meine Verehrung für die Dame unbekannterweise. Und den Docht nach dem Auslöschen nicht glimmen lassen!«

Kaltenbach bezahlte, strich das Wechselgeld ein und steckte die Kerze in die Innentasche seiner Jacke.

»Gibt es hier in der Nähe einen Kunstladen?«

»Drüben in der Gerberau. Mehrere. Sehr schöne Auswahl.«

Sekunden später stand Kaltenbach erneut in der Freiburger Kälte. Die Ausläufer des Höllentalwindes pfiffen unangenehm durch die Fischerau. Vom Wasser kam es feucht herauf. Wieder einmal ärgerte er sich über seine Unentschlossenheit. Warum hatte er den Honigmann nicht einfach nach Luise gefragt? Er wusste, wie sie hieß, er trug ihr Bild vor seinen Augen, und er wagte es nicht, ihren Namen auszusprechen.

Er entschied sich für eine Denkpause in einem Café, dessen Schild ein paar Schritte weiter zum Frühstück einlud. Gleich nach dem Eintreten fand er sich in einem der typischen Freiburger Altstadthäuser wieder, die innen meist größer wirkten, als es von außen den Anschein hatte. Gleich hinter der Eingangstür und der Garderobe öffnete sich ein Raum, dessen Blickfang ein modern aufgepeppter Tresen mit einer geschwungenen schwarzen Marmorplatte bildete. Dahinter war ein Mann Anfang zwanzig mit weißer knielanger Schürze und einer frisch gestärkten dunkelblauen Bolerojacke damit beschäftigt, auf einer silbernen Messingplatte belegte Brötchen anzurichten. Das Café war leer bis auf eine ältere Dame, die an einem der Bistrotische Kaffee trank. Sie blickte kurz auf, als sie Kaltenbach hereinkommen hörte, und vertiefte sich dann sofort wieder in ihre Zeitung.

Beim Anblick der fantasievoll mit Salatblättern und Paprikastreifen dekorierten Brötchen merkte er, dass er außer dem Joghurt heute Morgen noch nichts im Magen hatte. Er grüßte und deutete auf die Platte.

»Eins mit Schinken und eins mit Ei. Und einen Cappuccino, bitte!« Er hängte seine Jacke auf und setzte sich in einigem Abstand zu der Zeitungsleserin an den Tisch in der Fensternische. Kurz darauf hörte er von der Bar her das zischende Geräusch der Kaffeemaschine.

Kaltenbach nahm eine Zeitung von der Wand und blätterte ein wenig darin herum. Er fühlte sich müde. In der Nacht hatte er unruhig geschlafen und war ein paar Mal aufgewacht. Ständig waren ihm Gedanken zu dem merkwürdigen Schmuckstück durch den Kopf geschossen, und sie waren keineswegs angenehm. Am Morgen war ihm klar geworden, dass er die Sache richtig anpacken musste.

»Panini con prosciutto i panini con uove, prego.« Die silbernen Knöpfe an dem Jäckchen glänzten mit der gegelten Frisur um die Wette. »I uno Cappuccino, Signore.«

Kaltenbach hatte Zweifel, ob der verdächtig nach schwäbischem Betriebswirtschaftsstudent aussehende Italiener vor ihm echt war. Doch die Aussicht auf ein gutes Frühstück ließen Kaltenbach sich ebenso höflich bedanken.

»Ach, warten Sie!«

Der Ober machte schwungvoll auf dem Absatz seiner glänzend polierten schwarzen Schuhe kehrt. »Signore?«

»Gibt es hier in der Straße vielleicht einen Kunstladen?«

»Natürlich, Signore, gleich drüben in der Gerberau, nur ein paar Meter.«

Dieses Mal ließ Kaltenbach nicht locker. »Nein, hier in der Fischerau vielleicht?«

»Nein, nicht dass ich wüsste. Beim Augustinermuseum ...«

»Er meint Luises Atelier, Schätzchen«, unterbrach ihn eine Stimme, die aus der untersten Altlage kam. Die allein sitzende Dame bedachte Kaltenbach mit einem Augenaufschlag, der einer Diva aus den 30er-Jahren alle Ehre gemacht hätte.

»Und wo ist das?«, fragte er mutig.

»Zur Tür raus, rechts, drei Häuser weiter. Aber da ist jetzt zu, Schätzchen.«

Er schenkte ihr sein gewinnendstes Lächeln, doch die Dame hatte sich bereits wieder ihrer Lektüre zugewandt.

Also ein Atelier. Kaltenbach nahm sich vor, bei nächster Gelegenheit Frau Kölblin ein wenig Aufklärungsunterricht in Sachen Kunst zu geben. Gleichzeitig spürte er, wie die Spannung in ihm stieg. Er schlürfte genussvoll den ersten Schluck seines verführerisch duftenden Kaffees und biss in das Schinkenbrötchen. Vielleicht konnte aus dem Tag ja noch etwas werden.

Nachdem er die Brötchen vertilgt und den Cappuccino ausgetrunken hatte, war es kurz vor elf. Er winkte dem Kellner, der gerade dabei war, den großen Designerkühlschrank hinter der Theke mit der neuesten Modelimonade zu befüllen. Kaltenbach schluckte, als er die Rechnung zahlte. Zusammen mit der Honigkerze hatte er seinen halben Wochenetat verbraten. Der falsche Italiener steckte ungerührt das knappe Trinkgeld ein. Ehe er aufbrach, fragte Kaltenbach nach der Toilette und wurde nach hinten verwiesen. Er stand auf und verschwand in den Katakomben des Altstadtbaus.

Als er in das Lokal zurückkam, sah er, dass an seinem Tisch jemand Platz genommen hatte. Dort saß Luise. Es war das dritte Mal, dass er sie sah. Wieder war es anders und wieder auf seltsame Weise vertraut. Sie trug Jeans und einen einfachen dunklen Pullover, ein türkisfarbenes Tuch hatte sie sich in der Art eines Schals um den Hals gelegt. Ihre gelockten Haare waren zusammengebunden und mit einer Holzspange nach oben gesteckt. Vor ihr stand noch das Gedeck, das Kaltenbach benutzt hatte.

Kaltenbach war völlig verblüfft.

»Ja?« Die Frau hob die Augen und sah ihn an. Ihre Stimme klang weich und melodisch.

Kaltenbach hatte das Gefühl, dazustehen wie ein Idiot. Doch dann nahm er seinen Mut zusammen. »Ich bin gerade hier gesessen. Da steht noch meine Tasse.«

»Oh, entschuldigen Sie, ich wusste nicht …« Die Frau machte Anstalten aufzustehen, doch er winkte ab.

»Nein, Sie bleiben natürlich sitzen. Ich wollte sowieso gerade gehen.«

»Wissen Sie, dies ist nämlich mein Lieblingsplatz.« Sie setzte sich zögernd wieder hin.

Der Kellner glitt heran, räumte das Geschirr weg und fuhr mit einer weit ausholenden Geste einmal mit einem schwarzen Tuch über den Tisch. Dann schob er ihr eine Tasse hin, die er zuvor auf dem Nachbartisch abgestellt hatte.

»Latte macchiato, Signora, wie immer.«

Kaltenbach fragte sich, ob er noch mehr als diesen einen Gesichtsausdruck auf Lager hatte. Er gab ihm ein Zeichen und deutete auf seine leere Tasse. Die Frau nahm den Milchkaffee mit beiden Händen und nippte daran.

»Sind Sie zum ersten Mal hier?«

»Ja, ich habe einen Kunstladen gesucht«, hörte er sich sagen. Es war zum Verzweifeln.

»In der Fischerau?« Sie lächelte zum ersten Mal.

»Genau genommen habe ich Ihren Laden gesucht. Genauer gesagt, ich habe Sie gesucht.«

Die Frau hob überrascht den Kopf und betrachtete ihn aufmerksam. »Kennen wir uns?«

»Es geht um das Unglück. Ihr Bruder, auf dem Kandel …«

»Woher wissen Sie, dass er mein Bruder …« Ihre Stimme wurde abweisend. »Sind Sie von der Presse? Ich will nicht darüber reden!«

»Cappuccino, prego!« Der Kellner verschaffte Kaltenbach eine kleine Verschnaufpause. Am besten, er blieb bei der Wahrheit.

»Nein, ich bin kein Journalist. Ich mache Ihnen einen Vorschlag. Ich erzähle Ihnen, warum ich hier bin. Sie können, wenn Sie nicht mehr möchten, mich jederzeit stoppen und wegschicken. Einverstanden?«

Sie sah ihn an. Im Blick ihrer grauen Augen lag etwas Prüfendes, aber auch eine Mischung aus Verzweiflung und Neugier. Sie nickte stumm.

»Ich bin Lothar Kaltenbach aus Emmendingen. Mir gehört der Weinladen im Westend.« Mit diesen Worten begann er zu erzählen. Er sprach von seinem Gefühl des Zweifels und der Unruhe, das ihn auf den Kandel hinaufgetrieben hatte, von der geheimnisvollen dritten Person in der Nacht, an die keiner glauben wollte, von dem merkwürdigen Fremden auf dem Friedhof. Er wusste, dass er nichts auslassen durfte, nicht einmal die heimliche Beobachtung im Wald am Fuß der Teufelskanzel, die ihm ein verrenktes Knie eingebracht hatte. Als er von der Triskele berichtete, meinte er ein Funkeln in ihren Augen zu sehen.

Sie saßen sich schweigend gegenüber, nachdem er geendet hatte. Sie hatte ihren Kaffee nicht angerührt. Kaltenbach sah abwechselnd auf die Tischplatte und zu ihr. Es war der Moment, von dem alles abhing.

Schließlich hielt er es nicht länger aus. »Was halten Sie davon?«

Sie starrte schweigend vor sich hin. Kaltenbach sah, dass sie schön war. Dann hob sie mit einem Ruck den Kopf. »Ich weiß es nicht.« Für einen Moment sah sie ihm direkt in die Augen. »Noch nicht«, fügte sie etwas leiser, aber betont hinzu.

»Können Sie …?«

»Er war mein Bruder. Mein kleiner Bruder.« Sie schüttelte den Kopf, wie um etwas wegzuwischen. »Ich glaube, ich möchte jetzt doch lieber alleine sein. Bitte gehen Sie.«

Kaltenbach stand auf. Er wirkte unschlüssig. »Kann ich später noch einmal mit Ihnen reden? Kann ich noch etwas für Sie tun?«

Sie sah ihn an. Ihre Augen glitzerten feucht. Ihre Stimme stockte. »Ich überlege es mir.«

Samstag, 3. März

Gegen halb neun am Samstagabend parkte Kaltenbach sein Auto im hinteren Teil des Bahnhofsparkplatzes. Er klemmte seine Gitarre unter den Arm, in der anderen Hand trug er eine im Eichenfass gereifte Spätlese von Onkel Josef. Bis zu Walters Haus waren es von hier nur ein paar Schritte den Mühlbach entlang.

Als er läutete, öffnete ihm Andrea, Walters Tochter. Sie begrüßte ihn freundlich und nahm ihm den Mantel ab, und Kaltenbach fragte sich nicht zum ersten Mal, wie es sein Freund trotz der hehren revolutionären und antiautoritären Ideale geschafft hatte, seine Tochter zu einem Muster an Höflichkeit zu erziehen.

»Hallo, Andrea«, grüßte er zurück, »wie geht's? Wo ist das Geburtstagskind?«

»Kind ist gut«, lachte sie. »Eher Jubilar würde ich sagen.«

Der Jubilar hatte ihn bereits erspäht und kam quer durch die Wohnung auf ihn zu gelaufen.

Kaltenbach nahm ihn in den Arm. »Alles Gute, altes Haus, auf die nächsten Sechzig!« Er reichte ihm die Flasche. »Für dich und Regina, in einer stillen Stunde zu zweit zu genießen!«

Walter freute sich sichtlich. »Schön, dass du da bist. Du hast bestimmt Hunger?«

Walter führte ihn zum Buffet. Es waren bereits etliche Gäste da, die sich in dem geräumigen Wohnzimmer angeregt unterhielten. Im Hintergrund hörte man dezente Klaviermusik, irgendetwas in Richtung Jazz, wie Kaltenbach vermutete.

»Bediene dich, heute wird nicht gespart. Aber zuerst gibt's etwas ganz Besonderes.« Walter drückte ihm ein Bierglas in die Hand und wies auf ein kleines Fass, das am Rande des Tisches stand. »Echtes Guinness. Wie findest du das?«

Kaltenbach nickte pflichtschuldig. An Walters Irlandleidenschaft hatte er sich im Laufe der Jahre gewöhnt, wenngleich er den Verdacht hatte, dass der Straßenkämpfer vergangener Tage sein Rebellentum, das er schon lange dem harten deutschen Berufsalltag und den Erfordernissen eines harmonischen Familienlebens geopfert hatte, ersatzweise auf die Grüne Insel projizierte. Walter schwärmte von den Sonnenuntergängen an der Atlantikküste ebenso, wie er den heldenhaften Widerstand des kleinen Volkes gegen die übermächtigen Kolonialherren des Britischen Empire moralisch unterstützte. Sein Paradies waren die unzähligen Pubs und Kneipen in Dublin und in der Provinz, wo Volkes Stimme und Lieder erklangen wie seit hundert Jahren. Bestimmt würde er im Laufe des Abends einige Songs zum Besten geben.

Inzwischen hatte Walter ihre beiden Gläser bis zum Rand gefüllt. »Cheerio«, sagte er und stieß an. »Nachher spielen wir, okay?«

Kaltenbach trank artig ein paar Schlucke. Er würde sich nie an den klebrig-rauchigen Geschmack dieses Dunkelbieres gewöhnen. Regina kam und gab ihm einen Kuss auf die Wange.

»Na, ihr Männer«, begrüßte sie ihn. Obwohl sie ein wenig älter war als Kaltenbach, sah man ihr immer noch an, woher ihre Tochter ihre Schönheit geerbt hatte. Regina arbeitete seit über 20 Jahren als Arzthelferin bei Kaltenbachs Hausarzt in der Markgrafenstraße, durch sie hatte er Walter kennengelernt.

»Hast du noch nichts gegessen?« Sie drückte ihm einen großen Teller in die Hand und führte ihn das Buffet entlang. Zu seiner Erleichterung hatten die beiden darauf verzichtet, den Abend mit irischer Küche zu bestreiten, des schlimmsten kulturellen Relikts, das die Engländer nach Kaltenbachs entschiedener Meinung neben ihrer Sprache im Laufe ihrer Herrschaft hinterlassen hatten.

Er häufte sich einen Teller mit verschiedenen Nudel-, Reis- und Gartensalaten voll, dazu nahm er ein paar kleine gebratene Fleischbällchen in scharfer Sauce und einen Löffel von einem undefinierbaren Durcheinander, das nach Fisch roch. Danach suchte er sich einen Platz, wo er Teller und Glas abstellen konnte. Kaum hatte er mit dem Essen begonnen, erspähte Dieter ihn und setzte sich dazu.

»Alles klar mit dem Geschenk«, sagte er, »ich war gestern im Reisebüro. Er muss nur noch das Datum eintragen.«

Kaltenbach nickte. Es war Markus' Idee gewesen, ihrem Freund als gemeinsames Stammtischgeschenk einen Kurztrip nach Dublin zu überreichen. Damit seine Seele mal wieder auftanken könne, hatte er gemeint, und die beiden anderen waren sofort einverstanden gewesen.

»Wir warten noch, bis Markus kommt. Wir sehen uns dann später.« Er deutete zu den beiden etwas reiferen Damen, die in der Nähe des Kachelofens standen und ihm einladende Blicke zuwarfen.

Kaltenbach amüsierte sich gut an diesem Abend. Die Gastgeber hatten sich ein paar mehr oder weniger humorvolle Partyspiele ausgedacht, denen er zunächst skeptisch gegenüberstand, die ihm dann aber doch ein paar anregende Gespräche bescherten. Zumindest wurde er davon abgehalten, an Luise zu denken. Nach einer Weile wurden die Geschenke überreicht, jeweils mit einer kleinen Ansprache der Gratulanten. Dieter übernahm die Moderation und gab einige geistreiche Sprüche zum Besten, die eine verdächtige Ähnlichkeit mit den nicht verwendeten Geburtstagsanzeigen besaßen.

Kaltenbach saß mit Markus auf den Stufen der gewundenen Holztreppe, die in den oberen Stock führte. Von hier aus hatten sie einen guten Blick auf das Geschehen und konnten gleichzeitig in Ruhe plaudern.

»Sag mal, Lothar, interessierst du dich noch für die Geschichte am Kandel?«

Er dachte an Luise und nickte. »Klar, weißt du etwas Neues?«

»Der Junge wird am Montag entlassen.«

Kaltenbach wurde aufmerksam. »Heißt das, er hat doch nichts gesehen?«

»Die Ärzte meinen, es sei besser so.« Kaltenbachs Verwirrung war augenscheinlich. »Na ja, wenn er auf seiner Geschichte bestanden hätte, wäre er wohl nicht so schnell wieder herausgekommen.«

»Das heißt, es glaubt ihm keiner?«

»Ich weiß nicht. Der Junge wirkt auf mich völlig normal. Bisschen gestresst. Ist aber verständlich.«

Kaltenbach nippte an seinem Wein. »Und die Polizei?«

»Sie haben unter Aufsicht der Ärzte mit ihm gesprochen. Für die ist jetzt alles geklärt.«

»Unfall?«

»Ja, Unfall. So wird es auch am Montag in der Zeitung stehen.«

Kaltenbach dachte einen Moment nach. »Und das Kruzifix?«, fragte er unvermittelt.

»Er wusste nichts davon.«

In diesem Moment tönte Walters Stimme durch den Raum. Er war gerührt und ließ es sich nicht nehmen, seinerseits eine kleine, gut vorbereitete Dankesrede zu halten. »Liebe Freunde, ihr habt mir mit euren Geschenken eine große Freude gemacht. Noch mehr freut mich, dass ihr heute alle gekommen seid.« Mit diesen Worten schloss er und hob sein Glas. »Ich trinke auf die Zeit mit euch!«

Alle stimmten zu, stießen an und hofften, dass es nun mit den Reden vorbei wäre. Aber Walter war immer für eine Überraschung gut.

»Wenn ihr Lust habt, werde ich euch jetzt ein paar meiner Lieblingslieder vorsingen!«

Erneutes Nicken und einige anfeuernde Rufe. Die Gespräche verstummten, und irgendjemand schaltete die Musik aus. Alle sahen gespannt zu Walter, der sich auf einem Küchenstuhl in der Mitte des Raumes niedergelassen hatte. Er klappte einen Notenständer auseinander und öffnete einen dick gefüllten Ordner mit Texten. Als er das richtige Lied gefunden hatte, nahm er seine Gitarre aus dem Instrumentenkoffer, der neben ihm auf dem Teppich lag. Während er mit ein paar Drehungen an den Gewindeschrauben die Saiten stimmte, sagte er: »Das erste Lied ist, wie könnte es anders sein, eine Liebeserklärung an das Land meiner Sehnsucht.« Nach ein paar erklärenden Worten zum Inhalt begann er zu spielen.

Kaltenbach und Markus blieben auf der Treppe sitzen, während Walter von den grünen Hügeln, dem weiten Meer und den hübschen Mädchen sang, die in Schottland, aber auch in Irland ›Lassies‹ genannt wurden. Sein Gitarrenspiel war einfach, aber ausdrucksvoll, und in seine Stimme legte er die Leidenschaft, die aus dem Herzen kam. Als er geendet hatte, klatschten und riefen die Leute begeistert. Regina strahlte vor Stolz. Walter gab noch zwei weitere Lieder zum Besten, dann rief er ein bedeutungsvolles »So, kommt ihr dann!« in den Raum. Kaltenbach wusste, das dies das Zeichen für ihn war. Er nahm seine Gitarre und bahnte sich einen Weg zu den anderen. Außer ihm hatte Walter noch zwei weitere Gäste aufgefordert, mitzumachen. Michael, ein Freund Walters, der in Freiburg bei einer Softwarefirma arbeitete, packte seine Geige aus. Dazu kam eine gut aussehende junge Frau Anfang zwanzig, die eine irische Metallflöte in der Hand hielt. Walter freute sich, dass ihm die Überraschung gelungen war. Er stellte die Mitspieler vor, und Kaltenbach erfuhr, dass die junge Dame Ann-Kathrin hieß und eine Studienfreundin seiner Tochter war. Nach kurzem Stimmen legten alle vier mit einem allseits bekannten irischen Trinklied los, das durch seine einfache Akkordfolge leicht zu begleiten war. Der eingängige Refrain lud die Zuhörer sofort zum Mitsingen ein.

Natürlich mussten noch ein paar weitere Lieder folgen, allesamt begeistert gefeiert, ehe Walter sich und die Mitspieler verabschiedete. Für die meisten Gäste war es das Zeichen nachzusehen, ob man beim Buffet noch etwas Schmackhaftes übersehen hatte.

»Wir sollten das öfter machen«, meinte Michael, während er seinen Bogen entspannte und die Geige einpackte. »Wenn wir erst mal richtig üben würden …«

»Das wäre mein schönstes Geburtstagsgeschenk«, strahlte Walter, der gerade seinen Notenständer zusammenklappte. »Eine irische Band!« Er legte seine Gitarre in den Koffer zurück und schloss den Deckel. »Was meinst du, Lothar, das könnte doch Spaß machen!«

Kaltenbach gab keine Antwort. Sein Gesicht war wie versteinert.

»Hat es dir die Sprache verschlagen?«, lachte Michael. »Wir könnten doch gleich mal einen Termin machen!«

Doch Kaltenbach hörte ihn nicht. Er starrte auf den Deckel von Walters Gitarrenkoffer, der mit einigen bunten Aufklebern verziert war. Neben einer irischen Miniflagge, einer Reproduktion eines gälischen Ortsschildes und einer Guinness-Harfe prangte groß und deutlich das Sonnensymbol, das ihn seit Tagen beschäftigte. Walter hatte das Bild einer Triskele aufgeklebt.

»Was – woher hast du das?«, fragte er und deutete auf das Bild.

»Ich habe gar nicht gewusst, dass du dich für keltische Symbole interessierst.«

»Keltische Symbole?«

»Gefällt es dir? Hat mir ein Freund vom Urlaub mitgebracht. Der war letztes Jahr mit der Familie drüben. Fahrradferien.«

Michael grinste. »Das wäre doch auch mal was für dich«, meinte er und stupfte mit dem Finger auf Walters nicht zu übersehenden Rettungsring, der sich über seinen Gürtel wölbte.

Walter verzog das Gesicht. »Kein Sport. Das fehlt grade noch, nachdem ich es 60 Jahre ohne geschafft habe.«

»Weißt du, was es bedeutet?«, fragte Kaltenbach dazwischen.

»Ein mythologisches Zeichen. Wie vieles, was aus Irland kommt. Es hat mit der Sonne zu tun. Warum willst du das wissen?«

Ehe Kaltenbach antworten konnte, kamen Dieter und seine Gesprächspartnerin dazu. »Das war ja richtig toll, wie ihr gespielt habt! Ihr werdet noch berühmt, das sage ich euch!« Er hob sein Glas. »Auf euren Erfolg!«

Walter klopfte Kaltenbach auf die Schulter. »Michael hat recht. Wie wäre es, wenn wir uns nächste Woche treffen?«

»Nächstes Wochenende könnte ich«, meinte Michael. »Ihr könnt zu mir kommen.«

Auch Kaltenbach ließ sich jetzt anstecken. »Warum nicht? Das machen wir.«

Dieter hob erneut sein Glas. »Schöne Frau, du hast soeben die Geburt einer neuen deutschen Supergruppe erlebt. Darauf müssen wir anstoßen.«

Unter Gläserklingen und Gelächter mischten sie sich wieder unter die Gäste. Dafür kam Klaus Riether, ein gemeinsamer Freund und Winzer aus Müllheim, und nahm Kaltenbach zur Seite. »Erzähl doch mal vom neuen Weinjahrgang. Bei uns im Markgräflerland gibt's ein paar tolle Sachen in diesem Jahr!«

Kaltenbach sah ein, dass er an diesem Abend nichts mehr über die Triskele erfahren würde. Doch er nahm sich vor, Walter zu fragen, sobald es ging.

Als Kaltenbach gegen ein Uhr nachts nach Hause kam, war er hundemüde. Es war ein gelungener Abend gewesen, wie er fand. Er hatte lange nicht mit anderen zusammen Musik gemacht, anders als in seiner Freiburger Zeit, wo es oft Sessions bis tief in die Nacht hinein gab. Damals war es pures Vergnügen gewesen, es kam, wie es sich ergab, und keiner wäre auf die Idee gekommen, eine feste Gruppe zu gründen oder gar zu proben. Doch Walters Begeisterung war ansteckend. Er konnte es ja einmal versuchen.

Im Hausflur sah er das rote Lämpchen des Anrufbeantworters blinken. Kaltenbach ignorierte es und steuerte stattdessen als erstes den Kühlschrank an. Ein schöner kühler Apfelsaft, das war es, was er jetzt gegen seinen Brand brauchte. Er setzte die Flasche an und trank in gierigen Zügen. Morgen würde er Walter zu der Triskele befragen. Ein Zeichen aus Irland!

Er knipste das Licht in der Küche aus und nahm die halb volle Flasche mit. Er freute sich auf sein Bett, er freute sich auf das Ausschlafen am Sonntag. Zuvor ging er noch einmal zum Telefon und drückte auf die Wiedergabetaste.

›Hallo, Herr Kaltenbach. Schade, dass Sie nicht da sind.‹

Es war die Stimme, die er erhofft hatte. Hier in der Nacht in seinem dunklen Hausflur klang sie wie von einer anderen Welt.

›Ich habe es mir überlegt.‹

Sonntag, 4. März

Kaltenbach versuchte, die Augen zu öffnen. Die graue bleierne Masse, die ihn umgab, dämpfte sein Zeit- und Raumempfinden, sodass er nicht sagen konnte, wie spät es war. Einzig die Tatsache, dass in seinem Aquarium das Licht brannte, deutete darauf hin, dass die Nacht vorüber sein musste. Wo er normalerweise seinen Kopf und damit sein Denkvermögen lokalisierte, war ein hässliches Klopfen zu hören, das ihn widerstrebend in die Welt der schweren Augenlider und schmerzenden Knochen zurückzog. Den Platz seiner Zunge hatte wohl eine Ansammlung von trockenen Watteröllchen eingenommen, die sonst säuberlich gestapelt auf dem Beistelltisch seines Zahnarztes lagen.

Während er sich im Bett aufrichtete, kam dem penetranten Klopfen ein Schwindel zu Hilfe, um gemeinsam genüsslich auf Kaltenbachs spärlichem Morgenbewusstsein herumzutrampeln. Das bisschen, was davon schon einsatzbereit war, sagte ihm, dass er das letzte Glas nicht hätte trinken sollen. Doch was hatte die alte Eule Vernunft schon zu sagen, wenn zu vorgerückter Stunde der harte Kern der Geburtstagsfeiernden als Belohnung für seine Ausdauer die exklusive Verkostung von Walters zwölf Jahre altem ›Irish Malt‹ vornehmen durfte? Allein die Vorstellung davon ließ das Duett der beiden Kombattanten unter seiner Schädeldecke zum Crescendo anschwellen.

Nach mehreren Anläufen gelang es Kaltenbach, eine einigermaßen stabile Sitzhaltung zu finden. Neben dem Bett fand er den restlichen Saft von gestern Nacht. Er schmeckte warm und abgestanden, aber das war ihm egal. Das monotone Plätschern des Aquariums trieb ihn endgültig in die Höhe, und nachdem er sich um eine stattliche Menge flüssiger Nahrung erleichtert hatte, sah der Morgen schon etwas freundlicher aus.

Kaltenbach brühte sich einen starken Kaffee auf seiner italienischen Maschine, ging gleich darauf Duschen und trank anschließend zwei weitere Tassen. Eigentlich hätte er auch bei Walter übernachten können. Das Sofa und eine Decke hätten genügt, und er müsste jetzt nicht extra runterfahren. Seit Jahren gehörte es zu Walters Geburtstagsritual, nicht nur ein Fest zu geben, sondern eine Gruppe von Auserwählten am nächsten Morgen einzuladen. Ursprünglich war es Reginas Idee gewesen, die wenig Lust hatte, das Flaschen-, Geschirr- und Restechaos mit der spärlichen Hilfe ihres verkaterten Ehegatten aufzuräumen. Ein zu üppig dimensioniertes Spanferkel zu Walters Fünfzigstem war damals der Anlass gewesen, am Morgen danach ein paar Leute anzurufen und eine kombinierte Essens- und Aufräumaktion zu starten. Regina nannte es scherzhaft den ›Überlebensbrunch‹. Dass daraus ihr wöchentlicher Stammtisch entstehen würde, war ein damals nicht voraussehbarer Nebeneffekt.

Kaltenbach sah zum ersten Mal an diesem Tag auf die Uhr. Es war halb zehn, Zeit genug, mit der Vespa in die Stadt runterzufahren und nicht der Letzte zu sein, denn diese Rolle war traditionsgemäß Markus überlassen.

Allmählich ordneten sich seine Gedanken wieder. Der Abend bei Walter und Regina hatte Kaltenbach wie jedes Jahr gut gefallen. Essen, Trinken und Quatschen in entspannter Atmosphäre mit netten Leuten, das war ganz nach seinem Geschmack. Er hatte sich so ungezwungen gefühlt wie lange nicht mehr. Im letzten Jahr war Monika noch dabei gewesen, und er stellte zu seiner Überraschung und Zufriedenheit fest, dass er sie nicht vermisste. Es war gut so, er musste aktiv werden, er musste wieder mehr unter Menschen gehen. Eine

Band gründen, das war keine schlechte Idee. Die Musik war schon immer ein Türöffner gewesen seit den Freiburger Zeiten, als er die Studentinnenherzen mit Leonard Cohen und Neil Young zum Schmelzen gebracht hatte.

Im selben Moment fiel ihm ein, dass Luise gestern auf den Anrufbeantworter gesprochen hatte. Er fuhr ruckartig hoch. Im nächsten Augenblick stand er im Flur und versuchte sich zu erinnern, wie man die gespeicherten Nachrichten erneut anhören konnte. Er musste unbedingt noch einmal genau hören, was sie gesagt hatte. Nach ein paar vergeblichen Versuchen vernahm er die ewig junge Frauenstimme. ›Keine neuen Nachrichten. Sie haben 17 alte Nachrichten. Ihre alten Nachrichten. Nachricht eins.‹ Nach einem Tuten hörte er die Stimme von Dieter, der sich nach dem Stammtisch von letzten Freitag erkundigte. Nun wurde er noch nervöser und probierte weiter, bis er schließlich die Vorlauffunktion fand. Endlich hörte er die Stimme, auf die er gewartet hatte. Die Nachricht war kurz, aber nicht misszuverstehen. Sie wollte mit ihm sprechen.

Einen Moment überlegte er, dann drückte er entschlossen die Rückruftaste. Seine Schläfen pochten, als er das erste Rufzeichen hörte. Er würde den Überlebensbrunch absagen müssen, er würde trotzdem mit dem Roller zuerst in die Stadt fahren, um sein Auto zu holen, das er gestern Nacht hatte stehen lassen, er würde sie fragen, ob ...

Seine Gedanken wurden unterbrochen, und er brauchte einen Moment, ehe er realisierte, dass die Stimme, die er hörte, vom Band kam. Luise war nicht zu Hause.

Eine Stunde später plagten Kaltenbach andere Sorgen. Regina hatte ihn zusammen mit Markus und Walter zum Abtrocknen eingeteilt. Dieter spülte und sie selbst sorgte mit einer Freundin aus der Nachbarschaft dafür, dass der Tellerberg neben der Spüle nicht kleiner wurde. Markus kläglicher Hinweis auf die Geschirrspülmaschine und die Segnungen der modernen Technik in einem modernen Haushalt hatte sie erbarmungslos zurückgewiesen.

»Was glaubst du, wie lange das dauert? Das Geschirr von 40 Leuten – da sind wir morgen früh noch beschäftigt! Außerdem spart das Energie und fördert das soziale Miteinander!«

Natürlich hatten sie sich sofort gefügt, nicht nur, weil sie wussten, dass die resolute Regina recht hatte. Es war in jedem Jahr so, und schließlich waren sie genau deswegen gekommen. Außerdem konnten sie nur so ihrer gefürchteten, flammenden Rede gegen die Faulheit der Männer im Allgemeinen und deren mangelndes Einbringen bei der Hausarbeit im Besonderen entgehen.

Dieter hatte als Erleichterung für die Arbeit ein paar CDs aus seiner umfangreichen Sammlung mitgebracht. Lautstark sang er die Refrains zu den 60er-Jahre-Hits mit.

Markus verzog den Mund. »Von Strafverschärfung war aber nicht die Rede«, stöhnte er und betrachtete mit dunklen Gedanken die scharfe Klinge eines Gemüsemessers, das er gerade abtrocknete. »Tod beim Überlebensbrunch – Drama in der Mühlgasse – keine Überlebenden beim Morgenritual einer obskuren Sklavensekte«, brummte er. »Ich sehe die Schlagzeilen schon vor mir!« Seufzend warf er das Messer in den Besteckkasten und nahm das erste der Biergläser in Angriff. »Nicht mal was zu trinken kriegt man hier«, maulte er. Doch im nächsten Moment ließ er sich anstecken, mit Dieter zusammen ›We all live in a yellow submarine‹ zu singen. Dabei standen die beiden nebeneinander und bewegten ihre Oberarme im Schunkeltakt des alten Beatles-Hits.

»Jetzt fehlt nur noch die Luftgitarrennummer von ›Smoke

on the water‹«, rief Walter zu ihnen hinüber. »Passt bloß auf, die Guinnessgläser sind original aus Dublin!«

»Geklaut, Väterchen, geklaut!« Andrea kam die Treppe herunter gehüpft und stupste ihren Vater liebevoll auf den Bauch. »Echte Stadtguerillatrophäen müssen wieder unters Volk«, lachte sie. »Viel Spaß auch noch. Ich darf doch das Auto haben, oder?«, rief sie und floh Richtung Tür, um Walters Geschirrtuch zu entgehen, das er ihr hinterher warf.

Walter war etwas verlegen und stolz zugleich. »Fahr vorsichtig!«, rief er ihr nach.

Kaltenbach begann, die ersten trockenen Teller in den Schrank einzuräumen. »Und du gibst ihr so locker euer Auto?«, staunte er. Andrea hatte erst vor ein paar Wochen den Führerschein gemacht.

»Ich nicht.« Walter nickte zu seiner Frau hinüber und grinste verschwörerisch. Regina bearbeitete eben mit Lappen und Wasser den großen Holztisch, der gestern als Buffet gedient hatte. »Frauenpower. Erst haben wir jahrelang für die Emanzipation gekämpft und nun das!«

Kaltenbach spürte deutlich den Stolz, der in Walters Worten mitschwang, wenn er über seine Familie sprach. Vielleicht wäre alles anders gekommen, wenn er und Monika Kinder gehabt hätten. Er hatte es immer verschoben, jahrelang. Zu lang.

Nachdem gefühlte 300 Teller durch seine Hände gewandert waren, tönte eine resolute Stimme durch den Raum. »Kaffeepause!«, befahl Regina. Auf dem frisch gewienerten Tisch standen eine große Kanne mit sechs Tassen, dazu eine Kuchenplatte mit den Resten von gestern Abend. Kaltenbach war froh über die Unterbrechung. Bei dieser Gelegenheit konnte er Luise anrufen. Dabei fiel ihm ein, dass er ihre Nummer nicht hatte. Er würde sich gedulden müssen, bis er wieder in Maleck war. Hoffentlich hatte er nicht aus Versehen den Speicher gelöscht!

»Wolltest du nicht etwas über Irland und die Kelten hören?«, fragte Walter und begann im nächsten Moment einen Vortrag, der einem Geschichts- und Ethnologiedozenten alle Ehre gemacht hätte. Schon nach wenigen Minuten schwirrte Kaltenbach der Kopf. Nach Walters Worten musste jeder zu der Überzeugung kommen, dass die Insel am Rande des Nordatlantiks nicht mehr und nicht weniger war als die Wiege der europäischen Kultur. Das Erbe des mythischen Avalon bewahrte ein arbeitsames friedfertiges Volk mit stolzen Fürsten, kunstvollen Sängern und geheimnisvollen Druidenpriestern. Vor Kaltenbachs innerem Auge öffnete sich eine wilde, zerklüftete Meeresküste, erfüllt von Möwengekreisch und dem rhythmischen Schlagen der Wellen, durchmischt mit uralten Gesängen von Göttern und Menschen, von Schönheit, Liebe und Melancholie.

»Ich wusste gar nicht, dass du seit Neuestem einen Vertrag mit der irischen Tourismusbehörde hast«, witzelte Markus und stieß den neben ihm sitzenden Dieter mit dem Ellbogen an. »Bestimmt hat er mit denen eine monatliche Lieferung Guinness vereinbart. Als Provision auf Lebenszeit!«

In Walters Blick spiegelte sich Verachtung. »Ignorant!«, knurrte er. »Die Leute haben vor Tausenden von Jahren Werke geschaffen, da könnt ihr alle nur staunen. Passt mal auf!«

Er stand auf, ging zu dem großen Wandregal, das die halbe hintere Seite des Wohnzimmers einnahm, und kam mit einem überdimensionalen Bildband zurück. Er schlug ihn auf und hielt ihn den Zuhörern vor die Nase.

»Newgrange!«, sagte er andächtig.

Kaltenbach strengte sich an, konnte aber außer einem grasbewachsenen Erdhügel nichts erkennen. Den anderen ging es genauso.

»Ein Meisterwerk.« Walter blieb unbeirrt. »Da findest du

nichts Vergleichbares.« Mit großen Gesten begann er zu erklären. »Eine unterirdische Weihestätte. Ein gerader, schmaler Gang führt ins Zentrum zu einem Altar. Und das Schärfste ist: Zweimal im Jahr fallen die Sonnenstrahlen genau durch die Öffnung hinein und erleuchten den Stein am Ende des Ganges. Immer am Tag der Sommer- und Wintersonnwende. Das muss man gesehen haben!«

Sogleich entstand unter den Zuhörern eine lebhafte Diskussion, an welchem Kalendertag dies wäre und ob die Sonne heute noch genau so unterging wie vor 5.000 Jahren.

»Das ist an Weihnachten«, meinte Markus, der das Ganze eher amüsiert verfolgte. »Der Stern von Bethlehem.«

»Unsinn«, gab Dieter zurück. »Hat gar nichts damit zu tun. Der 1. Dezember ist der Tag. Meteorologischer Winteranfang.«

»Banausen!«, fuhr Walter dazwischen. »Wintersonnwende ist natürlich am 21. Dezember. Tag des ungläubigen Thomas. Haben die Katholiken extra darauf gelegt, um die uralten Traditionen zu zerstören.«

Kaltenbach hatte inzwischen zu dem Buch gegriffen und darin herumgeblättert. Auf den Fotos war außer großen Steinquadern und einigen schummrigen Schwarz-Weiß-Aufnahmen nicht viel zu erkennen. Dafür gab es seitenweise Berichte über die Ausgrabungen und die Rekonstruktion.

Walter freute sich sichtlich über Kaltenbachs Interesse.

»Hab ich damals gekauft, als ich zum zweiten Mal dort war. Eigentlich war keine Besuchszeit, aber der Aufseher hat mir freundlicherweise aufgeschlossen.«

Kaltenbach deutete auf eine Doppelseite mit gezeichneten Spiralmotiven. »Sind das auch Triskelen?«

»Eines der großen Geheimnisse von Newgrange.« Er schlug eine weitere Seite auf. »Sieh mal hier. Ein paar Schritte vor dem Eingang, dort wo die Sonne hineinscheint, liegt ein riesiger Findling, mindestens vier Meter lang und fast so hoch wie ich. Da sind lauter Spiralen drauf, und kein Mensch weiß, was sie bedeuten.«

Kaltenbach betrachtete das Foto. Jede freie Stelle der Oberfläche des Monoliths war mit dem gleichmäßigen Muster bedeckt. Sonst gab es nichts, keine Inschrift, kein Bild. Er hatte den Eindruck, dass sich der Stein vor seinen Augen bewegte.

»Da wird einem richtig schummrig, allein vom Draufschauen«, sagte er verwirrt.

Walter nickte. »Du solltest es sehen, wenn du davorstehst. Es ist unglaublich. Eine der Theorien lautet: Der Stein liegt dort, weil nicht jeder hineindarf. Eine Art Abwehrzauber.« Er schob das Buch wieder zu Kaltenbach hin. »Die Menschen waren damals anders als wir heute«, fügte er hinzu, da Kaltenbach ungläubig lächelte.

»Genug jetzt, ihr Faulenzer!« Regina unterbrach ihre Gespräche und stand auf. »Nachher ist immer noch Zeit zum Quatschen!«

Kurz darauf hörte man erneut geschäftiges Geklapper, als Dieter den Schlussangriff auf die Geschirrberge begann. Markus wurde von den beiden Damen in die Küche beordert, um bei der Essensvorbereitung zu helfen.

Walter und Kaltenbach trockneten weiter ab. Das Geschirr wurde ganz allmählich weniger.

»Solche Steine findest du übrigens nicht nur in Irland. Auch in England, aber auch in Frankreich und Spanien. Sogar bei uns.«

»Bei uns?« Kaltenbach war überrascht. »Gab es die Iren auch bei uns?«

Walter lachte. »Das nun gerade nicht. Leider.« Er betrachtete das Glas, das er gerade mit dem Geschirrtuch bearbeitete. »Aber die Iren gehören zu den Kelten. Und die Kelten wiederum gab es früher überall in Europa. Manche sagen, dass alles, was rothaarig ist, keltische Gene hat. Das hat schon die Griechen und Römer fasziniert. Eine keltische Sklavin war etwas ganz Besonderes.«

Kaltenbach staunte. »Und du sagst – auch bei uns? Du meinst hier in der Gegend?«

»Süddeutschland, Österreich, Böhmen – hier gibt es die frühesten Spuren. Geh mal ins Colombi nach Freiburg und schau nach, was die da alles haben.« Auf Kaltenbachs ratlosen Blick fügte er hinzu: »Museum für Ur- und Frühgeschichte. Das lohnt sich.« Er schnippte mit dem Fingernagel an den Glasrand, sodass ein heller Ton erklang. »Die Kelten liebten die Natur. Sie war ihnen heilig. Du musst dir nur mal die Namen von Flüssen und Bergen anschauen. Die Donau zum Beispiel und der Rhein. Die Dreisam heißt auf keltisch die Schnellfließende. Kandel ist Cantos, der Glänzende. Und natürlich der Belchen. Der König aller Berge. Sitz des Sonnengottes Bel.«

Kaltenbachs spöttisches Urteil über Walters Irlandfimmel verwandelte sich allmählich in Hochachtung. »Woher weißt du denn das alles?«

Walter lächelte. Er schwieg für eine kleine Weile. »Man sieht das, was man liebt«, meinte er schließlich. »Und man liebt das, was man kennt.« Er wandte sich den letzten Gläsern zu, die Dieter kunstvoll auf der Spülablage stapelte. »Auf geht's, wir wollen es hinter uns bringen!«

Sonntag, 4. März, nachmittags

Es war kurz nach drei, als er Luises Nummer in Freiburg wählte. Schon nach dem zweiten Läuten war sie am Apparat. Sein Herz klopfte schneller, als er ihre Stimme hörte.

»Ich habe über deinen Vorschlag nachgedacht«, sagte sie nach einer knappen Begrüßung. »Wir sollten reden. Kannst du vorbeikommen?«

Ihre Direktheit kam überraschend. Für einen Moment wusste er nicht, was er antworten sollte.

»Bist du noch dran?« Sie klang ungeduldig.

Kaltenbach gab sich einen Ruck. »Natürlich. Klar. Ich meine, klar, dass ich kommen kann. Nicht dass ich noch dran bin. Das auch.« Er kam sich vor wie ein Idiot. »Also, was ich sagen will, ich habe heute nichts anderes mehr vor.« Wieder daneben. Er musste sich zusammenreißen. »Wie wäre es in einer Stunde? So um vier?«

»Vier ist prima«, sagte sie. »Ich wohne in St. Georgen. In der Fischerau ist lediglich mein Atelier.« Sie beschrieb in wenigen Worten den Anfahrtsweg.

»Alles klar.«

»Bis gleich.«

Das Klicken in der Leitung ließ ihn wie benommen zurück. Romantischer Esel, dachte er. Sein Verstand kämpfte vergebens gegen das Ziehen und Flattern unter seinem Bauchnabel.

Das penetrante Tuten des Telefons zog ihn zurück in die Gegenwart. Er legte den Hörer auf und ging ins Bad. Das Licht über dem Spiegel blendete ihn, als er mit zusammengekniffenen Augen hineinsah. Die Spuren der Feier waren noch deutlich zu sehen.

Er drehte den Hahn am Waschbecken auf, ließ Wasser in seine Hände laufen und klatschte es auf sein Gesicht. Die

Kälte tat ihm augenblicklich gut. Er wiederholte das Ganze noch zwei Mal, dann trocknete er sich ab. Den Viertagebart ließ er stehen. Er würde das Schlimmste überdecken und ihn im günstigsten Fall interessant aussehen lassen.

Dafür kramte er in der Schublade des Badezimmerschränkchens nach einer Haarbürste und versuchte, seine Mähne einigermaßen zu bändigen. Lang oder kurz. Irgendwann muss ich mich entscheiden, dachte er. Aber nicht heute.

Plötzlich fiel ihm etwas ein. Er kramte erneut in der Schublade, öffnete dann die zweite und zog schließlich unter einem Stapel bunt karierter Frotteewaschlappen eine kleine Flasche hervor. Er öffnete die Verschlusskappe, roch vorsichtig an dem schweren Moschusduft und befeuchtete vorsichtig die Kuppe seines Zeigefingers. Noch einmal roch er daran, dann strich er vorsichtig damit über die Haut hinter seinen Ohrmuscheln. Abschließend zog er seine neuen Turnschuhe an, warf die Lederjacke über den Arm und eilte die Treppe hinunter zum Auto.

»Sali!«

Herr Gutjahr war bereit für seinen zweiten Sonntagsausgang. Kaltenbach wusste, dass er zu dieser Zeit einem Schwätzchen nicht abgeneigt war. Doch das konnte er jetzt überhaupt nicht brauchen. Er versuchte, nicht unhöflich zu sein.

»Sali. Wie goht's?«

»'s goht.«

Kaltenbach beschleunigte seine Schritte von der Haustürtreppe herunter zur Straße.

»Ich muss!«, rief er und zog schon unterwegs seinen Autoschlüssel hervor. »Freiburg!«, setzte er bekräftigend hinzu und öffnete betont schwungvoll die Autotür. Herr Gutjahr nickte verständnisvoll. Freiburg war für ihn gleichbedeutend mit Paris oder New York. Verkehr und Hektik. Er ging nur dorthin, wenn es sich nicht vermeiden ließ. Und dann ließ er sich von seiner Tochter mit dem Auto fahren.

Kaltenbach wählte die Abkürzung den Berg hinunter zur Zaismatt. Von dort fuhr er den Asphaltweg über die Felder, überquerte den Brettenbach und stieß kurz vor Eberbächle auf die Landstraße. Über Sexau und Denzlingen kam er auf die B 3 nach Freiburg.

Um diese Zeit war in der Mooswaldallee wenig Verkehr, sodass er früher als erwartet nach St. Georgen kam. Er hatte noch 20 Minuten Zeit.

Der Beschreibung nach wohnte Luise irgendwo am Waldrand. Wie meist, als er in diesen Freiburger Stadtteil kam, verirrte er sich in dem Gewirr von Einbahnstraßen, verkehrsberuhigten Bereichen und Anliegerparkzonen. Als er endlich einen halblegalen Parkplatz in einer Abbiegung zu einem Waldweg fand, war er froh, einigermaßen pünktlich vor dem gesuchten Haus zu stehen.

Der schmucklose 70er-Jahre-Bau stand im oberen Teil eines großen Gartengrundstücks, das zum Waldrand hin steil anstieg. Statt der in der Straße üblichen, mit flachen Kunststeinplatten belegten Betonmauern hatte sie ganz auf eine Einfriedung verzichtet. Eine geflochtene Weidenhecke, aus der bereits einige zaghafte Frühjahrstriebe hervorkamen, bildete den Abschluss zur Straße hin. Dahinter war Erde aufgeschüttet und ein Steingarten angelegt. Über die hölzerne Gartentür spannte sich ein Rundbogen, an dem sich Rosen emporrankten.

Die mit einem hölzernen Vorbau überdachte Haustür wurde von zwei meterhohen steinernen Skulpturen bewacht. Die eine trug einen Falkenkopf, die andere ähnelte einem Hund.

»Horus und Osiris. Boten und Wächter der Götter. Sie lassen nur den Mutigen herein.«

Unbemerkt war Luise hinter dem Haus hervorgetreten und kam Kaltenbach entgegen.

»Ich hoffe, dass ich das bin.« Er hatte sich vorgenommen, sich heute nicht aus lauter Verlegenheit nur zu banalem Geplauder verleiten zu lassen. Er reichte ihr die Hand.

»Es ist schön hier.«

Luise nickte. »Freut mich, wenn es dir gefällt. Komm rein.« Die Tür war nur angelehnt. »Es wäre nett, wenn du die Schuhe ausziehst«, sagte sie. Kaltenbach fiel auf, dass sie trotz der Kälte Sandalen trug, die sie jetzt abstreifte und hinter die Tür stellte. Er tat es ihr gleich und folgte ihr ins Innere des Hauses.

Nach wenigen Schritten öffnete sich der Flur zu einem riesigen Zimmer, das offensichtlich das ganze Erdgeschoss einnahm. Von irgendwo her empfing ihn angenehmes Licht. Er sah sofort, warum er hier keine Schuhe brauchte. Der gesamte Fußboden bestand aus großen, blank polierten Holzdielen, die er viel eher in einem vornehmen Altbau in der Wiehre erwartet hätte. Teppiche gab es keine.

Luise schien seine Gedanken zu erraten.

»Die hat mein Onkel damals nachträglich verlegen lassen, nachdem er das Haus gekauft hatte. Er muss sie irgendwo aus einem abgerissenen Schwarzwaldhaus haben.«

In der Ecke stand ein großer Kachelofen. Die dunkelrot glasierten Steine waren bis auf Schulterhöhe gemauert und bildeten als Abschluss nach oben eine Fläche, auf der man sitzen und sich wärmen konnte. Von Wand zu Wand führte eine gemütliche Sitzbank mit Polster. Der Ofen strahlte behagliche Wärme aus. Schräg dahinter gab es eine große Küche, deren Schränke, Regale, Türen und Verkleidungen allesamt aus dunklem, rötlich schimmerndem Holz waren. Von der Decke hingen getrocknete Kräuterbüschel, Zwiebeln und ein Knoblauchzopf.

Auf der anderen Seite des Zimmers führte eine große Glastür direkt hinaus auf die Terrasse, ein breiter Durchgang daneben zu einem Wintergarten.

Luise und Kaltenbach setzten sich auf ein Doppelsofa, das mitten im Raum in einem flachen Halbrund aufgebaut war. Der cremeweiße Bezug und zwei knallrote Kissen standen in deutlichem Kontrast zu den dunklen Holztönen, die den Raum sonst prägten.

»Du trinkst sicher einen Tee mit«, sagte Luise und schenkte, ohne auf Antwort zu warten, aus einer futuristisch anmutenden Kanne in die beiden türkis glasierten Tassen ein.

»Schön ist es hier«, sagte Kaltenbach, damit er etwas sagte. Ein ordentlicher Kaffee wäre ihm jetzt lieber gewesen, doch hatte er nicht den Mut, das Angebot abzulehnen.

»Luise Bührer«, sagte sie und setzte sich. »Und du bist Lothar.« Kaltenbach war schon am Telefon überrascht gewesen, als sie ihn ohne Weiteres mit Vornamen angesprochen hatte. »Der Orkan Lothar, der damals über den Schwarzwald gebraust ist«, fuhr sie lächelnd fort.

Die Floskel von der ›Schneise der Verwüstung‹ lag ihm auf der Zunge. Doch er zog es vor, nicht zu antworten. Stattdessen nahm er die Tasse vorsichtig mit den Fingerspitzen und nippte an dem heißen Getränk. Es roch nach Heu und schmeckte süß.

Für einen Moment saßen beide still. Aus dem Kachelofen war ein dumpfer Schlag und ein darauf folgendes Knistern zu hören, als eines der großen Holzscheite auseinanderfiel.

»Es war kein Unfall.«

Kaltenbach blickte erstaunt auf. Vor Überraschung rutschte ihm fast die Tasse aus der Hand. Luises Lächeln war verschwunden.

»Peter konnte übermütig sein, manchmal. Vor allem bei

Frauen, wenn er sie beeindrucken wollte. Aber leichtsinnig war er nie. Er kannte sich aus in den Bergen. Seit vier Jahren war er bei den Paraglidern. Da darfst du gar nicht leichtsinnig sein.«

Kaltenbach betrachtete die Gleitschirmflieger auf dem Kandel stets mit einer Mischung aus Bewunderung und Horror. Es sah überwältigend aus, wie sie sich mit einem kurzen, kräftigen Anlauf in die Tiefe stürzten und Sekunden später auf einem warmen Luftstrom wieder nach oben schraubten. Für kein Geld der Welt würde er so etwas je machen.

»Außerdem war er begeisterter Kletterer. Auf den Kandel ist er schon einige Male hoch. Im nächsten Jahr wollte er nach Kanada in die Rocky Mountains.«

»Hat er jemals von Selbstmord gesprochen?«

Luise sprang unvermittelt auf. Sie ging vor dem Sofa hin und her und ballte die Fäuste, um sich zu beherrschen.

»Die Polizei hat das auch gefragt. Die haben überhaupt keine Ahnung. Sie kennen ihn nicht.« Sie blieb stehen und schüttelte heftig den Kopf. »Er war ein lebensfroher Mensch! Er hatte Pläne, nicht nur Kanada, er wollte …« Sie hielt plötzlich inne, schloss die Augen und legte ihre Hand auf die Stirn. »Es gab keine Verzweiflung in Peters Leben. Ich hätte es gewusst. Er war mein Bruder!« Wieder schüttelte sie den Kopf, als wolle sie einen bösen Gedanken verscheuchen. »Es war kein Selbstmord. Und es war kein Unfall.« Die beiden ›keins‹ schnitten durch den Raum wie Boxhiebe.

Diese Frau sprach aus, was Kaltenbach dachte. Sie bestätigte, was er ahnte. Langsam hob sich der Schleier, der alle Gefühle und Ahnungen der vergangenen Tage hatte unscharf werden lassen.

»Dann bleibt nur noch eines«, sagte er schließlich.

Luise nickte kaum wahrnehmbar. »Ja«, sagte sie leise. »Es war Mord.«

Sonntag, 4. März, abends

Erneut zischte und rumpelte es im Ofen.

»Es war Mord. Und du bist der Einzige, der mir glaubt.«
Sie trank ihre Tasse aus und schenkte gleich nach. »Das
Schlimmste war, ihn in der Gerichtsmedizin zu sehen. Wir
sollten ihn identifizieren, hieß es, meine Eltern und ich.«

»Gerichtsmedizin?«

»Vorsichtshalber, hat die Polizei gesagt. Aber dann haben
sie sich schnell auf Unfall festgelegt. Zu schnell.«

»Und sein Begleiter, der Junge?«

»Sie haben mich nicht an ihn herangelassen. Er brauche
absolute Ruhe, hieß es.« Sie stieß abfällig die Luft zwischen
den Zähnen hervor und winkte ab. »Die haben ihn nicht ernst
genommen. Gespenster auf dem Kandel am Fasnetsabend!
Würdest du das glauben? Die dachten natürlich, dass beide
betrunken waren.«

»Glaubst du ihm?«

»Ich weiß nicht. Ich kenne ihn kaum. Aber wenn er recht
hat …« Luise ließ sich in das Polster zurück sinken und breitete die Arme aus. »Mein Gefühl sagte mir von Anfang an,
dass etwas nicht stimmt. Ich habe versucht, es zu verdrängen,
es rational zu betrachten. Aber es geht nicht.«

»Und deine Eltern? Dein älterer Bruder?«

Luise schüttelte den Kopf. »Mutter hat tagelang geweint.
Vater reagierte verbittert und hat völlig dichtgemacht. Und
Willi kam nur zur Beerdigung. Er riet mir, das Ganze zu
akzeptieren und verschwand am nächsten Morgen wieder
nach Hamburg. Weißt du, wie das ist, wenn alles um dich
herum anders ist? Wenn du ganz allein bist mit deinen Gedanken? Mit deinen Gefühlen? Wenn keiner dir glaubt?« In ihren
Augen war ein feuchtes Glitzern. »Dann kamst du. Ein völ-

lig Unbekannter gibt dir plötzlich Hoffnung. Jetzt weißt du auch, warum ich in dem Café so distanziert war. Ich musste erst einen klaren Kopf bekommen.«

Sie suchte nach einem Taschentuch und schnäuzte sich. Ihre Wangen waren gerötet. Obwohl sie ihre Haare zusammengebunden hatte, fiel ihr eine blonde gelockte Strähne über die Stirn.

Wie am Grab, dachte Kaltenbach. Doch dort hatte sie nicht geweint.

»Hast du Hunger?«, fragte sie plötzlich.

Kaltenbach nickte.

»Ich habe leider nicht viel da. Ein bisschen Schafskäse und ein paar Oliven.«

Kaltenbach dachte an seine Küche in Maleck und lächelte. »Perfekt«, sagte er.

Kurze Zeit später saßen beide am Küchentisch und machten sich über das improvisierte Abendessen her. Es gab Brot, Grissini, Tomaten, Gurken und Zwiebeln, dazu dicke schwarze Oliven mit Stein. Wein hatte Kaltenbach mit Hinweis auf seine bevorstehende Rückfahrt abgelehnt.

»Wieso betrifft dich das Ganze eigentlich?«, fragte Luise, nach den ersten Bissen. »Ich weiß, du hast es mir schon mal erzählt. Aber da war ich nicht ganz bei der Sache.«

Es fiel ihm auch dieses Mal schwer, seine anfänglichen Ahnungen in Worte zu fassen. Dafür schilderte er umso ausführlicher das Erlebnis auf dem Friedhof. Am Ende fasste er zusammen, was er bisher über die Triskele herausgefunden hatte.

Luise hatte aufmerksam zugehört. »Das ist seltsam. Peter hat mir nie davon erzählt, dass er sich für Mythologie, noch dazu die irische, interessiert«, meinte sie.

Kaltenbach dachte an die Swastika und die Panzerdivision.

Er zögerte, doch er musste dies fragen. »War er vielleicht –
ich meine, hat er sich politisch interessiert? Hatte er Kontakt
zur …« Kaltenbach fiel es schwer, weiter zu sprechen. »… zur
rechten Szene? Zu irgendwelchen Aktivisten?«

Luise schien zunächst nicht zu verstehen, was er meinte. Dann
schaute sie ihn empört an. »Das ist nicht dein Ernst! Peter war
unpolitisch bis zur Schmerzgrenze. ›Die beste Regierung ist die,
die man nicht bemerkt‹, sagte er einmal. Ich glaube, der wusste
noch nicht einmal den Unterschied zwischen links und rechts.
Politisch meine ich. Wie kommst du eigentlich darauf?«

Er erzählte von den Bedeutungen des Spiralsymbols. Luise
schüttelte heftig den Kopf.

»Das glaube ich einfach nicht. Peter hätte sich nie im Leben
auf so etwas eingelassen. Dazu war er ein viel zu großer Indi-
vidualist. Außerdem, das einzig Mythische, was ihn interessierte, war die Fasnet und seine Fellteufel.«

Sie stand plötzlich auf. »Mir ist gerade etwas eingefallen.«
Sie verschwand hinter einer Tür neben dem Bauernschrank,
die Kaltenbach bisher noch nicht aufgefallen war.

Er kaute auf einer Olive herum. Sie hatte recht. Das passte
alles nicht zu dem, was er hier sah, zu diesem Haus, zu Luise.
Aber was hatten dann die Kelten damit zu tun?

»Hier sind sie.« Luise kam zurück ins Zimmer und wedelte
mit zwei dick gefüllten Fototaschen. »Bilder von der Beerdigung. Ich habe Abzüge machen lassen und wollte sie morgen
zu meinen Eltern bringen.«

Mit ein paar Griffen schaffte sie Platz auf dem Tisch. »Schau
sie dir an. Vielleicht ist der Hagere mit drauf.«

Schon auf einem der ersten Fotos entdeckte er den Mann.
Er erkannte ihn sofort wieder. Das hagere Gesicht und die
Hakennase wirkten sogar auf dem Foto auf merkwürdige
Weise unangenehm.

»Das ist er«, sagte er und deutete mit dem Finger auf ihn. »Kennst du ihn?«

Luise nahm das Bild und betrachtete es sorgfältig. »Ein Typ Mensch, den ich nicht gerne in meinem Bekanntenkreis haben möchte«, sagte sie. »Nein, den habe ich noch nie gesehen«, meinte sie enttäuscht.

Kaltenbach hatte inzwischen ein zweites Bild gefunden, auf dem der Mann zu sehen war. Etwas später ein drittes.

»Das ist doch ein guter Anfang«, meinte Luise. »Jetzt brauchen wir nur noch den Mann zu finden, dann werden wir wissen, was dahinter steckt.«

»Und wie?« Kaltenbach war froh, dass Luise nicht weiter auf seinen Verdacht wegen der Triskele einging.

»Wir machen Vergrößerungen und fragen. Es muss ihn doch einer kennen.« Sie schnippte mit den Fingern. »Komm, wir tragen zusammen, was wir alles haben.« Sie nahm einen Schreibblock und einen Bleistift. »Also. Wir haben einen verdächtigen Unbekannten.«

Sie schlug den Block auf und schrieb mit großen Druckbuchstaben ›der Hagere‹ in den oberen Teil der ersten Seite.

»Und wir haben sein Bild.« Sie fügte in Klammer das Wort ›Foto‹ dazu und setzte drei Ausrufezeichen dahinter.

»Die Triskele!«, ergänzte Kaltenbach. »Höchstwahrscheinlich keltisch«, fügte er hinzu. Oder ein Nazisymbol, dachte er. Luise schrieb das Wort darunter.

»Das Kruzifix«, sagte Kaltenbach zögerlich.

»Ein zerbrochenes Kruzifix mit Blutspuren«, ergänzte Luise. »Die Polizei hat drei Teile davon gefunden. Sie wollten das Blut noch untersuchen, sagten sie.«

Er wiegte den Kopf. »Das kann auch schon länger dort gelegen haben.«

»Ich schreib es auf«, sagte sie. »Mit Fragezeichen.« Sie schrieb die Worte ›Kruzifix‹ und ›Blut‹ auf das Blatt.

»Dann gibt es natürlich noch die beiden Zeugen.«

»Zeugen? Wen meinst du?«

»Peters Begleiter und den, den er gesehen hat«, meinte Kaltenbach.

»Das heißt, du glaubst an die Geschichte mit dem Teufel?«

»Teufel hin oder her. Wenn er jemanden gesehen hat, dann hat er jemanden gesehen, Teufel, Hexe oder sonst irgendetwas. Den müssen wir finden.« Kaltenbach grübelte ein wenig.

»Und wenn er es selber war? Wenn er sich das alles nur ausgedacht hat?«

»Das glaube ich nicht. Die beiden waren Freunde!«, rief Luise empört aus.

»Leider haben wir von dem dritten kein Foto«, sagte Kaltenbach mit leichter Ironie in der Stimme. »Und die Beschreibung ist nichts wert.«

»Trotzdem. Es ist mehr als nichts.« Sie schlug mit der Faust in ihre offene Hand. »Wir müssen ihn finden. Das bin ich Peter schuldig.«

Es entstand eine kleine Pause. Von draußen hörte man den Motor eines vorbeifahrenden Autos. Der Kachelofen schnurrte wie ein zufriedener Kater.

»Du hast deinen Bruder sehr geliebt«, sagte Kaltenbach nach einer Weile.

Luise nickte. »Wir waren uns sehr nahe. Unser großer Bruder Willi ging von Anfang an seinen eigenen Weg. Den Weg des Erfolgreichen. Er war genau so, wie sich unsere Eltern einen Sohn wünschten – stark, selbstbewusst, zielstrebig. Und erfolgreich natürlich. Mit 23 Mitarbeiter in einer Investmentbank in Norddeutschland. Der Ein und Alles meiner Eltern.

Bis heute. Als die Nachricht von Peters Tod kam, haben sie zuerst in Hamburg angerufen.«

»Aber dieses Haus hier. Du hast es doch auch zu etwas gebracht.«

Luise lachte bitter. »Die Abfindung meines Ehemaligen. Für meine Eltern ist das eher der Beweis für das Gegenteil. Sie verstehen bis heute nicht, warum ich ihn habe gehen lassen.«

Er schwieg betreten. Urplötzlich spürte er, wie etwas Fremdes in den Raum kroch und sich wie eine trübe Wolke ausbreitete. Seit heute Nachmittag fühlte er sich zum ersten Mal unbehaglich.

»Und warum hast du?«, fragte er zögernd.

»Der Irrtum meines Lebens. Hajo war ein Banker, wie Willi – jung, aufstrebend. Dazu groß, braun gebrannt, dunkle Haare und die geheimnisvollsten Augen von ganz Südbaden. Ich war 19 und sofort hin und weg.« Luise trank einen Schluck. Die Wolke wurde düsterer. »Ein paar Jahre ging das gut«, fuhr sie fort. »Ein Leben wie aus dem Bilderbuch. Hajo fiel die Karriereleiter steil nach oben. Wir wohnten in einer schicken Waldrandvilla in Herdern, es gab Partys, Einladungen, exotische Urlaubsreisen. Das volle Programm. Und er war ein zärtlicher Liebhaber. Anfangs. Das kleine Mädchen aus Emmendingen war glücklich.«

Kaltenbach sah sie verstohlen von der Seite an. Hinter ihr sah er eine Welt, die überhaupt nicht hierher zu passen schien und sein Bild von ihr mit hässlichen Strichen durchkreuzte.

»Bis ich eines Tages merkte, dass es eine andere gab. Und dann wieder eine andere und wieder. Zuerst wollte ich es nicht glauben, ich dachte es sei ein Irrtum. Doch als ich ihn eines Tages zur Rede stellte, blieb er völlig unberührt. Ich solle mich nicht so haben und zufrieden sein, schließlich hätte ich alles, was ich brauchte. Ganz der smarte Banker. Ich war seine hübsche Vorzeigedame und das genügte ihm. Als er dann noch sagte, dass ich mich gerne auch anderweitig vergnügen könne, war es genug.« Luises Worte klangen bitter, als sie mit ihren Erinnerungen kämpfte. »Damals habe ich zum zweiten Mal meine Unschuld verloren. Den naiven Glauben an die Ehrlichkeit der Worte und der Gefühle.« Sie brach eine der Knabberstangen in der Mitte durch. »Sein Abgang war musterhaft geschäftstüchtig. Als er hörte, dass mein Onkel wegen seiner Gesundheit auf eine Nordseeinsel zog, kaufte er hinter meinem Rücken dessen Haus und bot es mir an. Mit dem Gütertrennungs-Ehevertrag musste er froh sein, so günstig davonzukommen. Trotzdem war ich sofort einverstanden, denn ich hatte das Haus meines Onkels schon immer gemocht und war als Kind oft hier gewesen. Seitdem wohne ich hier.«

Als sie geendet hatte, fühlte sich Kaltenbach wie erschlagen. Eine Geschichte reif für eine Kinoschnulze. Nur ohne Happy End.

»Jetzt brauche ich aber etwas anderes. Ich hab so viel geredet, mein Mund ist ganz trocken. Willst du ein Bier?«

»Na schön«, antwortete er und war froh, dass sich die Wolke wieder auflöste. »Aber überrede mich nicht zu einem zweiten!«

Luise ging in die Küche und kam mit zwei geöffneten Flaschen und den dazu passenden Gläsern zurück. Das Schwarzwaldmädel auf dem Etikett prostete Kaltenbach freundlich zu.

»Auf die Ehrlichkeit der Gefühle!«, sagte Kaltenbach lächelnd.

»Auf die Ehrlichkeit der Worte!«, antwortete sie.

Im selben Moment klingelte irgendwo das Telefon. Luise trank rasch einen Schluck und stand dann auf. »Bin gleich wieder da.«

Kaltenbach blickte versonnen in sein halb volles Glas. Es ist nicht einfach, zu wissen, wann man glücklich ist. War es Luise, als sie noch nicht gewusst hatte, dass ihr Mann sie betrog? Wann hatte Monika aufgehört, mit ihm glücklich zu sein? In einer Talkshow über den Wahrheitsgehalt der Religionen hatte einer der Teilnehmer behauptet, das Gute gebe es nur, wenn es auch das Böse gebe. Ob es mit dem Glück ähnlich war? War es nicht so, dass man erst in der Unzufriedenheit merkte, was einem fehlte?

Er trank aus und schenkte nach. Das Bier machte ihn schläfrig. Er sah er auf die Uhr, es war kurz vor acht. Aus dem Hintergrund hörte er, wie Luises Stimme lauter wurde.

Als sie zurückkam, hatte sich ihr Blick verändert. Sie tastete nach dem Sofa und zitterte, als sie sich hinsetzte.

»Mein Vater«, sagte sie. »Ein Zeitungsreporter hat bei meinen Eltern angerufen. Die Polizei hat das Blut auf dem Kruzifix prüfen lassen. Sie haben festgestellt, dass es nicht Peters Blut ist. Auch keines von einem anderen Menschen.«

»Kein Menschenblut? Ja, aber ...«

»Von einem Hasen. Das Blut auf dem Kruzifix stammt von einem Hasen.«

»Das kann nicht sein! Was sollte das für einen Sinn ...«

»Ist doch egal«, fuhr Luise dazwischen. »Kannst du dir vorstellen, was das bedeutet, wenn das morgen in der Zeitung steht? Die Leute werden sich den Mund zerreißen. Und sie werden Peter und Robert alles mögliche andichten – Tierquälerei, Hokuspokus, irgendein fauler Zauber.« Sie sprang auf und lief wild gestikulierend durchs Zimmer. »Die Reporter werden sich auf meine Eltern stürzen, nur um eine gute

Geschichte zu bekommen. Und wenn sie keine bekommen, werden sie eine erfinden.«

»Aber das ist doch alles Unsinn«, versuchte er sie zu beruhigen. »Dann war es eben Tierblut. Na und?«

»Meine Mutter wird durchdrehen. Sie hatte schon immer einen Heidenrespekt vor den Behörden, und wenn die Polizei so etwas veröffentlicht, wird sie sich alles Mögliche dabei denken.«

»Kann man die Meldung nicht aufhalten?«

»Es war eine Pressemitteilung. Und damit ist es heraus. Die Zeitungen reden dann von ihrer Informationspflicht gegenüber der Öffentlichkeit. Da ist nichts zu machen.«

Kaltenbach fiel die Szene am Kandel ein, als die Reporter die beiden Polizisten bedrängten. Er stand auf und trat zu Luise, die jetzt am Fenster stand und in die Dunkelheit hinausstarrte. Sie drehte sich zu ihm um und fasste ihn an den Händen.

»Du musst mir helfen«, sagte sie leise. »Wir müssen herausbekommen, wie es wirklich war. Und zwar so schnell wie möglich.«

Sie senkte den Kopf und schwieg. Kaltenbach wusste, dass er sie jetzt in den Arm nehmen sollte. Doch etwas hielt ihn ab.

»Es wird schon klappen«, sagte er schließlich.

Im Ofen knisterte das Feuer. Die Wolke war verschwunden.

Montag, 5. März

Völlig verschlafen kroch Kaltenbach aus dem Bett, nachdem ihn die Wiederholungstaste seines Funkweckers erbarmungslos darauf hingewiesen hatte, dass heute ein Wochentag war und seine Weinhandlung auf ihn wartete. Während er in die Küche schlurfte und sein italienisches Kaffeeraumschiff aktivierte, fluchte er über sämtliche rechtschaffenen Bürger, die Montagmorgens zur Arbeit gehen müssen, sich selbst eingeschlossen.

Er tapste im Schlafanzug die Treppe hinunter. Für einen Moment ließ er sich in der offenen Tür von der morgendlichen Kühle massieren. Es war noch dunkel, und der Himmel war von jenen zarten Streifen durchzogen, die einen Märzmorgen im Breisgau ausmachten. Kaltenbach seufzte, als er die Zeitung aus dem Briefkastenschlitz zog. Der Frühling würde noch eine Weile auf sich warten lassen.

In der Küche war der Kaffee inzwischen durchgetuckert. Er füllte die Tasse zu einem Drittel mit Milch auf, nahm einen Schluck und schlug die Zeitung auf.

Luise hatte recht gehabt. Die Entdeckung des Polizeilabors nahm eine halbe Seite der Emmendinger Kreisnachrichten ein. Kaltenbach las den Artikel zwei Mal. Er trug den vielsagenden Titel ›Tierblut am Kruzifix – Neue Fragen?‹ und zeigte ein aktuelles Foto, auf dem die Spuren deutlich zu erkennen waren. Wie in der Badischen Zeitung üblich, bauschte man die Neuigkeiten nicht mit Spekulationen auf, sondern hielt sich weitgehend an die Fakten. Trotzdem konnte der Reporter nicht umhin, am Ende die Frage aufzuwerfen, ob der bedauernswerte Tod am Kandel nicht in einem anderen Licht gesehen werden müsse.

Die Folgen dieser Meldung bekam Kaltenbach zu spüren, als der erste Kunde, ein Rentner aus der Unterstadt, der den Lokalteil heute morgen scheinbar aufmerksam studiert hatte, den Laden betrat. Im Gegensatz zu dem Reporter der Badischen zügelte er seine Meinung nicht.

»Hasebluet uffm Kruzifix! Isch denne junge Litt hitt nix

meh heilig? Zu minere Zitt hett d'Polizei viel härter durchgriffe, un des war nit schlecht. Un de Pfarrer hätt die Lumpeseggl ues de Kirch nuessgworfe!«

Kaltenbach beließ es bei einer beflissenen Antwort. »Was es nicht alles gibt heutzutage!« Er konnte es sich nicht erlauben, Kunden zu vergraulen. Der Rentner wurde nach weiteren, teils deftigen Kommentaren glücklicherweise von seiner Frau zum Kaffeetrinken abgeholt.

Kurz darauf kam Herbert aus der ›Lammstube‹ herüber. Er sah das Ganze pragmatisch. »Die Nationalmannschaft im Trainingslager im Elztal, der Papst in Freiburg, Hexen auf dem Kandel – ist doch gut was los bei uns, findest du nicht?«, fragte er augenzwinkernd.

»Na ja, ob das den Fremdenverkehr fördert?«, meinte Kaltenbach, der ihm half, die Sackkarre mit Sechserkartons zu beladen.

»Das vielleicht nicht. Aber die Leute haben etwas zum Reden, darauf kommt es an.«

»Was wiederum gut für deinen Umsatz ist«, grinste Kaltenbach.

Einer kleinen Sensation kam es gleich, dass Frau Kölblin sich an diesem Morgen nicht sehen ließ. Kaltenbach war sich sicher, dass sie dies spätestens am Nachmittag nachholen würde.

In der Mittagspause übermannte ihn endgültig die Müdigkeit. Er hatte in seinem Hinterzimmer eine alte Campingliege stehen und hätte sich am liebsten gleich hingelegt. Doch er widerstand der Versuchung und ging stattdessen über den Marktplatz zum Drogeriemarkt, um – wie mit Luise besprochen – von den Fotos des Hageren Abzüge machen zu lassen.

Es kostete ihn einige Fehlversuche, bei denen die Bilder zu klein, abgeschnitten oder unscharf herauskamen, ehe er endlich die Bildausschnitte in der gewünschten Größe vor sich liegen hatte.

Er warf die fehlerhaften Ausdrucke in den Papierkorb und steckte die Fotos ein, als ihm etwas einfiel. Er drückte die CD ein weiteres Mal in den Leseschacht und suchte eine Weile. Endlich fand er eine Aufnahme, die seinen Wünschen entsprach. Er wählte den Ausschnitt und eine Vergrößerung und lächelte, als er den Startknopf drückte. Luise hätte bestimmt nichts dagegen, wenn er auch einen Abzug von ihr machte.

Irgendwie brachte Kaltenbach den Nachmittag über die Runden. Es gab nur wenig Kundschaft und dadurch wenig Abwechslung. Ein paar Mal schielte Kaltenbach sehnsüchtig zu seiner Liege, doch das konnte er sich nicht erlauben. Stattdessen nutzte er die Zeit für die kleinen, ungeliebten Notwendigkeiten, um die er sich sonst außerhalb der Geschäftszeiten kümmern müsste.

Zu Anfang hatte ihm sein Onkel Josef mit einer großzügigen Starthilfe für den ›Weinkeller‹ geholfen. Nicht ganz uneigennützig, war dies doch mit der Bedingung verknüpft, die Weine seines Onkels mit zu verkaufen, der ein stattliches Weingut am Kaiserstuhl besaß. Seit vorletztem Jahr hatte Kaltenbach begonnen, das Sortiment mit einigen ausgewählten Franzosen und Italienern zu erweitern. Onkel Josef hatte dies recht skeptisch beäugt, ebenso wie die Auswahl aller möglichen Artikel, die mit Wein und dessen Genuss zu tun haben. Es gab Flaschenöffner in verschiedensten Varianten, Weinkühler, Kapselschneider, Sektkübel, Thermometer, Dekanter, Karaffen, Ausgießer, Kühlboxen, Servierschürzen und, und, und. Und natürlich Gläser. Bei diesen hatte er sich von vornherein auf die klassische Linie beschränkt, die er von einem kleinen Meisterbetrieb aus der Nähe von Todtnau bezog. Sie waren zwar deutlich teurer als die übliche Kaufhausware, doch viele seiner Kunden schätzten den klaren Stil und die erstklassige Qualität.

Frau Kölblin kam kurz vor Ladenschluss und ließ sich ohne Umschweife in ihrem angestammten Sessel nieder. Sie war sichtlich enttäuscht, dass er bereits bestens informiert war, doch sie schwenkte sofort um und versorgte ihn mit der ganzen Fülle von Mutmaßungen, die sie im Laufe des Tages gesammelt hatte.

Und sie überraschte ihn.

»Weisch due, was i glaub?«, fragte sie, als sie die Chronik der Tagesgespräche beendet hatte. »I sag's nit gern. Die arm Frau Bührer, die hab i schu kennt …« Sie holte tief Luft. »Nachts uff de Kandel nuff bi dere Kälti, Hasebluet, e Krüz hiimache, vum Deifel verzelle – sell isch doch nit normal. Kei Wunder, dass der arm Kerli in d'Klappsi kumme isch.« Sie beugte sich verschwörerisch vor. »Zu sinnere eigene Sicherheit! Die wisse, dass do ebbis nit schtimmt.«

»Aber die Polizei …«

»D' Polizei, d' Polizei«, fuhr sie energisch dazwischen. »Des sin doch Versager. I sag dir, was bassiert isch. Aber nur dir, wil due so e gescheite Kerli bisch.« Sie beugte sich so weit vor, wie es ihre Körperfülle erlaubte, ohne vom Stuhl zu rutschen. Gleichzeitig winkte sie Kaltenbach mit dem Finger zu sich heran. »Die Geischter.« Schnaufend lehnte sie sich wieder zurück. »Die Kandelgeischter ware's. Des het emol si miese. Do wird z' viel gmacht im Elztal. Die hätte selle Tunnel nit baue därfe.«

Kaltenbach sah ziemlich ratlos drein. Von dieser Seite kannte er seine Nachbarin noch nicht. Außerdem verstand er kein Wort von dem, was sie sagte.

Angesichts der fortgeschrittenen Zeit verspürte er aber wenig Lust, das Gespräch zu vertiefen. Wenn er den Laden nicht pünktlich schloss, würde er den Bus verpassen. Außerdem drängte es ihn danach, Luise anzurufen.

Zum Glück gab sich Frau Kölblin damit zufrieden, dass Kaltenbach mit ihr in der Feststellung übereinstimmte, dass die Polizei unfähig und die Zeiten hart seien. Aufatmend zog er die Tür hinter ihr zu, nachdem er sie hinausbegleitet hatte.

Als er in Maleck eine Stunde später bei Luise anrief, nahm niemand ab. Er ließ es ein zweites Mal durchklingeln, doch wieder meldete sich nur der Anrufbeantworter. Wahrscheinlich war sie noch nicht von ihrem Besuch bei Robert zurück.

Jetzt merkte er, dass er nicht nur müde war, sondern dringend etwas essen musste. Große Lust zum Kochen hatte er nicht, also entschied er sich für studentische Notfallküche.

Während er darauf wartete, dass das Wasser für die Spaghetti Bolognese heiß wurde, ging er in Gedanken Walters Tipps durch, wo er etwas über die Kelten in der Regio erfahren könnte. Neben Hinweisen auf die Uni-Bibliothek und die Stadtbücherei in Freiburg hatte er ihm den Namen eines Professors gegeben, dessen persönliche Liebhaberei all dasjenige war, was hier in der Gegend mit der Frühgeschichte und vor allem mit den Kelten zu tun hatte. Ihn wollte er nach dem Essen anrufen und wenn möglich einen Besuch bei ihm vereinbaren. Doch als erstes würde er gleich morgen früh nach Freiburg ins Colombischlösschen fahren.

Kaltenbach riss das Zellophanpapier auf, nahm mit einem Topflappen den Deckel von dem großen Topf und schüttete die Spaghetti in das sprudelnde Wasser. Die Soße schmeckte er mit Basilikum, Pfeffer und wildem Majoran ab, gab einen kleinen Schuss Sahne und einen noch kleineren Schuss Tabasco hinzu und drehte die Hitze etwas höher.

Regina hatte ihn zudem noch auf eine Serie in der Badischen aufmerksam gemacht, die vor etwa drei Jahren erschienen war.

Sie hieß ›Geheimnisvoller Oberrhein‹, und sie erinnerte sich, dass es dort einen Artikel über keltische Druiden und sogenannte Kraftorte gegeben hatte. Walter hatte das Ganze gleich als esoterischen Quatsch abgetan. Aber nach den Merkwürdigkeiten der letzten Tage war Kaltenbach entschlossen, jeder Spur nachzugehen.

Nach einer Viertelstunde saß er vor einem großen Teller und sog zufrieden den Duft der Soße ein. Er hatte kaum die erste Gabel umwickelt und in den Mund geschoben, als das Telefon läutete. Normalerweise ließ er sich beim Essen nicht stören, doch dieses Mal sprang er auf und eilte zu dem Apparat. Es war tatsächlich Luise. Mit knappen Worten berichtete sie von ihrem Besuch bei Robert.

Natürlich sei noch jemand dort oben gewesen, auch wenn ihm alle etwas anderes einreden wollten. Vor allem die Maske habe ihm den plötzlichen Schrecken eingejagt, es sei aber keine Fasnetlarve, sondern etwas ganz anderes gewesen, es sah eher aus wie ein Tier, vielleicht ein Vogel. Mit dem Kruzifix hätten beide nichts zu tun gehabt. Sie seien nur hochgefahren, um am Fasnetsdienstag die Kandelhexen zu grüßen. Letztlich sei das Ganze eine Art Mutprobe gewesen.

»Hat er sonst irgendetwas gesehen oder gehört?«

»Er sprach von einem Auto, das oben auf dem großen Kandelparkplatz stand.«

Kaltenbach war überrascht. Davon war bisher noch keine Rede gewesen. »Ein Auto? Und das stand bereits da, als sie hochkamen?«

»Das wusste er noch genau. Es sei auffällig gewesen, so ganz allein inmitten der großen Neuschneedecke.«

»Hat er die Marke erkannt? Die Nummer? Die Farbe?«

»Ein Geländewagen mit irgendeinem Aufkleber an der Seite. Er hat nicht darauf geachtet.«

Mehr wusste Luise nicht zu berichten. Als er in die Küche zurückging, wusste er nicht, was er davon halten sollte. Immerhin hatten sie die Bestätigung dessen, was beide vermutet hatten. Es gab noch eine weitere Person in jener Nacht. Doch warum ging die Polizei nicht darauf ein? Er setzte sich und aß nachdenklich seine kalten Spaghetti.

Dienstag, 6. März

Mit einem eleganten Schwung fuhr Kaltenbach seine Vespa auf den kleinen Parkplatz am Freiburger Rotteckring gegenüber dem Stadttheater, der ausschließlich Rad- und Motorradfahrern vorbehalten war. Er parkte am liebsten hier, von wo er die Innenstadt mit wenigen Schritten erreichen konnte. Obwohl die Fahrt auf der Schnellstrecke gerade 20 Minuten gedauert hatte, war er ziemlich durchgefroren. Er schaute in den Außenspiegel und zog sich selbst eine Grimasse. Dann fuhr er mit beiden Händen durch seine Haare, die durch den Helm ziemlich platt geworden waren und lief los. Die Jacke behielt er an.

Die Menschen um ihn herum auf den Straßen waren bereits mutiger. Vor allem die Studenten zeigten sich in luftigen Hemden und Pullis, einige wagten sich bereits in T-Shirts hinaus in die Märzsonne. Die Obdachlosen hatten mit ihren Hunden ihren Stammplatz vor dem Rotteck-Denkmal bezogen, ließen eine Flasche kreisen und erleichterten die Passanten um ein paar Euros. Eine Straßenbahn, die vom Hauptbahnhof herkam, passierte Kaltenbach, während er die Bertoldstraße überquerte. Von dort ging er an der langen Reihe der Verkaufsstände vorbei, die von den Stadtoberen vom Kartoffelmarkt vertrieben worden waren und seither an der Peripherie der Altstadt trotzig ihr Sortiment ausbreiteten. Hier konnte der interessierte Fernwehpassant alles kaufen, was er und die Verkäufer für exotisch hielten – Gebetstücher aus Thailand, geschnitzte Masken aus Gambia, Messing-Götter in allen Formen und Größen aus Indien, bunte gehäkelte Täschchen aus Bolivien, Räucherstäbchen, Sandelholzessenzen, Ringe, Anhänger und Kettchen.

Wenige Schritte später stand er vor dem Eingang zum Colombipark. Kaltenbach mochte diese Ecke seit seiner Freiburger Zeit. Der viel befahrene Rotteckring trennte die Altstadt von diesem ehemaligen Festungshügel. Die gepflegten Parkanlagen wurden von dem Colombischlösschen, einem architektonischen Schmuckstück, gekrönt. Es war im 19. Jahrhundert von einer spanischen Edlen am damaligen Stadtrand erbaut worden und hatte seither eine wechselvolle Geschichte erfahren.

Er folgte dem Parkweg hinauf, vorbei an einer genau ausgerichteten Mischung von violetten Primeln und gelben Stiefmütterchen. Eine Skulptur, eine spärlich bekleidete, griechische Schöne, betrachtete sinnend einen imaginären Punkt auf dem Rasen. Aus der Nähe wirkte das ehemalige adelige Lustschlösschen recht zierlich. Kaltenbach gefielen die neugotischen Spitzbögen und die verspielten Säulen, die der damaligen Mode entsprechend ohne echte Funktion ganz der Ästhetik dienten. Ebenso das sandsteinfarbene Äußere, über dessen Front ein mehrere Quadratmeter großes Banner geworfen war. Es warb für eine Sonderausstellung zu den aktuellen archäologischen Funden am Oberrhein, die allerdings noch nicht begonnen hatte.

Ruhiges Dämmerlicht empfing ihn, als er durch die Eingangsflügeltür das Innere betrat. Er fand sich in einem weit ausladenden Treppenhaus wieder, das die zentrale Mitte des Gebäudes bildete. Von hier aus führten nach allen Seiten Türen in die verschiedenen Schauräume. Zwei großzügige Wendeltreppen führten einladend in ein zweites Stockwerk, das in der selben Weise wie im Erdgeschoss gotischen Fenstern nachempfundene Türen an den Seiten hatte. Direkt darüber schien die Frühlingssonne durch eine großzügige gläserne Überdachung, die sich über den gesamten Innenraum wölbte.

Die Herrschaften wussten zu leben, dachte er, und für einen kurzen Moment füllte sich das Interieur mit Damen in rauschenden Seidenkleidern, galanten Herren, Gläserklingen und zarter Musik.

An der Kasse legte er einen Fünfeuroschein auf den Tisch, woraufhin die Kassiererin etwas unwillig ihr Telefongespräch unterbrach und ihm eine Eintrittskarte aushändigte. »Links geht's los mit der Steinzeit, die Römer sind in Bearbeitung, Treppe runter ist die Alemannenschatzkammer!«

Kaltenbach nahm Karte und Wechselgeld und nickte ergeben, woraufhin die Dame sich ohne weitere Verzögerung wieder ihrem Gesprächspartner zuwandte. Der Blick auf den an der Wand angebrachten Wegweiser zeigte, dass sein Ziel in der oberen Etage war.

Auf dem Treppenabsatz grüßte ihn eine Schwester der marmornen Grazie, die draußen zwischen den Primeln stand. Kaltenbach nickte ihr kurz zu, während er an ihr vorbei nach oben ging. Die ersten oberen Räume und die dort ausgestellten Exponate der ›Epoche Griechenlands‹ versetzten ihn unwillkürlich zurück in seine Schulzeit. Ihr damaliger Geschichtslehrer hatte ihn und seine Mitgymnasiasten wiederholt mit wertvollen Exkursionen geplagt, welche die immer gleichen schwarz-braunen Gefäße mit den immer gleichen nackten griechischen Helden zum Inhalt hatten. Damals hätte er die

Zeit lieber sinnvoll im Park mit dem Mädchen seiner Träume verbracht.

Als er genauer hinsah, stellte er fest, dass die Henkelvasen ihrerseits in historischem Ambiente standen. Laut nicht zu übersehendem Hinweisschild befand sich nämlich in diesem holzgetäfelten Eckzimmer in der Zeit nach dem Krieg das Arbeitszimmer von Leo Wohleb, des damaligen ersten und – wie viele seiner Landsleute heute noch bedauerten – einzigen badischen Staatspräsidenten. Die Hälfte der übrigen Räume war abgeschlossen und mit entsprechenden Pappschildern versehen, ein unübersehbarer Hinweis darauf, dass die Römer ›in Bearbeitung‹ waren.

Die Keltenabteilung war im südlichen Teil des Stockwerks untergebracht. Schon nach ein paar Minuten hatte er die wenigen Vitrinen durchgesehen. Es gab lediglich einige wenige, stark verwitterte Metallstücke, deren Bedeutung er selbst nach dem Studium der beigefügten Hinweisschilder nicht gleich erkannte.

Kaltenbach setzte sich im Fenstererker auf einen Stuhl und blätterte lustlos durch eines der überall ausliegenden Faltblätter. Dann lehnte er sich zurück und sah aus dem Fenster.

Was hatte er eigentlich erwartet? Irland, Schottland, Wales, die Bretagne – das sind und waren die Keltenländer, in denen die Überlieferung mehr oder weniger gepflegt wurde. Im deutschen Südwesten etwas über Kelten erfahren zu wollen, war offensichtlich Illusion.

Er legte das Faltblatt zurück in den Plexiglasständer. Vielleicht fand er in der Stadtbibliothek oder in einer der großen Buchhandlungen etwas, womit er mehr anfangen konnte.

Ehe er den Raum verließ, fiel sein Blick auf eine der Nischen des Raumes. Zwei Bodenstrahler beleuchteten einen steinernen Sockel mit eingemeißelten lateinischen Buchstaben. Der Stein war erstaunlich gut erhalten. Dennoch fragte sich Kaltenbach, warum er hier in dieser Abteilung stand. Vielleicht wollten die Museumsmacher die tristen Keltenfunde mit Anachronismen aufmöbeln.

Die Erklärung fand er auf einer Wandtafel. Der mannshohe Stein war bei Ausgrabungen in Badenweiler gefunden worden und diente einst als Sockel für eine Statue der Göttin Diana, die die Römer als Beschützerin des Waldes, der Tiere und der Jagd verehrten. In Badenweiler und in anderen Regionen des Schwarzwalds hatte sie den Beinamen ›Abnoba‹ erhalten, nach einer keltischen Göttin, die lange vor den Römern hier verehrt wurde.

Nachdenklich betrachtete Kaltenbach die nach zwei Jahrtausenden noch gut erhaltene Schrift auf dem Sockel. Er verstand kein Latein, doch die ersten beiden Worte konnte er gut entziffern: DIANAE ABNOBAE.

Er notierte die Inschrift auf einen Zettel und steckte ihn ein. Vielleicht konnte Dieter ihm helfen, er hatte in der Schule Latein.

Über die große Innentreppe gelangte er direkt wieder hinunter in den Eingangsbereich. Von Weitem hörte er ein eifriges Rufen und Geschnattere. Vor der Kassentheke scharten sich etwa 25 Zehnjährige um eine kleine, stämmige Brünette mittleren Alters, offensichtlich eine Schulklasse mit ihrer Lehrerin. Die Mädchen und Jungen hatten alle einen kleinen Rucksack auf dem Rücken und alle hielten eine Mappe mit Papieren in ihren Händen, auf denen sie sich eifrig Notizen machten.

»Ich wette, dass jeder von euch mindestens zwei Kelten kennt.« Kaltenbach wurde aufmerksam. Die Lehrerin hatte für die heutige Exkursion ausgerechnet sein Thema gewählt. Waren die Kelten heutzutage populärer als er dachte? Zu seiner Zeit hatte es nur Griechen und Römer gegeben.

Unterhalb der Treppe blieb er bei den zum Verkauf ausliegenden Büchern und Broschüren stehen. Er blätterte auf gut Glück in einer alten Ausgabe von ›Archäologie am Oberrhein‹ und hörte gleichzeitig weiter zu. Er war gespannt auf die Antwort. Doch anstatt das Gedächtnis der Schüler unnötig zu strapazieren, packte die Lehrerin sofort triumphierend ihren reformpädagogischen Denkansatz aus: »Asterix und Obelix!« Die fragenden Gesichter der Schüler verwandelten sich sofort in unübersehbare Begeisterung. Alle schwatzten durcheinander und überboten sich in der Menge gelesener Comics und Kinobesuche. Indem die Lehrerin das Thema in Richtung Ausgrabungen und frühere Zeiten lenkte, meldete sich vehement ein pausbäckiger Junge mit kühn nach oben gegelten Haaren, der vom Aushub für den neuen Sandkasten im elterlichen Garten berichtete. Das Fünfzigpfennigstück, das er dort gefunden hatte, würde er am nächsten Tag in den Unterricht mitbringen. Die Lehrerin strahlte, hieß alles ›wunderbar‹ und ›ganz ausgezeichnet‹.

Kaltenbach schüttelte den Kopf. Vielleicht verstand er zu wenig von moderner Museumspädagogik, aber dies kam ihm noch schlimmer vor als die Henkelvasen zu seiner Jugendzeit. Er legte das Heft zur Seite und nahm sich einen abgegriffenen Band, dessen Titel auf die Spuren der Kelten im Südwesten verwies.

»Sie interessieren sich für dieses Thema?«, hörte er eine Stimme neben sich. Zwei neugierige Augen blitzten ihn unter einer randlosen Brille an.

»Sie müssen entschuldigen«, meinte ein älterer Herr, »aber es gibt heutzutage nur wenige, die sich ernsthaft mit den Kelten befassen.«

Die Geräuschwolke der bunten Kinderschar hatte sich inzwischen ins obere Stockwerk verzogen. Kaltenbach klappte verlegen das Büchlein zu.

»Ja, also, ich weiß nicht so genau …«

»Geiger.« Der Mann verneigte sich leicht. »Horst Geiger mein Name. Ich arbeite tageweise hier im Museum. Mal an der Kasse, mal als Aufsicht. Manchmal sogar im Archiv«, setzte er mit sichtlichem Stolz hinzu. »Es gibt einfach zu wenig gut ausgebildete Leute. Und die Stadt hat natürlich zu wenig Geld.«

»Natürlich.« Kaltenbach kam Geigers Vertrautheit gerade recht. »Wissen Sie, ob in diesen Büchern Genaueres über die Kelten im Schwarzwald steht?« Er wies mit der Hand auf das spärlich gefüllte Regal. »Über Diana Abnoba zum Beispiel?«Er hatte das Gefühl, dass seine Frage für einen ernsthaft Interessierten etwas dürftig klang, doch Geiger ließ sich nichts anmerken.

»Sie haben den Weihestein aus Badenweiler gesehen? Ein hervorragend erhaltenes Stück. Zu schade, dass die Statue der Göttin verloren gegangen ist. Anderswo wurde von Abnoba einiges mehr gefunden, bei Karlsruhe zum Beispiel, in Alpirsbach und in Schramberg. Das interessanteste Stück stammt aus St. Georgen, ein Relief, das Abnoba mit einem Hasen zeigt.« Die Äuglein blitzten noch eine Spur mehr. »Eigentlich müsste der Schwarzwald heute ›Abnoba‹ heißen.«

Kaltenbach stockte der Atem. Hatte Geiger etwas von einem Hasen gesagt? Das Hasenblut auf dem Kruzifix!

»Leider ist das auch schon fast alles. Die Römer haben sie einfach zu ihrer Diana hinzugenommen. Die typische Haltung der Herrschenden. Leider haben sich danach alle Spuren verloren.«

Kaltenbachs Herz schlug schneller. Vielleicht war das ja bereits die Lösung. Ein Opfer zu Ehren der alten Keltengöttin!

»Wurden in der Gegend auch Triskelen gefunden?«

»Triskelen? Oh nein, die gab es bei uns in der Regio nicht. Die gehören eindeutig zum irisch-keltischen Kulturbereich. Aber ich bin ja nur Laie«, fügte er entschuldigend hinzu, als er Kaltenbachs enttäuschtes Gesicht sah. »Gehen Sie doch mal nach Breisach oder ins Badische Landesmuseum nach Karlsruhe. Das Grab des Keltenfürsten von Hochdorf …«

»Nein, nein«, unterbrach ihn Kaltenbach, »ich interessiere mich ausschließlich für das, was es hier gibt.« Er dachte an die ganzen Fluss- und Bergnamen, von denen Walter erzählt hatte. »Gibt es nichts, was man zum Beispiel am Kandel gefunden hat, oder am Belchen?«

Geiger strahlte. »Der Glänzende! Und der Berg des Sonnengottes! Ich sehe, Sie kennen sich ja doch ein wenig aus«, lobte er Kaltenbach höflich. »Aber von dort sind keine Funde bekannt. Jedenfalls nichts, was archäologisch verwertbar wäre.« Er seufzte. »Leider. Außer dem Belchendreieck vielleicht, aber das kennen Sie ja sicher.« Er wiegte den Kopf und legte seine Stirn in Falten. »Am besten fragen Sie doch gleich Professor Oberberger, der kann ihnen bestimmt weiterhelfen.«

Kaltenbach wurde aufmerksam. »Professor Oberberger aus Waldkirch?« Das war der Name, den ihm Walter genannt hatte, der Professor, mit dem er für übermorgen ein Treffen vereinbart hatte.

»Sie kennen ihn?«, freute sich Geiger. »Ich war selbst schon ein paar Mal bei ihm. Ein netter Mensch. Kein abgehobener Akademiker. Außerdem hat er die wertvollste Privatsammlung keltischer Objekte weit und breit, auf die er mächtig stolz ist. Vor allem auf den Großen Torques, den stärksten, den es in Deutschland gibt.«

Um sich nicht als vollständigen Laien zu verraten, verzichtete Kaltenbach darauf nachzufragen, was ein ›Großer Torques‹ sei. Er ließ sich stattdessen den Weg zur Wohnung des Professors beschreiben, die ihm Geiger auf einen der Museumsprospekte skizzierte. Als er seine Jacke wieder anzog, kam ihm eine Idee. Er kramte den Umschlag mit den Fotos des Hageren hervor und zeigte sie Geiger.

»Kennen Sie diesen Mann? War der schon einmal hier im Museum?«

Geiger nahm eines der Bilder, hielt es auf Armlänge vor sich und studierte es sorgfältig. Ebenso verfuhr er mit den anderen beiden. Dann reichte er sie Kaltenbach zurück.

»Ein interessantes Profil, sicher ein interessanter Mensch.« Er schob seine Brille zurück auf den Nasenrücken. »Aber ich kenne den Herrn nicht. Tut mir leid.«

Dienstag, 6. März, abends

Das Wasser war warm und wohlig. Kaltenbach streckte Arme und Beine aus so weit es ging und spürte mit großer Zufriedenheit, wie das Leben in seine Gelenke zurückkroch. Natürlich wäre es heute morgen vernünftiger gewesen, mit dem Auto zu fahren. Zumindest mit dem Zug. Doch die Vespa hatte aus seiner Sicht nur Vorteile. Er war stolz auf seine 125er aus dem Hause Piaggio, silbern, mit stahlgrauem Polster und runder Gepäckbox, auf der deutlich sichtbar ein gelbroter Aufkleber mit dem Wappen des ›Großherzogthum Baden‹ prangte. Kaltenbachs bescheidener Beitrag zur Antiglobalisierung, wie er es nannte.

Mit der Vespa war er in 20 Minuten in der Freiburger Innenstadt. Ohne Parkstress, ohne die horrenden Parkgebühren. Einen großen Nachteil gab es: die Kälte.

Die weitere Recherche in Freiburg war wenig ergiebig

gewesen. In den großen Buchhandlungen in der Kajo gab es
entweder Spezialliteratur, die er nicht verstand, oder einige
überteuerte Bildbände. Die Stadtbibliothek stellte gerade auf
ein neues Leihsystem um und organisierte bei der Gelegenheit
ihre Bestände neu, sodass er nur mit Mühe etwas fand. Außerdem hätte er zuerst einen Leseausweis beantragen müssen,
um die Bücher mitnehmen zu dürfen. Da konnte er genauso
gut Walter fragen.

Kaltenbach verteilte ein paar Tropfen Lavendelmilch im
Badewasser und lehnte sich entspannt zurück. Es war seltsam.
Noch vor ein paar Tagen entsprach sein Wissensstand über die
Kelten der Schulklasse im Colombi. Doch das kleine Schmuckstück hatte vieles ausgelöst. Vieles, das er nicht verstand, was
ihn aber auf eine merkwürdige Art faszinierte. Eine keltische
Schwarzwaldgöttin! Uralte Namen von Flüssen und Bergen,
denen er bisher keinerlei Beachtung geschenkt hatte. Letzte
verbliebene Zeugnisse eines Volkes, das hier gelebt hatte, als
es noch kein Freiburg und kein Emmendingen gab.

Geiger hatte von einem ›Torques‹ gesprochen. War dies ein
weiterer Gott? Ein Stammeshäuptling vielleicht? Und was
hatte es mit dem Dreieck am Belchen auf sich? Das hörte sich
nach einem merkwürdigen Ort an. Eine bestimmte Wegkreu-
zung vielleicht? Oder eine Sternenkonstellation? Eine Stein-
formation?

Der Lavendelduft begann zu wirken und hüllte Kaltenbach in eine angenehme Wolke, die seine Gedanken leicht
und durchlässig machten. Sommer in Südfrankreich. Es gab
nichts Schöneres! Es war lange her, dass er dort war, noch vor
Monika, die die Hitze nie vertragen hatte. Vielleicht konnte er
Dieter eines Tages überreden, mit ihm mit dem Roller runter
zu fahren. Lavendelfelder. Rotwein. Das Rauschen der Wellen an den Stränden der Camargue.

Kaltenbach blickte auf. Das Rauschen war tatsächlich da, doch es war der Regen vor dem Badezimmerfenster, der am frühen Abend zurückgekommen war und nun an Stärke zunahm. Er seufzte und griff nach dem Krimi, der auf dem Schränkchen neben der Badewanne lag, und begann zu lesen.

Gegen halb neun rief Luise an und erkundigte sich nach seinem Besuch im Museum. Er erzählte von der keltischen Göttin und von Geiger. Als er sich sprechen hörte, fiel ihm auf, wie wenig konkret das Ganze war. Er hatte zwar weitere Informationen gesammelt, wie er es Luise versprochen hatte. Doch wirkliche Anknüpfungspunkte gab es bisher keine. Vor allem bei der Triskele war er kein Stück weiter gekommen.

Luise hatte auch nicht viel erreicht. Ein paar gab es, die sich vage erinnerten, den Hageren bei der Beerdigung gesehen zu haben. Aber keiner konnte ihn zuordnen, niemand wusste, wer er war.

»Vielleicht haben wir uns tatsächlich lediglich etwas zusammenfantasiert.« Sie klang mutlos. »Es gibt immer Menschen, die einfach so zu Beerdigungen gehen. Vielleicht war es nur ein harmloser Spinner und wir verfolgen die ganz falsche Spur.«

»Harmloser Spinner? Und warum war er dann am Grab – hinterher? Und was ist mit der Triskele? Mit dem Geländewagen auf dem Kandelparkplatz? Das blutverschmierte Kreuz? Ich sage dir, da steckt mehr dahinter!« Er dämpfte seinen Tonfall, als er weiter sprach. »Wir sollten uns treffen, bevor wir nach Waldkirch fahren und noch einmal über alles reden. Der Professor wird uns bestimmt weiterhelfen.«

Sie zögerte für einen Moment, ehe sie antwortete. »Ich bin morgen in Emmendingen, meine Eltern besuchen. Und ich muss noch einigen Leuten das Foto zeigen. Außerdem wollte ich ...« Ihre Stimme wurde leiser. »Ich muss noch einmal ...«

Wieder stockte sie. »Ich muss noch einmal auf den Kandel hoch. Allein. Ich hoffe, du verstehst das.«

Für einen winzigen Moment spürte Kaltenbach eine unsichtbare Schranke. »Ja, natürlich«, sagte er.

In der Küche machte er sich ein paar Brote und setzte sich mit einem Glas Weißwein an den Computer. Nach ein paar Sekunden ließ der Rechner sein vertrautes Summen hören, während sich der Reihe nach die kleinen bunten Bildchen auf dem Monitor aufbauten. Er startete die Suchmaschine und tippte ›Großer Torques‹ ein.

Ob er sich wieder verliebt hatte? Jedes Mal, wenn er diese Frau sah oder ihre Stimme hörte, gab es etwas, das ihn faszinierte, auch wenn er es selbst nicht beschreiben konnte. Alles an ihr wirkte weich und angenehm. Ihr fein geschnittenes Gesicht mit der kecken blonden Locke, die ihr immer wieder in die Stirn fiel, gefiel ihm. Zudem strahlte sie eine dezente Sinnlichkeit aus.

Die ersten Ergebnisse waren völlig unübersichtlich. Es gab einen kolumbianischen Opernsänger, mehrere spanische Politiker, eine Firma für Dübel und Metallbearbeitung aus dem Sauerland und eine Homepage eines touristisch ambitionierten Fischerdorfes an der Costa Dorada. All das hatte beim besten Willen nichts mit dem zu tun, was er suchte. Er tippte zusätzlich das Wort ›Kelten‹ ein, doch auch das änderte die Suchergebnisse kaum. Vielleicht lag es an der Schreibweise. Es sah so aus, als würde er sich bis zu seinem Besuch bei dem Professor gedulden müssen.

Nachdenklich kaute er auf seinem Schinkenbrot herum. Vielleicht war das Ganze tatsächlich ein aussichtsloses Unterfangen. Seine Recherchen stützten sich bisher auf nichts weiter als ein unbestimmtes Gefühl, begleitet von Empfindungen für eine Frau, die er kaum kannte. Es gab nichts Handfestes, nichts war erwiesen, die Spuren dürftig und die Ansätze beruhten auf Indizien und Vermutungen.

Er schob den Stuhl zurück, steckte das letzte Stück Gurke in den Mund und streckte die Beine aus. Wenn er jetzt einfach aufhörte, was würde sich ändern? Er und Luise schienen bis heute die Einzigen zu sein, die sich in irgendeiner Weise Gedanken machten. Die Polizei hatte den Fall, der für sie keiner war, längst abgeschlossen, die Presse hielt aus reinem Selbstzweck an kleinen Details fest, die sie selbst nicht ernst zu nehmen schien. Die Öffentlichkeit? Der Alemanne gehört sicher nicht zu denen, die schnell vergessen, und die Geschichte des Absturzes vom Teufelsfelsen würde zweifellos in die lokale Überlieferung eingehen (›Siehsch Bue, do isch dortmols seller junge Mann nabgfloge!‹). Aber das geliebte Lästern und Spekulieren würde bald neuen Stoff finden. Kaltenbachs Landsleute waren praktische Menschen, die sich nicht gerne mit Dingen aufhielten, an denen nichts mehr zu ändern war.

Er entschloss sich zu einem letzten Versuch. Vielleicht fand er wenigstens die Artikelserie der Badischen Zeitung, von der Regina gesprochen hatte. Die mystischen, geheimnisvollen Seiten des Schwarzwaldes. Hörte sich spannend an, aber er hatte wenig Hoffnung, daraus etwas Konkretes herauslesen zu können. Wie schon im Museum wurde er an seine Schulzeit erinnert. Er hatte damals ein Gedicht lernen müssen, in dem vom Mummelsee und allerlei merkwürdigen Jungfrauen, Wassernixen und verborgenen Schätzen die Rede war.

›Vom Berge was kommt dort um Mitternacht spät
mit Fackeln so prächtig herunter?
So sage, was mag es wohl sein?‹

Den Anfang konnte er heute noch. Sein erster Ausflug dorthin hatte ihn allerdings sehr ernüchtert. Zumindest an jenem Tag hatten die Wassergeister gegen Tretboote, Spaziergänger, Bustouristen, Motorradlärm und Bratwurstdüfte keine Chance und ließen sich nicht blicken.

Die Suche auf der Webseite der BZ brachte überraschenderweise jede Menge Treffer. Außer den Mummelseegeistern schien der ganze Schwarzwald mit merkwürdigen, geheimnisumwobenen Gestalten bevölkert zu sein, die sich in Tälern, Flüssen, Bächen, Seen, Höhlen, Wäldern und auf Berggipfeln herumtrieben, und über die offenbar ein unerschöpflicher Sagenschatz existierte. Kaltenbach erinnerte sich, wie Frau Kölblin mit selbstverständlichem Ernst von den Kandelhexen erzählt hatte, die durch den Waldkircher Tunnelbau um ihre Ruhe gebracht worden waren. Da war mehr Aberglaube bei den Leuten vorhanden, als er bisher angenommen hatte.

Bald hatte er gefunden, was er suchte. ›Geheimnisvoller Schwarzwald – eine Spurensuche‹ von einem gewissen Alfred Grafmüller. ›Der schnelle Adi!‹ So hatten sie ihn genannt, weil er so klein und wuselig gewesen war. Schon in der Schule hatte er seine Nase in alles hineingesteckt. Später hatte er die erste Schülerzeitung herausgegeben. Nun war er also Reporter geworden! Ein netter Kerl. Vielleicht sollte er ihn mal wieder anrufen. Sie hatten sich seit dem Abitur aus den Augen verloren.

Es handelte sich um eine fünfteilige Serie über das, was es heute noch im Schwarzwald an Geheimnisvollem und Unerklärlichem zu entdecken gab. Natürlich war die erste Folge dem Mummelsee gewidmet. Als Kaltenbach erwartungsvoll auf den Verweis klickte, erwartete ihn eine herbe Enttäuschung. Statt der erhofften Artikel begrüßte ihn lediglich der Hinweis, dass diese Serie inzwischen ins Archiv verschoben sei und nur Abonnenten zugänglich. Kaltenbach bezog das Blatt zwar seit Jahren, doch mit den geforderten Zugangsdaten, die sich irgendwie aus Kundennummer und Passwort zusammensetzten, konnte er nichts anfangen. Er hatte wenig Lust, das Ganze jetzt mühsam in irgendwelchen unsortierten Rechnungs- und Vertragsordnern zusammenzusuchen. Es war einfacher, morgen früh persönlich in der Emmendinger Lokalredaktion vorbeizugehen, die konnten ihm sicher helfen.

Ernüchtert über die dünne Ertragslage seiner Recherche schaltete er den Rechner ab. Es reichte für heute. Zu wenig zum Jubeln, aber immerhin Ansatzpunkte genug, die Hoffnung nicht ganz aufzugeben.

Er lehnte sich im Stuhl zurück und nahm einen guten Schluck. Er erinnerte sich, wie er früher gepuzzelt hatte. Da hatte er zunächst die Umrandung zusammengesteckt. Diese Taktik war gar nicht schlecht. Aber wie sollte er sie auf das übertragen, wonach er suchte? Wo lag die Grenze zu dem, was nicht dazu gehörte?

Vor allem fehlte immer noch das Bild.

Mittwoch, 7. März

Die frische Morgenluft auf dem Weg zur Bushaltestelle reichte kaum, ihn einigermaßen zu sich zu bringen. Ein weiteres Mal war die Nacht nicht so gewesen, wie er sie zur Erholung gebraucht hätte. Gestern Abend hatte er versucht, seinen Frust in ein paar weiteren Gläsern Gutedel und in unmotivierter Zapperei am Fernseher zu versenken. Irgendwann war er bei irgendeinem Abenteuerfilm hängen geblieben. Die Werbepausen hatte Kaltenbach genutzt, am Kühlschrank sein Glas nachzufüllen. Die späteren hatte er verpasst und war morgens um drei bei der Wiederholung einer Gerichtsshow aufgewacht, weil ihm der Nacken wehtat.

Schon in dem kleinen Waldstück vor Windenreute war er eingenickt, bis er bei der Endhaltestelle am Finanzamt vom Fahrer freundlich, aber mit Nachdruck geweckt wurde.

Beim Bahnhofsbäcker trank er einen weiteren Kaffee und ließ sich zwei Brezeln einpacken. Als erstes schaute er bei der Zeitung vorbei. Der junge Mann in der Geschäftsstelle der Badischen Zeitung war sehr hilfsbereit. Leider müsse er auf seine Chefin warten und könne im Moment nichts machen. Doch er versprach, das Gewünschte bis über Mittag zu besorgen.

Eine halbe Stunde später saß Kaltenbach in seinem Laden. Er kaute an seiner Brezel herum und las gerade den täglichen Befindlichkeitsbericht über die Spieler des Freiburger Bundesligisten, als die Türglocke bimmelte und Walter vor ihm stand.

Kaltenbach ließ die Zeitung sinken. »Sali, Walter. Hast du nichts zu tun an einem Vormittag unter der Woche?«

»Das sagt der Richtige.« Walter setzte sich. »Nennst du das arbeiten?« Er deutete auf den Tisch. »Du darfst mich auf eine Tasse einladen. Ich habe eine Überraschung.«

Tatsächlich war Kaltenbach nicht sonderlich erstaunt, dass Walter vorbeikam. Er hatte als freischaffender Filmemacher alles andere als geregelte Arbeitszeiten. Wenn er mit einem Projekt beschäftigt war, sah man ihn oft wochenlang nicht. Selbst Regina wusste dann nicht immer, ob er sich nun gerade an einem Drehort irgendwo in Deutschland oder im Freiburger Studio aufhielt. Ebenso gut konnte es sein, dass er einen Tag ganz frei hatte.

Kaltenbach schüttete den Rest seines Kaffees weg und brühte zwei frische Tassen auf. »Jetzt bin ich aber mal gespannt.« Dabei ahnte er bereits, was kommen würde. Walter hatte das Gesicht aufgesetzt, dem man ansah, dass er etwas im Schilde führte. Wahrscheinlich würde er ihn als Erstes fragen, ob er am Wochenende schon etwas vorhabe.

»Hast du am Wochenende schon etwas vor?«

Kaltenbach verkniff sich ein Grinsen. »Kommt drauf an«, antwortete er und dachte an Luise.

Walter strahlte vor Vorfreude. »Wir wollen uns treffen. Mein Drehtermin in Düsseldorf ist verschoben, und Michael hat auch Zeit.«

Kaltenbach blickte ihn verständnislos an. Sein Denkapparat war nach den zurückliegenden Stunden noch nicht ganz auf Touren.

»Musik machen! Was ist, du kannst doch hoffentlich? Ich dachte an Samstagabend, da können alle am nächsten Tag ausschlafen.«

Das war typisch Walter. Während die anderen in freundlicher Unverbindlichkeit blieben, machte er Nägel mit Köpfen. Aber der Vorschlag gefiel ihm. Es würde ihm helfen, den Kopf wieder frei zu bekommen. Kaltenbachs Laune hob sich spürbar. Er hatte seit Jahren nicht mehr mit anderen Musik gemacht, wenn man von seltenen Gelegenheiten wie am letzten Freitag absah.

»Gute Idee. Wo soll das Ganze stattfinden?«

»Ihr kommt zuerst zu mir, dann sehen wir weiter. Ann-Kathrin kommt nicht. Sie hat eine größere Sache an der Uni und wenig Zeit. Aber vielleicht macht Andrea mit.«

»Hört sich gut an. Ich bin dabei!«

Die Ladenglocke bimmelte erneut. Eine Frau mit einer überdimensionalen Einkaufstasche betrat den Laden. An ihrer unsicheren Haltung erkannte Kaltenbach, dass sie noch nicht oft in einem Weinfachhandel eingekauft hatte. Er ließ ein paar Augenblicke verstreichen, ehe er aufstand.

»Kann ich Ihnen helfen?«

Die Frau war sichtlich erleichtert und erkundigte sich nach einem geeigneten Präsent zum Geburtstag ihres Schwiegervaters. »Ein hervorragender Weinkenner«, betonte sie ehrfürchtig, offensichtlich war sie das genaue Gegenteil. Kaltenbach beschränkte daher seine Beratung auf einen deutlichen Hinweis auf die für diesen Zweck zusammengestellten Präsentgebinde. Zweimal musste er versichern, dass dies auch wirklich gute Qualität sei. Erst dann durfte er die Lieferadresse notieren.

»Billig ist das aber nicht!«, meinte die Frau, als er sie zur Tür begleitete.

»Wir führen nur beste Ware, meine Dame«, entgegnete er ungerührt.

Als die beiden Männer wieder unter sich waren, war Walter bereits bei einem anderen Thema.

»Und du? Bist du inzwischen zum Keltenforscher geworden? Erzähl mal. Hast du etwas über die Triskele herausgefunden?«

Mit kurzen Worten berichtete Kaltenbach von den Ereignissen der letzten Tage. Von Luise erzählte er immer noch nichts. Selbst Walter gegenüber sprach er nicht gerne über seine Gefühle.

»Ja, der Geiger«, lächelte Walter, als er von dem gestrigen Ausflug ins Colombi hörte. »Netter Kerl. Aber er spinnt ein bisschen. Dass er dir den Käse mit dem Belchendreieck erzählt, war fast zu erwarten.« Er nippte an seinem Kaffee. »Am Ende glaubt er noch selber dran.«

»Kannst du mir sagen, was es damit auf sich hat?«

Walter verzog das Gesicht. »Damit sind die Belchenberge

gemeint. Die Ballons im Elsass und einer im Jura. Und unserer natürlich. Da machen manche eine Wissenschaft daraus, nur weil die im Dreieck angeordnet sind. Aber drei Punkte ergeben immer ein Dreieck, so oder so«, setzte er grummelnd hinzu. Er trank seine Tasse aus.

»Ist das alles?« Kaltenbach blieb hartnäckig.

»Dass im Frühjahr und im Herbst die Sonne hinter dem einen auf und hinter dem anderen untergeht – das sehen sogar meine Töchter. Daraus einen keltischen Kalender zu konstruieren ist ja nun wirklich esoterischer Quatsch.«

Immerhin etwas. Er würde morgen den Professor fragen.

»Und ein ›Torques‹, was ist das?«

»Schon interessanter. Die Torques hat man auf vielen Darstellungen gefunden. Ein geflochtener Metallreif, vorne offen, meist am Arm oder um den Hals getragen als ein Zeichen für Macht und Ansehen. Bei Fürsten und Priestern. Je größer und reicher der Torques, desto mächtiger sein Träger. Ich wusste gar nicht, dass Professor Oberberger so etwas hat. Echte sind selten außerhalb Irlands.«

Kaltenbach wollte eben weiter fragen, doch er musste sich zunächst um ein älteres Ehepaar kümmern, das den passenden Wein für ihre Silberhochzeit suchte. Es nahm seine Aufmerksamkeit für eine ausführliche önologische Beratung in Beschlag.

Walter verabschiedete sich, als er sah, dass es länger dauern würde. »Bis Samstag. So um halb neun.«

Über Mittag entschied sich Kaltenbach, in der ›Vielharmonie‹ hinterm Stadttor Essen zu gehen. Das Angebot auf der Speisekarte war verführerisch wie immer. Er entschied sich für Steinpilzravioli mit Salbeirahmsoße. Dazu bestellte er Rucolasalat mit Parmesan.

Die Dinge entwickelten sich, aber das Bild war noch nicht

zu erkennen. Immer noch beschäftigte ihn die Frage nach dem Warum. Ein Racheakt? Streit um eine Frau? Wenn Luise recht hatte, war Peter kein Mensch, der sich andere zum Feind machte. Schon gar nicht für eine so brutale Auseinandersetzung. Der Hagere? Die Szene am Grab hatte nichts von Trauer oder Hass an sich gehabt. Es war eine Art Ritual, etwas Geschäftiges. Als ob der Unbekannte etwas zum Abschluss bringen wollte.

Luise hatte recht. Sie mussten den Unbekannten finden, der in jener Nacht mit auf dem Kandel war. Das Geheimnis um Peters Tod konnte nur er wissen. Und den Weg dorthin fand er nur über den Mann, dessen Bild er in der Tasche trug.

Für die Polizei wäre es ein Leichtes, ihn zu finden. Aber sie würden ihn auslachen. Für die Staatsmacht gab es keinen ausreichenden Grund, den Fall wieder aufzunehmen. Er musste den Mann selber finden.

Als Nachtisch genehmigte er sich eine Crème brulée und ging dann direkt zur BZ. Die Redaktionsleiterin überreichte ihm persönlich eine Plastikmappe, in der die Ausdrucke abgeheftet waren. Kaltenbach bedankte sich und bezahlte die Gebühr. Am Ausgang drehte er sich noch einmal um.

»Sagen Sie, der Grafmüller, der diese Artikel geschrieben hat, ist der noch bei Ihnen?«

»Der Adi? So viel ich weiß, wohnt der in Lörrach unten. Ich habe ihn zuletzt beim Presseball im Dezember gesehen, in Freiburg. Er wollte sich wieder nach Emmendingen versetzen lassen. Netter Kerl. Bissle wuselig.«

»Stimmt!«, grinste Kaltenbach.

Fünf Minuten später lagen die Ausdrucke auf dem Tisch in der Probierecke. Sogar Kopien der ursprünglichen Fotos waren dabei. Langsam blätterte er den Stapel durch. Die Artikel waren damals als Teil des samstäglichen Beilagenmagazins erschienen und nahmen jeweils etwa eineinhalb Seiten ein. Auf dem Foto der ersten Folge mit dem Mummelsee war noch das alte Hotel zu sehen, das vor einiger Zeit ausgebrannt war. Es gab eine Folge über den Kandel, über Wasserfälle und Heidensteine, wie es sie im Tal hinter Yach gab.

Eine weitere war dem Belchen gewidmet. Es gab dort eine Art Bruderschaft, die sich ›Wächter der Berge‹ nannten. Unter der Führung eines leibhaftigen Schamanen hatten sie sich in der Nähe von Neuenweg in einem alten Bauernhof angesiedelt und kümmerten sich um die Kraftströme und Energien, die vom heiligen Berg der Kelten ausgehen sollten.

Vielleicht hatte Walter recht. Das war verrückter als er gedacht hatte. Kopfschüttelnd betrachtete Kaltenbach das Foto, auf dem der selbst ernannte ›Diener des Bel‹ mit seiner Anhängerschaft zu sehen war. Der Schamane war ein Mann in undefinierbarem Alter mit wildem Bart und einer seltsamen Kopfbedeckung, die an einen indischen Turban erinnerte. Die Hände hielt er vor sich gespreizt, als streichele er über einen unsichtbaren Kinderkopf. Seine Gefolgschaft, drei Männer und eine Frau, machte auf Kaltenbach einen nicht weniger abenteuerlichen Eindruck. Alle trugen weite Umhänge und einen Gesichtsausdruck, der jedem Außenstehenden eine deutliche Warnung signalisierte.

Kaltenbach sah auf die Uhr. Er hatte große Lust, sich weiter in die Mappe zu vertiefen, doch musste er unbedingt noch die Bestellung von heute Morgen richten. Er holte aus dem Lager einen geflochtenen Geschenkkorb, den er mit grüner Holzwolle aufpolsterte ... Mitten in der Bewegung hielt er plötzlich inne.

Das Bild.

Es war etwas auf einem der Bilder, die er gerade angeschaut hatte. Kaltenbach sprang zurück zum Tisch, auf dem die Mappe mit der Belchengemeinschaft noch aufgeschlagen lag. Er hielt den Ausschnitt ganz nah vor seine Augen, dann streckte er ihn auf Armeslänge von sich. Der selbe Blick, die kühn geschwungene Nase, der ernste Ausdruck. Zitternd zog Kaltenbach das Foto aus der Jackentasche, das er seit Tagen mit sich herumtrug, und legte es daneben.

Es gab keinen Zweifel. Auf dem Bild war der Mann, der die Triskele in das Grab geworfen hatte.

Donnerstag, 8. März

»Hier muss es irgendwo sein.« Luise fuhr nun Schritttempo durch die Dreißigerzone in der Waldkircher Unterstadt. Kaltenbach verglich Geigers Skizze mit den Hausnummern, an denen sie vorbeikamen.

»Da vorne links, das ist es!«

Luise musste zwei Querstraßen weiter fahren, ehe sie am Rand eines kleinen Parks den Wagen abstellen konnten. Professor Oberberger wohnte nur wenige Gehminuten vom Waldkircher Stadtzentrum entfernt. Die Häuser mit ihren großzügigen Gartengrundstücken erinnerten Kaltenbach an Maleck. Auf den Straßen war kein Mensch zu sehen. Eine Amsel suchte ihr Abendessen und trippelte schimpfend unter einen Holzzaun, als Kaltenbach und Luise vorbeiliefen. Von Weitem hörten sie das Plätschern der Elz.

»Es ist schade, dass er so wenig Zeit hat«, meinte Kaltenbach, als sie vor der Gartentür standen.

»Dann lass sie uns gut nutzen. Hast du die Triskele dabei?«

»Klar. Und das Foto.«

Er klopfte auf seine Brusttasche, wo das Bild des Hageren steckte. Endlich wussten sie, wer es war. Endlich ging es vorwärts. Der große Garten war deutlich weniger aufgeräumt als bei den Grundstücken der Nachbarn. Die Hecken waren nicht geschnitten, einige abgeblühte gelbbraune Blumenstängel säumten den kurzen Weg bis zum Haus. Der Rasen war wohl im letzten Sommer zum letzten Mal gemäht worden. Ein einfaches Schild an der Haustür zeigte, dass hier Professor Doktor Wilfried Oberberger wohnte.

Nach dem dritten Läuten öffnete ihnen der Professor und bat sie herein. Wie der Garten wirkte der Eingang ziemlich ungepflegt. Die herumliegenden Schuhe, ein paar wahllos über Garderobenhaken geworfene Jacken und Mäntel und ein mit Kartons halb zugestellter Hausflur vermittelten mehr das Bild einer Studenten-WG als der Wohnung eines Universitätsdozenten.

Oberberger selbst bot keineswegs den Eindruck eines trockenen Akademikers. Er war jünger als Kaltenbach, hatte volles, rotblondes Haar und trug einen fein geschnittenen Kinnbart. Unter einem weißen Rollkragenpullover zeichnete sich ein gut trainierter Oberkörper ab. Kaltenbach hätte darauf gewettet, dass er unter dem Pulli ein Goldkettchen trug. Mit formvollendeter Höflichkeit half er Luise aus dem Mantel und legte ihn sorgfältig auf einen Stuhl. Dann bat er sie endgültig herein.

Kaltenbach hatte das Gefühl, in eine andere Welt zu kommen. Er war weder Kunstexperte, noch hatte er sich bisher sonderlich für Altertümer uninteressiert. Was er jedoch hier sah, verschlug ihm den Atem.

Sämtliche Wände des riesigen Zimmers waren mit dunklen, schweren Holzregalen zugestellt, die mit Büchern in allen Größen und Farben vollgestopft waren. Wo die Regale Lücken ließen, hingen fein gewebte Wandteppiche, Bilder und historische Landkarten. Ringsum reihten sich Podeste, Tische und Vitrinen mit seltsamen Masken, Statuen, Figuren und Schmuck. In der Mitte des Raumes stand ein großer Schreibtisch, der im Gegensatz zu der übrigen Fülle wohltuend aufgeräumt aussah. Lediglich zwei aufgeschlagene Ordner, ein Notizheft und ein Notebook waren zu sehen.

Luise lief staunend die Reihe der Exponate entlang. Vor einer reich verzierten, scherenschnittartigen Marionette blieb sie stehen.

»Wayang Kulit. Balinesisches Schattentheater. 18. Jahrhundert. Wird heute noch gespielt.« Oberberger sprach mit einer angenehm hohen Stimme. Er hätte einen guten Tenor abgegeben. Er wies mit der Hand in großem Bogen um sich. »Das zwangsläufige Hobby eines Kulturethnologen. Fast schon eine Leidenschaft.«

Der Professor entschuldigte sich und verschwand hinter einer Tür. Kurz darauf kam er mit zwei Stühlen zurück.

»Bitte, nehmen Sie doch Platz.«

Nach einigen Höflichkeitsfloskeln holte Kaltenbach die Triskele heraus und legte sie vor sich auf den Schreibtisch.

»Darf ich?«

Vorsichtig fasste der Professor das Schmuckstück mit den Fingern und betrachtete es von allen Seiten. Ein leises Lächeln huschte über sein Gesicht. Kaltenbach schaute gespannt zu, als er ein mächtiges Vergrößerungsglas aus einer der Schubladen zog und die Gravur auf der Rückseite betrachtete.

»Ein interessantes Stück«, meinte er nach einer Weile. »Darf ich fragen, woher Sie das haben?«

Kaltenbach murmelte etwas von einem Geschenk eines Freundes aus England. »Wir wollten vor allem wissen, ob hinter der Symbolik etwas Besonderes steckt«, fügte er rasch hinzu.

Der Professor lächelte wieder. »Nun, weil die Symbolik der Triskele so einfach ist, ist sie auch am schwierigsten zu interpretieren. Ich persönlich gehe von einer universellen Dreiheit aus, wie sie in vielen alten Kulturen gelehrt und später vom Christentum übernommen wurde. Die drei Kräfte des Universums. Die Hindus beschreiben dies am besten mit Sein, Werden und Vergehen. Dieses Stück ist für sich gesehen nichts Besonderes. Das können sie für ein paar Euro in jedem Schmuckgeschäft oder Online-Shop kaufen.«

Kaltenbach dachte an den Laden in der Lammstraße.

»Aber sehen sie hier, die Rückseite.« Oberberger drehte die Triskele um und wies auf die Zeichen. »Hier wird es interessant.«

Kaltenbach räusperte sich. »Sie meinen die Runen?«

Der Professor lächelte. »Gar nicht schlecht für einen Laien.« Der Laie sah kurz zu Luise hinüber und bekam rote Ohren.

»Es handelt sich vielmehr um das sogenannte Ogham, die früheste Schrift, die wir in Europa kennen.«

»Von den Germanen?«, fragte Luise.

»Von den Kelten. Die Menschen von heute würden diese Zeichen wohl nicht als Schrift bezeichnen. Es waren magische Symbole, deren Verwendung nur wenige kannten und noch wenigeren erlaubt war.«

Der Professor fuhr vorsichtig mit den Fingerspitzen über die kaum erkennbaren Einritzungen.

»Überlieferung fand damals ausschließlich von Mund zu Mund statt. Das Aufschreiben, in diesem Fall besser gesagt das Einritzen, gab es nur bei besonderen Anlässen und diente der magischen Verstärkung des Inhalts. Dadurch wurde der Geist in die Materie gebannt, wurde sozusagen festgehalten.«

»Können Sie das lesen?«

Der Professor betrachtete erneut aufmerksam das Schmuckstück. »Ich denke schon. Wenn ich Sie um einen kleinen Moment Geduld bitten dürfte.«

Kaltenbach staunte über die ausgesuchte Höflichkeit Oberbergers. Luise war sichtlich geschmeichelt. Vielleicht sollte er sich künftig mehr anstrengen, dachte Kaltenbach. Die studentischen Flegeljahre waren vorbei.

Oberberger begann, die Linien gewissenhaft mit einem Bleistift auf ein Blatt Papier zu übertragen, das vor ihm lag.

»Ich habe gehört, Sie haben einige besondere Schmuckstücke in Ihrer Sammlung«, unterbrach ihn Kaltenbach. »Den ›Großen Torques‹ zum Beispiel.«

Oberberger blickte erstaunt auf. Dann nickte er. »Dort drüben.«

Er wies auf eine Vitrine, die in der Ecke zwischen den beiden Erkerfenstern stand und die als Einzige mit einer eigenen Beleuchtung ausgestattet war. Kaltenbach stand auf und sah sich den geheimnisvoll schimmernden Behälter aus der Nähe an. Er war etwa ein Kubikmeter groß und stand auf einem einfachen dunklen Untergestell. Das Innere war mit schwarzem Samt ausgeschlagen.

In der Mitte lag ein einfacher geflochtener Metallring von der Größe einer doppelten Handfläche. Das Licht ließ die blankpolierte Oberfläche in einem Glanz von Kupfer über Messing bis hin zu Gold schimmern. An seiner Vorderseite war der Reif offen und lief an den Enden in zwei gleich aussehende Tierfiguren aus.

»Ein Ebertorques aus Südwestirland«, hörte Kaltenbach den Professor sagen. Stolz fügte er hinzu: »Ein Geschenk der Universität Cork. Etwa aus dem dritten vorchristlichen Jahrhundert. Sein Besitzer war mit großer Sicherheit ein Stammeshäuptling aus der Gegend von Newgrange.«

Die Bilder des riesigen Felsens mit den merkwürdigen Spiralen tauchten vor Kaltenbach auf. Bisher hatte er es als touristische Attraktion betrachtet. Doch nun öffnete sich direkt vor ihm auf dem schwarzen Samt die Tür zu einer realen Vergangenheit, auch wenn der ehemalige Träger des Torques längst vergessen und sein Leib zerfallen war.

In diesem Moment winkte ihn Luise aufgeregt zurück an den Tisch. Der Professor hatte inzwischen begonnen, die Zeichen zu entziffern, indem er die Bedeutungen aus einem schmalen abgegriffenen Büchlein auf das vor ihm liegende Blatt übertrug.

»Was bedeutet es, Professor?«, fragte Luise gespannt.

»Newgrange Ogham.« Der Professor sprach mehr zu sich selbst. Er schien etwas verwirrt. »Die frühesten Schriftzeichen überhaupt. Man hat sie außerhalb Irlands bisher noch nie gefunden. Seltsam.«

»Und was heißt das auf Deutsch?«

Der Professor sah sie ernst an. »Das ist die zweite Merkwürdigkeit. Es scheint sich um eine ›defixio‹ zu handeln, also eine Art Bannfluch. Sehr ungewöhnlich.« Er wandte sich wieder seinen Aufzeichnungen zu. »Sehen Sie hier.«

Er wies auf die obere Hälfte des Blattes. »Hier steht sinngemäß ›Ich fluche und binde‹. Darunter zwei Namen, Bel und Abnoba.«

Kaltenbach sprang elektrisiert auf. »Abnoba, die Schwarzwaldgöttin?«

»Eine Erscheinungsform der ›Großen Mutter‹. Sie herrscht nach keltischem Glauben über den Urgrund der Existenz. Dem christlichen Vatergott vergleichbar. Gleichzeitig ist sie die Hüterin der Pforte zur Anderswelt, zur Magie, zum Geheimnisvollen.«

Kaltenbach runzelte die Stirn, doch Oberberger ließ sich nicht beirren. »Für unsere Vorfahren war das alles ganz real

erlebbar.« Er blätterte in seinem Büchlein. »Europaweit hat
sie viele Namen bekommen. Hier im Schwarzwald wurde sie
als Abnoba verehrt.«

Der Weihestein im Colombi!, durchfuhr es Kaltenbach.
»Von den Römern?«

Oberberger schüttelte den Kopf. »Den Römern war der
Schwarzwald nie ganz geheuer. Die Schluchten waren schwer
zugänglich, die Berge kalt und in den Wäldern gab es kaum ein
Durchkommen. Kein guter Ort für Legionäre, die gewohnt
waren, in disziplinierter Ordnung zu marschieren.« Er
lächelte. »Die nahmen lieber den längeren Weg außen herum
und erholten sich anschließend in ihren Aquae in Badenweiler und Baden-Baden.«

Luise hatte ihren Kopf in die Hand gestützt und gespannt
zugehört. »Dann verstehe ich nicht, warum die Zeichen keltisch sind.«

»Weil der Verfasser tatsächlich die uralte Göttin im Sinn
hatte. Er wollte mit diesem Bannfluch sich selbst oder jemand
anderem der Göttin weihen, als Opfer sozusagen.«

»Wozu?«

»Schwer zu sagen. Im Volksritus wurden vorzugsweise
Tiere geopfert, um Abnoba gnädig zu stimmen. Meist Wild-
schweine, Rehe oder Hasen.« Kaltenbach zuckte zusammen.
Das Blut auf dem Kruzifix!

»Und Menschen?«

»Auch das gab es«, antwortete er unbeeindruckt. Er wandte
sich wieder den Ogham-Zeichen zu. »Wie in fast allen alten Kulturen gab es auch bei den Kelten Menschenopfer. Das mensch-
liche Leben war in allen Zeiten das wertvollste Geschenk für
die Götter. Jede Bitte, jede Beschwörung, jeder Ritus bekam
durch ein Menschenopfer eine aufs Höchste gesteigerte Kraft.«

»So wie dieser Bannfluch?«

»So ähnlich. In diesem Fall würden die Kräfte sich gegenseitig steigern.«

Kaltenbach entging nicht, dass Oberberger nebenbei bereits zum zweiten Mal auf die Uhr schaute. Eine wichtige Frage musste er noch stellen.

»Entschuldigen Sie, wenn ich Sie noch etwas auf die Schnelle fragen muss. Was ist denn mit dem ›Belchendreieck‹ gemeint?«

»Auf die Schnelle!« Er schüttelte lächelnd den Kopf. »Wenn ich geahnt hätte, was für wissbegierige Besucher Walter mir vorbeischickt, hätte ich mich natürlich besser vorbereitet.« Er legte die Triskele zurück in das Tuch und bedeutete ihnen mitzukommen. Hinter einer der Regalwände gab es einen schmalen Durchgang, an dessen Ende eine Wendeltreppe nach oben führte.

Das Erkerzimmer, in das sie kamen, war an drei Seiten von Fenstern umgeben. Im Vergleich zum Erdgeschoss war es spartanisch ausgestattet. Ein mannshoher Avocadostrauch wölbte seine dunkelgrünen Blätter über ein abgeschabtes Ledersofa. Daneben stand ein kleiner Rattantisch. Die Wandfläche nahm ein modernes, weiß lackierten Regal mit einem Zeichentisch ein.

»Mein Elfenbeinturm!« Der Professor wies mit einer ausladenden Geste um sich. »Hier lasse ich meine Seele baumeln, wie es so schön heißt. Die besten Ideen kommen mir hier auf dem Sofa.«

Beim Nickerchen, dachte Kaltenbach. Luise sah Oberberger bewundernd an. Der Professor schien mehr Eindruck auf sie zu machen, als Kaltenbach lieb war.

»Außerdem ist hier der Ort, wo ich mich mit Themen beschäftige, die, sagen wir mal, eher etwas abseits der gängigen Lehrmeinung sind.«

Er wies auf die mittleren beiden Reihen im Regal. Kaltenbach fiel auf, dass die Ordnerrücken alle einheitlich gelb mit roter Beschriftung gekennzeichnet waren. Oberberger – ein altbadischer Patriot?

»Dazu gehört unter anderem die Erforschung der altkeltischen Jahreskalender hier bei uns am Oberrhein. Herkömmlich auch als ›Belchendreieck‹ bezeichnet.«

Er wies auf den Zeichentisch, auf dem eine große Landkarte aufgezogen war. Das Gebiet reichte etwa von Karlsruhe bis ins Schweizer Jura. Beim näheren Hinsehen erkannte Kaltenbach das Rheinknie, den Schwarzwald und die Vogesen. Über die Karte war eine ebenso große durchsichtige Folie gespannt, auf der eine unübersichtliche Fülle von Linien und Zahlen eingezeichnet war.

»Es gibt eine große Zahl geografischer Orte rund um den Oberrhein, die in gewisser Weise miteinander in Verbindung stehen. Dabei gab es wiederum jahreszeitliche Schwerpunkte, an denen die alten Völker ihre Feste abhielten.« Oberberger nahm einen Bleistift, der neben der Karte lag, und zeigte nacheinander auf drei Punkte. »Die drei Belchen im Schwarzwald, in den Vogesen und im Jura bilden exakt ein rechtwinkliges Dreieck zueinander. Zum Frühling- und Herbstbeginn nimmt die Sonne genau diesen Weg.«

Er fuhr mit dem Stift vom Schwarzwälder Belchen Richtung Frankreich. »Vom Schwarzwald zum Grand Ballon im Elsass. Der keltische Sonnengott Bel auf seinem Weg von der Geburt im Osten zu seinem Tod im fernen Westen, weit über die sichtbare Grenze hinaus.«

Luise tippte mit dem Finger auf einen Punkt nördlich von Freiburg. »Und der Kandel? Gehört der auch dazu?«

»Das ist derzeit einer der Schwerpunkte meiner Forschungen. Der ›Glänzende‹ passt auf den ersten Blick nicht so offensichtlich in das Kräftediagramm. Aber das werde ich noch herausfinden. Wahrscheinlich ist er in den Mondzyklus eingebunden. Nicht umsonst gilt er bis heute bei den Einheimischen als Hexenberg, und Hexen versammeln sich mit Vorliebe bei Vollmond.«

Der Professor sah erneut auf die Uhr und entblößte seine makellos weißen Zähne. »Mehr geht nicht auf die Schnelle. Und das war bereits eine fast nicht zu verantwortende Kurzfassung.« Er wandte sich zur Treppe und bedeutete Kaltenbach und Luise mitzukommen. »Ich muss diese hochinteressante Unterhaltung zu meinem größten Bedauern unterbrechen. Mein nächster Termin ist unaufschiebbar.«

An der Eingangstür half er Luise in den Mantel. »Wir können uns gerne ein andermal weiter unterhalten.«

Kaltenbach zwängte sich in seine Jacke. »Wir kommen gerne wieder.«

Als sie auf der Straße standen, schlug Luise vor, noch ein paar Schritte zu gehen. Sie liefen die Elz entlang bis zum Bahnhof und von dort zur Innenstadt. Beide redeten wenig. Kaltenbach hatte das Gefühl, dass der Besuch bei Oberberger Türen aufgestoßen hatte, hinter denen etwas lauerte. Der Unbekannte hatte Peter mit einem Todesfluch belegt!

Auf dem Rückweg zum Auto blieben sie auf der kleinen Fußgängerbrücke über die Elz stehen und beugten sich über das Geländer. Das Wasser unter ihnen spiegelte in vielen kleinen Flächen die Lichter der Häuser links und rechts am Ufer. Über ihnen kämpfte sich der aufgehende Halbmond hinter der Kastelburg hervor und verbreitete trotz der Abendwolken ein fahlgelbes Licht.

»Meine Mutter hat uns als Kinder erzählt, dass jeder Mensch seinen Stern hat. Wenn wir groß würden, sollten wir ihn finden und ihm einen Namen geben.«

»Hast du ihn gefunden?«, fragte Kaltenbach. Trotz der

Abendkühle spürte er, wie ihn die Nähe zu dieser Frau mit einer Wärme erfüllte, die er lange nicht empfunden hatte.

Luise gab keine Antwort. Nach einigen Augenblicken, in denen man nur das nächtliche Gluckern des Elzwassers hörte, merkte er, wie sie leise schluchzte. Er legte vorsichtig den Arm um sie, doch sie reagierte nicht.

»Glaubst du, dass Peter seinen Stern gefunden hat?«

Kaltenbach betrachtete eine Weile dass Lichterfunkeln unter der Brücke.

»Manchmal glaube ich, dass nichts völlig zu Ende gehen kann. Alles verändert sich nur, kein Mensch bleibt jemals derselbe.«

Er fragte sich, ob Luise verstand, dass er sie trösten wollte. Er drückte sie etwas fester an sich und bildete sich ein, dass sie ihm ein klein wenig entgegenkam.

»Manche sagen, dass der Moment des Todes Freude bei den Engeln auslöst, denn dann wird im Himmel ein neuer Mensch geboren.«

»Es fällt mir schwer zu glauben, dass Peter nicht mehr da ist. Dabei ist es gerade drei Wochen her.« Luise drehte sich zu Kaltenbach, der seinen Arm sinken ließ.

»Versprich mir, dass du mir hilfst. Ich will, dass er seinen Frieden findet.«

Kaltenbach nickte stumm. Er spürte, wie sie seinen Kopf in beide Hände nahm und ihm einen flüchtigen Kuss auf beide Wangen gab. Dann wandte sie sich ebenso unvermittelt ab und ging los.

»Ich danke dir. Wir sollten gehen. Es wird kalt.«

Auf der anderen Seite des Jünglingssteges bogen sie nach rechts. Von Weitem sahen sie Licht im Haus des Professors. Bevor sie das Haus erreichten, wurde die Haustür geöffnet. Heller Lichtschein fiel aus dem Flur auf den Gartenweg. Ein

Mann trat heraus, der mit lauter Stimme etwas rief, was Kaltenbach nicht verstand. Kurz darauf sah er den Professor in der Tür. Der Besucher hob die Faust und drohte, doch gleich darauf schloss Oberberger die Haustür.

Kaltenbach hielt Luise am Arm. »Warte«, raunte er, »ich will sehen, was da los ist.« Aus sicherem Abstand beobachteten sie, wie der Besucher die Straße hinunterlief. Er stieg in einen parkenden Geländewagen und gab Gas. Im Licht der Straßenlaterne konnte Kaltenbach flüchtig einen Aufdruck an der Fahrertür erkennen. Es war jedoch der Mann hinterm Steuer, der seine Aufmerksamkeit fesselte. Obwohl er etwas anderes anhatte, erkannte er sofort den Mann, dessen Bild er auf dem Zeitungsausschnitt gesehen hatte und der sich selbst ›Wächter der Berge‹ nannte.

Jetzt war es endgültig an der Zeit, dass er den Rand des Puzzlebildes festlegte.

Freitag, 9. März

»… und wenn eines Tages einer kommt und den Stein herauszieht, wird sich der See aus dem Innern des Kandel vom Berg herab über Wald und Fels, über Wiesen, Felder und Wege ins Tal ergießen. Und es wird das ganze Tal sein voller Fluten, und der Flecken Waldkirch mit all seinen Männern, Frauen, Mägden und Knechten, mit Kühen, Ziegen und Schweinen, mit Stall und Hof wird überschwemmt werden und elendiglich zugrunde gehen.«

Kaltenbach saß auf seinem Lieblingsplatz im Laden, vor sich einen großer Becher Kaffee mit geschäumter Milch, in der Hand ein Croissant. Die Mappe mit den Zeitungsartikeln hatte er fast durchgelesen. Es war erstaunlich, was in seiner Heimat alles herumspukte, geisterte, wogte, sich verbarg, wachte oder lauerte. Da war von ruhelosen Wegelagerern die Rede, die unvorsichtigen Wanderern auflauerten, von pferdefüßigen Bockgestalten, die sich über unschuldige Jungfrauen hermachten, geheimnisvollen Grüngekleideten, die unschuldige Knaben zu sich lockten und erst als uralte Männer wieder freigaben.

Auf den Burgen wimmelte es nur so von klagenden Weibern, verwunschenen Burgfräulein und verblichenen Edelherren. Dazu kam als ständige Bedrohung der geheimnisvolle See im Kandel, der lediglich von einem einfachen Stein mit einem angeschweißten Ring verschlossen war. Rings um den Kandel, durch Glotter- und Elztal, von Denzlingen bis hoch nach Prechtal und St. Peter wurden die merkwürdigsten, unheimlichsten und angsteinflößendsten Gestalten beschrieben.

Außer auf dem Kandelgipfel selbst. Der Berg war den Menschen anscheinend so unheimlich und geheimnisvoll, dass sich keiner getraute, seine Ahnungen und Ängste in Worte zu fassen. Denn der Kandel war angeblich der Platz für die Hexen, die dort in den Vollmondnächten ihre Zusammenkünfte abhielten und zu bestimmten Zeiten des Jahres sogar den Leibhaftigen selbst zu Gast hatten und mit ihm und seinen Unterteufeln buhlten. Lange vergangener Aberglaube aus finsteren Zeiten? Vor kaum drei Wochen bei den traditionellen Umzügen der Hästräger und Larven in Emmendingen und im Elztal waren sie lebendig, die Hexen und Teufel, die Geister und Nachtgestalten, die den rheinischen Büttenkarneval wie einen Klassenausflug spätpubertärer Laienschauspieler aussehen ließen.

Kaltenbach legte die Mappe zur Seite und betrachtete eine Weile die vor dem Schaufenster vorbeilaufenden Passanten.

Keiner nahm sich die Zeit, stehen zu bleiben und seine Auslagen zu betrachten, daher entschloss er sich, den Laden für eine halbe Stunde zuzumachen. Er brachte die leere Tasse nach hinten und spülte sie ab. Dann zog er seine Jacke an und ging hinaus in die Kälte. Das ›Geschlossen‹-Schild an der Ladentür ließ er weg.

Das Emmendinger Westend hatte sich in den Jahren, seit er den Weinkeller eröffnet hatte, sehr verändert. Zum Guten seiner Meinung nach. Die alten Innenstadthäuser waren teils modernisiert, teils aufwendig restauriert worden. Um den Fußgängerzonencharakter zu unterstreichen, hatte die Stadtverwaltung in einen durchgehenden Kopfsteinpflasterbelag investiert, der an manchen Stellen von schmalen, eingefassten Wasserläufen begleitet wurde, die liebevoll ›Bächle‹ genannt wurden.

Kaltenbach lief vorbei am ›Café Mahlwerkk‹ in Richtung Markt. Heute hatte er Lust, am Abend etwas Schönes zu kochen. Es gab keinen besseren Ort als den Wochenmarkt, um das Nötigste zu besorgen. Außerdem wollte er bei der Gelegenheit bei der BZ Grafmüllers Telefonnummer erfragen.

Die Frage nach einem Motiv ging ihm nicht aus dem Kopf. Jede Gewalttat hatte einen Anlass, der stark genug war, die den Menschen tief eingeschriebene Hemmschwelle zu überschreiten zu lassen.

Ein nervendes Piepen schreckte Kaltenbach auf und erinnerte ihn daran, dass er mitten auf der Straße stand. Hinter ihm erhob sich drohend die hellblaue Kühlerfront des Stadtbusses. Der Fahrer gab ihm mit unmissverständlichen Handbewegungen den Befehl, den Weg zu räumen. Kaltenbach hob die Hand zur Entschuldigung und stolperte rasch weiter. Auf dem Marktplatz standen die Verkaufsstände dicht an dicht, ein buntes Gedränge, durchsetzt mit verlockenden Düften.

Wozu schaute er die vielen Fernsehkrimis? Die unzähligen

Kommissare, Sokos, Cops, Teams und Duos gingen ihre Fälle immer nach dem gleichen Muster durch. Spurensicherung, Zeugenbefragung, Alibis. Aber oft war es erst das Motiv, das den Ermittlern den entscheidenden Durchbruch verschaffte. Wem also hatte Peters Tod genützt?

Die meisten Morde werden aus Leidenschaft begangen, hatte ein in Diensten ergrauter Kommissar seinem jungen, draufgängerischen Gehilfen erklärt, dessen ungezügelte Fantasie der Aufklärung eher im Wege stand. Der Mensch ist des Menschen größter Feind. Konnte jemand Luises Bruder derart hassen, dass er ihn mit Gewalt aus dem Weg räumen würde? Sie hatte zwar mehrfach betont, wie umgänglich und allseits beliebt er gewesen sei. Aber Beliebtheit rief Eifersucht hervor. Oder ein Beziehungsdrama, von dem sie nichts ahnte?

In der BZ-Geschäftsstelle war heute entschieden mehr los als beim letzten Mal. In dem kleinen Eingangsfoyer standen zwei Rentner an den beiden Stelltischchen und lasen in den Ausgaben der letzten Tage, die dort stapelweise auslagen. Im Redaktionsraum erfuhr er, dass es heute die letzten Karten für das Spiel des SC Freiburg gegen die Bayern gab. Das Kontingent war begrenzt, und an den bösen Blicken sah Kaltenbach, dass er von den Wartenden als unliebsamer Konkurrent gesehen wurde.

Er reihte sich geduldig ein. Ihm fiel ein, dass er genauso gut hätte anrufen können. Aber er zog den persönlichen Kontakt allemal vor. Die Dame, die ihm kürzlich die Ausdrucke gegeben hatte, erkannte ihn sofort.

»Hatten Sie Erfolg mit den Artikeln?«, fragte sie ungeachtet der wartenden SC-Fans.

»Hervorragend. Das Interessanteste, was ich seit Langem gelesen habe.«

Sichtlich geschmeichelt fragte sie ihn nach seinen Wünschen. Sie runzelte die Stirn, als Kaltenbach sie um die Telefonnummer von Grafmüller bat. Doch Kaltenbach setzte den besten ihm möglichen Hundeblick auf, dem sie nicht widerstehen konnte.

»Es ist wegen dem Datenschutz, wissen Sie«, meinte sie entschuldigend. »Aber ich glaube, bei einem alten Schulfreund kann ich wohl mal eine Ausnahme machen.«

Sie holte eine schmale Mappe aus der Schreibtischschublade, öffnete sie und notierte dann ein paar Zahlen auf einen Notizblock.

»Kommen Sie ruhig mal wieder vorbei«, flötete sie und reichte ihm den Zettel. »Wenn nicht so viel los ist. Ich könnte Ihnen noch mehr vom Schwarzwald erzählen.«

Doch Kaltenbach war mit seinen Gedanken bereits woanders. Er lächelte kurz, bedankte sich artig und überließ das Feld den Kartenjägern. Durch das Anstehen schmerzte sein Knie plötzlich wieder. Es war Zeit, dass er seine Einkäufe machte. Er durfte den Laden nicht zu lange allein lassen.

An seinem Lieblingsstand bediente ihn die Bauersfrau persönlich. Er entschied sich für Pastinaken, Chinakohl und zwei Stauden Stangensellerie. Sie wog ihm großzügig ab und wickelte alles in Zeitungspapier ein. Obwohl sich die Saison dem Ende zuneigte und der Geschmack bereits etwas zurückging, konnte er dem Feldsalat nicht widerstehen. Er ließ sich eine ordentliche Tüte draufpacken.

»Hält alles ein paar Tage«, sagte die Bäuerin und legte ihm einen Winterapfel obendrauf. Vom Nachbarstand kam ein Büschel frische Kräuter hinzu. Am Glottertaler Käsestand versorgte er sich mit einem Becher des selbst gemachten Quarks, einer Ecke Ziegenkäse sowie verführerisch duftendem Schinken, den er sich in hauchdünne Scheiben schneiden ließ.

Der Verkäufer am Stand mit den Mittelmeerspezialitäten

erwartete ihn bereits. Kaltenbach konnte sich nicht erinnern, dass auch nur eine Woche vergangen wäre, ohne dass er hier eingekauft hätte. Als 16-Jähriger war er bei seiner ersten großen Interrail-Rundfahrt bis nach Griechenland gekommen und hatte staunend erlebt, dass Oliven keineswegs nur die im Glas aufeinandergetürmte blassgrüne Einheitsware mit Paprikaeinlage waren, die er bisher aus deutschen Lebensmittelgeschäften gekannt hatte. Er hatte sich tagelang von den kleinen schwarzen Früchten ernährt und war seither diesem Geschmack nahezu verfallen. Er hätte den halben Stand leerkaufen können.

Die Gier. Neben der Eifersucht war dies das zweite große Motiv, das den Menschen so weit trieb, dass er sich über Erziehung, Moral und Gesetz hinwegsetzte und sich holte, was er brauchte. Geld vor allem, ebenso alles, was sich teuer verkaufen ließ wie Schmuck, Kunstwerke, Pelze, Luxusautos, Münzen. Es gab den blutigen Streit um die Erbschaft, um Bodenschätze, um Ruhm und Macht. War es das, was Peters Mörder wollte?

Kurz vor halb sechs war Kaltenbach zurück im Weinkeller. Er stellte die beiden Taschen mit seinen Einkäufen ins Hinterzimmer, zog die Jacke aus und wusch sich die Hände. Entgegen seiner Gewohnheit brühte er sich einen Kaffee auf, obwohl es schon recht spät war. Aber er musste vor heute Abend seine Ideen konkretisieren. Er holte sich ein Blatt Papier und einen Stift und legte beides auf den Tisch. Der erste Schluck ließ ihn wieder wach werden. Er nahm den Stift und schrieb oben in die Mitte des Blattes das Wort ›Motive‹. Er unterstrich es doppelt. Für ein paar Sekunden betrachtete er versunken die großen Buchstaben. Dann begann er rasch zu schreiben.

Freitag, 9. März, abends

Nach einem geheimen Rotationssystem, das die vier selbst kaum kannten, traf sich der Stammtisch an diesem Abend in Windenreute in der ›Waldschänke‹. Kaltenbach mochte die Atmosphäre des oberhalb des Ortes am Waldrand gelegenen Hauses. Der große Gastraum war in freundlichem hellem Holz gehalten, an den Wänden hingen historische Bilder und Holzschnitte. Im Sommer konnte man auf der Terrasse sitzen und den Blick in Richtung der Schwarzwaldberge genießen.

Die Chefin und guter Geist des Hauses ließ es sich nicht nehmen, persönlich an ihrem Tisch vorbeizukommen.

»So, die Herren, ist alles recht?«

»Alles klar, vielen Dank«, antwortete Dieter, während die anderen drei freundlich nickten. Sie lächelte zufrieden zurück und machte ihre Runde weiter zu einem Tisch im angrenzenden Separee, in dem die Hausgäste zu Abend aßen. Die Waldschänke hatte nicht nur eine vorzügliche Speisekarte, sondern auch etliche Fremdenzimmer.

Als eines der wenigen Gasthäuser außerhalb des Markgräflerlandes hatte die ›Waldschänke‹ einen trockenen Gutedel auf der Weinkarte. Ein gewichtiger Grund, warum Kaltenbach gerne hier war.

Er hatte sich entschlossen, seine Kumpels mit ins Boot zu nehmen und von den vergangenen Tagen zu erzählen. Natürlich wurde er mit Fragen bestürmt.

»Warum gehst du nicht zur Polizei? Lass lieber die Finger davon.«

»Und wenn es doch ein Unfall war?«

»Das war Selbstmord. Hab ich schon letztes Mal gesagt. Liebeskummer. Oder Geldprobleme. Such dir's aus.«

Für Walter war die ganze Aufregung überflüssig. »Und

außerdem – fang bloß nicht an mit dem Belchendreieck. Alles Spekulation.«

»Was ist das überhaupt für einer, dieser Waldkircher Professor?«

»Eine Keltensekte am Belchen? Spinnst du?«

»Den Waldkirchern ist sowieso nicht zu trauen«, argwöhnte Markus, der seit fünfzehn Jahren in einer Niederemmendinger Narrenzunft aktives Mitglied war und die Konkurrenz aus dem Elztal kritisch beäugte. Die Alemannische Fasnet war eine ernste Sache. »Wenn's einer war, dann der. Der war eifersüchtig. Oder sie haben gestritten.«

»Ist sie wenigstens hübsch, deine Luise?« Dieter rollte mit den Augen und schnüffelte genüsslich an seinem Weinglas.

»Jetzt lasst ihn endlich in Ruhe!« Walter ging energisch dazwischen. Wenn er etwas nicht leiden konnte, war es unnötiges Geschwätz. »Wenn es Lothar wichtig ist, sollten wir ihn unterstützen oder die Klappe halten. Mich selber eingeschlossen«, grinste er und klopfte Kaltenbach auf die Schulter. »Wir bestellen erstmal, und dann gehen wir richtig ran. Die nächste Runde übernehme ich!«

Während die Bedienung die durstigen Kehlen mit Nachschub versorgte, überlegte Kaltenbach, ob es eine gute Idee war, die anderen einzuweihen. Er würde ihnen kaum erklären können, warum ihn die ganze Sache derart beschäftigte. Aber wenn er weiterkommen wollte, musste etwas geschehen. Er konnte jede Hilfe gebrauchen.

Der Gutedel war gut gekühlt und hatte genau die milde angenehme Säure, die er so schätzte. »Es ist mir ernst.« Kaltenbach ergriff das Wort »Ich will herausbekommen, wie es wirklich war. Und ich will Luise helfen.«

»Ist sie hübsch?« Dieter wiederholte die Frage. Doch Kaltenbach ging nicht darauf ein.

145

»Irgendwas ist faul an der Sache. Und außerdem«, fügte er nach einer kurzen Pause hinzu, »habe ich das Gefühl, das ist noch nicht zu Ende. Es wird noch etwas passieren.«

Für einen Moment trat Ruhe am Tisch ein. Dann ergriff Walter das Wort. »Hier ist mir zu viel von Gefühl und Ahnungen die Rede. Ich schlage vor, wir lassen das alles mal weg und sehen, was es an Fakten gibt.«

Kaltenbach atmete auf. Es tat ihm gut, dass Walter von ›wir‹ sprach. Außerdem war es wirklich an der Zeit, die Tatsachen genau anzusehen.

»Also, ich habe das so verstanden.« Markus ging sofort darauf ein. »Du hast ein irisches Schmuckstück mit Runen drauf. Aus einem Grab!«

»Ogham. Keltische Zeichen«, unterbrach ihn Kaltenbach.

»Ogham, keltisch, germanisch, römisch – das ist doch letztlich egal.«

»Es darf nichts egal sein.« Walter klang, als hätte er jahrelang Kriminalfälle aufgeklärt. »Wenn Lothar nicht so hartnäckig gewesen wäre, wüssten wir nicht, dass die Zeichen einen Opferfluch bedeuten!«

»Reichlich unpassend als Grabbeigabe auf einem christlichen Friedhof in Emmendingen«, warf Dieter ein, der bisher geschwiegen hatte. »Wenn es ein Kreuz gewesen wäre ...«

»Ein Kreuz, das mit Tierblut verschmiert war«, ergänzte Markus. »Das verstehe ich überhaupt nicht.«

»Ein heidnisches Fluchamulett auf einem Friedhof und ein christliches Symbol auf dem alten Keltenberg. Gerade umgekehrt, wie man es erwarten würde. Merkwürdiger Zufall.«

»Wir wollten ja zunächst einmal sammeln. Verstehen müssen wir später.« Kaltenbach nahm einen Schluck und fuhr fort. »Wir haben außerdem das Bild von dem Mann auf dem

Friedhof.« Er zog das Foto heraus. »Ein Schnappschuss von der Beerdigung. Hab ich vergrößert.« Er ließ die Aufnahme rundgehen.

»Nie gesehen«, meinte Walter.

Auch Dieter schüttelte den Kopf. »Sieht ziemlich grimmig aus, finde ich.«

Markus betrachtete den Hageren aufmerksam. »Ich weiß nicht. Irgendwoher kenne ich den. Aber ich kann mich auch täuschen.« Er legte das Foto auf den Tisch in die Mitte. »Was weißt du von dem? Ein Freund von Luise?«

»Nein, aber sie hat alle möglichen Leute gefragt. Keiner kennt ihn.« Kaltenbach legte den Zeitungsausschnitt daneben. »Seht euch das mal an! Das Foto gehört zu einer Artikelserie aus der BZ«, erklärte er. »Magische Orte im Schwarzwald.«

Das Blatt machte ebenfalls die Runde.

»Das ist er!« Markus nahm ihm das Bild aus der Hand. Er hatte den Hageren sofort erkannt. »Wo hast du das her?«

»Was sind denn das für Gestalten?« Dieter verzog den Mund. »Volkshochschul-Kräuterwanderung mit Folklorekleidung?«

»Der Sutter Erwin! Wie er leibt und lebt! Treibt der immer noch sein Unwesen!«

Kaltenbach und die anderen sahen Walter erstaunt an.

»Du kennst den Mann?«

»Nein, nicht den, den du suchst.« Walter klopfte mit dem Zeigefinger auf den Mann im Vordergrund.

»Dieser hier. Erwin Sutter, der Waldschrat. Ein Unikum. Kann ›zaubern‹ und ›fliegen‹.« Walter wackelte mit dem Kopf. »Jetzt fällt mir auch der Artikel wieder ein.« Er nahm einen kräftigen Schluck aus dem Pilsglas und wischte sich den Schaum von der Oberlippe. »Regina war ganz begeistert davon damals«, meinte er und rollte wie zur Entschuldigung die Augen. »Ihr wisst ja wie die Frauen sind mit ihrer Schwärmerei. Der Sutter war schon immer ein Spinner. Hat manchmal wochenlang im Wald gehaust wie ein alter Dachs. Einmal hat ihn die Polizei festgenommen, weil er Wanderer belästigt hat. Hat von Baumwesen gefaselt, von Nixen, die ihn entführt hätten und ähnlichem Krampf.«

Er lehnte sich zurück und breitete die Arme auf der Lehne der Eckbank aus. »Nicht einmal die Grünen wollten den. Als damals die Belchenseilbahn gebaut wurde, ist er beim ersten Spatenstich im Adamskostüm mitten durch die Feier gelaufen. Auf die Brust hatte er sich eine große Sonne gemalt und auf dem Rücken schleppte er ein riesiges, mit roter Farbe beschmiertes Kreuz. Völlig abgefahren!«

Er trank den Rest seines Glases aus und winkte zum Tresen hinüber.

»Was ist denn aus ihm geworden?«

Walter überlegte. »Weiß ich nicht genau. Ein oder zwei Mal stand noch etwas in der Zeitung, Geldstrafe oder so. Dann war jahrelang nichts mehr von ihm zu hören.« Er nahm noch einmal das Foto und betrachtete es ausgiebig. »Jetzt scheint er ja ein paar Gleichgesinnte gefunden zu haben.«

»Die Wächter der Berge.« Kaltenbach spürte, wie die anderen ihn fragend ansahen. »So nennen sie sich. Der Reporter, der den Bericht damals geschrieben hat, hat es mir erklärt.«

Ali Grafmüller hatte sich am Telefon gleich an ihn erinnert und ihm bereitwillig Auskunft gegeben.

»›Wächter der Berge‹?« Walter schnaubte verächtlich. »Was soll das denn nun wieder?«

»Dein alter Freund nennt sich jetzt Keltenschamane«, erklärte Kaltenbach. »Er hat eine Gruppe gegründet, die es sich zum Ziel gesetzt hat, das Erbe der Natur zu wahren.«

»Daher also ›Wächter‹«, entfuhr es Markus.

»Ja. Das Beste kommt noch: Sie leben am Belchen, irgendwo hinter Neuenweg. Eine sogenannte ökologisch-esoterische Gemeinschaft.«

»Ja dann. Selig sind die Einfältigen.« Bei Walter brach erneut der Sarkasmus durch. »Da können die zusammen Wurzelsuppe kochen und in Fellen durch den Wald laufen.«

»Hehe«, lachte Dieter. »Unser Altrevolutionär schmückt sich mit Bibelsprüchen.«

»Jetzt streitet nicht«, ging Kaltenbach dazwischen. »Wir wollten doch bei den Tatsachen bleiben. Und die sind nun mal so, dass einer der ›Wächter der Berge‹ bei Peters Beerdigung dabei war und diesen Opferfluch zelebriert hat. Die entscheidende Frage ist: Warum hat er das getan?«

Die Getränke kamen und sie stießen miteinander an. Am Nachbartisch hatte sich inzwischen eine lebhafte Horde Damen vom örtlichen Kegelverein breitgemacht. Sie hatten anscheinend einen Geburtstag zu feiern, denn schon nach kurzer Zeit erhob sich aus der Wolke von Gelächter und Gläserklirren das ›uralemannische‹ Happy Birthday.

»Vielleicht haben sie sich ja doch gekannt.« Markus ergriff als erster wieder das Wort. »Vielleicht war Peter sogar Mitglied bei denen?«

»Und den Sektenbruder verflucht man über den Tod hinaus?« Walter machte eine wegwerfende Handbewegung.

»Wenn sich diese Leute als selbst ernannte Hüter verstehen, warum sollte nicht auch der Kandel dazugehören? Das Klettern dort können sie nicht verhindern. Aber sie können sich auf ihre Weise rächen.«

»Du meinst – eine Art Bestrafung?«

»Warum nicht. Peter ist oft am Kandel geklettert. In ihren Augen muss er ein Frevler gewesen sein.«

Die Runde legte eine nachdenkliche Schweigepause ein.

Die Kegeldamen waren inzwischen zur Wiederauffüllung des Zuckerspeichers übergegangen und machten sich über die reichhaltige Speisekarte her. Die Seniorchefin startete eben ihre zweite Runde durch die Gaststube. Sie hatte sich zu einem älteren Ehepaar in der Nische hinterm Tresen gesetzt und unterhielt sich angeregt.

»Was ist denn überhaupt Besonderes am Kandel«, wollte Dieter wissen. »Das ist doch ein Berg wie jeder andere. Oben geht meist der Wind, und kalt ist es auch.«

Kaltenbach lächelte. Sein Freund war ein Genießer durch und durch. Zudem trug er Churchills ›No Sports‹ in seinem heimlichen Familienwappen. Kein Schritt zu viel, den man nicht auch mit dem Auto fahren konnte.

»Der Kandel war den Kelten ebenso heilig wie der Belchen«, hörte sich Kaltenbach sagen. Es klang merkwürdig aus dem Mund eines Menschen, der bis vor zwei Wochen mit dem Thema noch überhaupt nichts anzufangen gewusst hatte.

»Na gut, heilig«, brummte Walter. »Muss man ja nicht gleich übertreiben.« Er trank einen guten Schluck aus seinem Bierkrug und holte dann zu einem Impulsreferat aus über keltische Kultur im Allgemeinen und über die Spuren der Siedler in der Regio im Besonderen. Dieter sperrte vor Staunen den Mund auf.

Auch Kaltenbach wunderte sich immer wieder, wie Walter den Spagat schaffte zwischen seiner Begeisterung für die irisch-keltische Kultur und seiner strikten Ablehnung allen esoterischen Quatschs, wie er es nannte.

»… und außerdem hat der Kandel sogar seinen Namen von den Kelten. Das soll dir Lothar erklären.« Er stand auf und zwängte sich aus der Eckbank. »Ich muss pinkeln.«

Kaltenbach kam nicht dazu, denn Markus setzte noch einen drauf. »Außerdem gibt's Hexen und Geister dort oben. Und die soll man in Ruhe lassen.«

Dieter kratzte sich am Kopf, sagte aber nichts. Er war vor vielen Jahren aus Norddeutschland hergezogen, und es gefiel ihm seither im Breisgau außerordentlich gut. Doch die wilden Fantasien der Schwarzwälder riefen bei dem rational denkenden Bremer bis heute Unverständnis und Kopfschütteln hervor.

»Damals, 1981 war es.« Markus beugte sich vor und senkte die Stimme, um zu vermeiden, dass ein Unbefugter zuhörte. »Die wollten ja unbedingt einen Tunnel bauen. Damit die Waldkircher Ruhe bekommen vor dem Verkehr. War damals groß in Mode, das Tunnelbauen. Das halbe Kinzigtal ist voller Tunnels. Aber am Kandel hätten sie es bleiben lassen sollen.«

Kaltenbach wurde aufmerksam. Hatte nicht Frau Kölblin etwas vom Waldkircher Tunnel erzählt?

»Sogar in der Walpurgisnacht haben sie gesprengt. Dabei weiß doch wirklich jeder, dass in der Nacht zum ersten Mai die Hexen los sind. Dümmer geht's wirklich nicht.«

Er senkte seine Stimme noch ein wenig herab. »Damals ist oben der Große Felsen abgebrochen. Es war eine Warnung. Noch hat sich der See nicht gerührt.« Markus nippte an seinem Saft. »Und am nächsten Morgen hat man einen Reisigbesen gefunden. Mitten im Geröll.« Er wandte sich zu Kaltenbach. »Genau dort, wo dein Kumpel abgestürzt ist. Die Menschen sollen die Mächte nicht reizen. Das bringt Unglück.«

Bei den letzten Worten kam Walter zurück und ließ sich auf seinen Sitz fallen. »Stimmt, was Markus sagt. Das mit dem Felsen und mit dem Besen. Stand sogar in der Zeitung damals. Aber das mit den Geistern ist natürlich Unsinn. Außerdem, wer denkt schon daran, wenn er heute durch den Tunnel fährt?«

Bei diesen Worten rieb er sich über seinen Bauch und

schnupperte die Düfte, die vom Kegeldamentisch herüber-
wehten. »Leute, ich hab Hunger. Wie wär's mit einer Runde
Elsässer Wurstsalat?«

»Und Brägele?«, ergänzte Markus rasch.

Dieters Miene hellte sich auf. »Mir fällt ein, die haben doch
hier diese herrlichen gebackenen Champignons?«

Kaltenbach seufzte. »Na schön. Machen wir eine Pause.«
Ein Teller Feldsalat mit Speck und Kracherle war jetzt nicht
zu verachten. Die Ermittlungen konnten auch später noch
weiter gehen.

Er winkte zur Theke hinüber. »Wir haben Hunger!«

Samstag, 10. März

Es regnete.

Missmutig schaut Kaltenbach aus dem Fenster hinaus auf
die Lammstraße. Über das Pflaster, das vor Nässe glänzte,
huschten grau gekleidete Gestalten unter ebensolchen Regen-
schirmen, die Kragen der Mäntel hoch ins Gesicht gezogen.
Am Eckhaus zum Westend, in dessen Untergeschoss vor Kurzem ein Obst- und Gemüseladen eröffnet hatte, hatte sich das
Abflussrohr des Dachkandels gelöst, sodass die Vorübereilen-
den in rhythmischen Abständen von einer zusätzlichen Trop-
fenfontäne begossen wurden.

Der Himmel hielt sich streng bedeckt, im einförmigen Grau
war keine Bewegung zu erkennen. Es war nicht sonderlich
kalt, aber als richtigen Frühlingsregen konnte man das ein-
förmige Geplätscher auch nicht bezeichnen. Er seufzte. Das
Wetter war nicht das, was es früher einmal war. Der witzig
gemeinte Spruch eines launigen Fernsehkomikers traf zumin-

dest auf dieses Frühjahr zu. Anders als in früheren Jahren taute es oben im Schwarzwald längst. Seit Tagen wälzte die Elz das Schmelzwasser aus den Bergen an der Stadt vorbei in Richtung Riegel und zum Leopoldskanal. Früher war Kaltenbach bei jeder Gelegenheit zum Skilaufen zum Kandel hoch gefahren, zu seiner Freiburger Zeit auch auf den Schauinsland oder zum Wiedener Eck. Heute mussten die örtlichen Skivereine ihre Ausflüge und Meisterschaften immer weiter nach vorn im Jahr verlegen.

Kaltenbach verkroch sich zurück in seine Sitzecke. Er würde versuchen, das Beste aus diesem verregneten Tag zu machen. Gleich am Morgen war er in der Stadtbücherei im Schlosserhaus gewesen. Jetzt stapelte sich vor ihm auf dem Tisch eine unübersehbare Auswahl an Erzählungen, Sagen, Geschichten und Chroniken auf dem Tisch, der normalerweise den schlanken Probiergläsern seiner Kunden für die Kaiserstuhl-Collection vorbehalten war. Er blätterte in einem Buch über die schwäbisch-alemannische Fasnet, das mit einer Menge bunter Hochglanzfotos zum Schmökern einlud. Doch irgendwie konnte er sich heute nicht konzentrieren. Die Bilder und Zeichnungen huschten an ihm vorüber, während sich gleichzeitig seine Gedanken verselbstständigten und irgendwo zwischen Wetter, Skifahren und Luise hin und her hüpften.

Er legte das Buch zur Seite und lehnte sich im Sessel zurück. Sein Blick verschwamm mit den Regentropfen, die außen am Schaufenster entlangliefen und dünne silbrige Streifen hinter sich her zogen.

Wenn nur bis morgen das Wetter besser sein würde. Grafmüller hatte ihm verraten, dass es möglich sei, die Belchenleute zu besuchen. Die Wächter waren keineswegs weltfremde Eigenbrötler, die sich von der Gesellschaft abschotteten. Im Gegenteil: Der Mann, den Walter als Erwin Sutter kannte, und der sich selbst Keltenschamane nannte, sah es als seine Berufung, allen Suchenden mit verschiedenen Angeboten das Bewusstsein seiner selbst und für die bedrohte Natur zu wecken und zu vertiefen. Es gab neben der persönlichen Beratung jede Menge Seminare, Workshops und Erlebnistage. In seinem Hof am Belchen betrieb er sogar einen Laden und eine Art Restaurant. In regelmäßigen Abständen fand eine Art Begegnungsnachmittag statt, an dem jeder Interessierte zu Besuch kommen konnte. Ausgerechnet morgen war so ein Tag der offenen Tür. Ein Glücksfall. Natürlich würden er und Luise hingehen, denn auf diese Weise würden sie sich ohne großes Aufsehen umsehen können.

Er sah auf die Uhr. Noch zwei Stunden bis Ladenschluss. Es würde sich kaum mehr lohnen, noch einmal nach Maleck hochzufahren, ehe die Probe bei Walter begann. Seine Gitarre lag im Auto. Eigentlich könnte er bereits jetzt ein wenig proben. Er zog seine Lederjacke an, trat vor die Tür und spannte den Schirm auf. Zum Glück hatte er heute hinterm Landratsamt einen Parkplatz gefunden, sodass er nur wenige Schritte zu seinem Auto brauchte. Er schloss auf, nahm das Instrument vom Rücksitz und hastete zurück zum Laden.

»Due hesch nit abgschlosse!«

Er erkannte die Stimme sofort. Frau Kölblin hatte es sich in ihrer ganzen Fülle in ihrem Stammsessel bequem gemacht und sah ihn vorwurfsvoll an. Sie trug ein riesiges Regencape und fuchtelte ihm mit der Spitze ihres tropfnassen Schirmes entgegen.

Er setzte zu einer Erklärung an, doch sie ließ ihn nicht zu Wort kommen.

»Des isch jetz schu zum zweite Mol.« Sie stieß mit dem Schirm auf den Boden, dass die Regentropfen spritzten. »Due muesch besser uffbasse!«

Kaltenbach begrüßte sie und bot ihr an, das Cape abzunehmen. Doch Frau Kölblin achtete überhaupt nicht darauf, sondern setzte zu einem belehrenden Vortrag über die berüchtigten elsässischen Diebesbanden an. Minderjährige, die von ihren drogensüchtigen Vätern losgeschickt wurden und am helllichten Tag bevorzugt in Villen und allein gelassene Ladengeschäfte eindrangen und mitgehen ließen, was nicht niet- und nagelfest war. »Wenn i emol einer vu dene verwisch, der kunnt nit noch emol, des sag i dir!«

Kaltenbach hatte nicht den geringsten Zweifel. »Ich war ja nur für fünf Minuten weg«, versuchte er zu erklären.

»Fünf Minute!« Ihre Augen funkelten. »In fünf Minute rüme die dir de Lade leer und sin schu widder Richtung Brisach unterwegs.«

»Soll ich uns einen Kaffee machen?«, schlug er vor, um sie auf ein anderes Thema zu lenken. Er wartete die Antwort gar nicht erst ab, sondern verzog sich ins Hinterzimmer und setzte die Kaffeemaschine in Betrieb. So gerne sie sich aufregte, so sehr schätzte sie einen guten Schluck. Außerdem wusste Kaltenbach, dass sie nicht ohne Grund gekommen war.

Als er mit den beiden Tassen zurückkam, hatte Frau Kölblin ihr Cape ausgezogen und mitsamt dem Schirm auf dem Stuhl neben sich gelegt. Auf dem Boden darunter bildete sich eine kleine Pfütze.

»Was liesesch due do?« Sie kramte in dem Buchstapel, der auf dem Tisch lag. »Do het dir d'Wagneri ebbis Scheens ruesgsuecht. Aber due hettsch jo au zu mir kumme kenne. Solchi Gschichte het mir mini Mueder au verzellt.« Sie klappte das Buch wieder zu und schob ihr Kinn vor. »Gell, der Bue vum Kandel losst dir kei Ruh!«

Kaltenbach wusste sofort, woher der Wind wehte. Sie wollte wissen, ob es etwas Neues gab. Doch er war vorsich-

tig, vor allem Luise zuliebe. Frau Kölblin bedeutete unge-
wollte Öffentlichkeit. Er drehte den Spieß um und ging selbst
zum Angriff über. »Wissen Sie denn schon etwas?« Er betonte
das ›Sie‹.

»'s git Ärger in de Narrezunft.« Sie nahm prompt den
Ball auf. »Als die des vu sellem Kritz mit dem Bluet gheert
hen, hett's mords Krach gä. Un jetz wenn sie de Kerli nuess-
werfe.«

»Wieso?«

»Die glaube, die zwei Kerli henn do obe e schwarzi Mess
abghalte. Un mit so ebbis wenn die andere nix zum due ha. Des
sin aständige Hexe.« Sie trank auf einen Zug die halbe Tasse
des brühend heißen Kaffees aus. »Wenn des rüskunnt, dass
die Zunft solchi Sache macht, isch es vorbei mit dene. Dann
kenne sie sich us dere Gilde verabschiede. Keini Umziig meh,
keini Zuschüss meh. Uss isch mit 'm Verein.«

Kaltenbach nickte. Eine Hexe ohne Verein war natürlich
eine Katastrophe. »Und der Tote?«, fragte er weiter.

»Die meischte sage 's selbe wie d'Polizei. Dass es e Unfall
gsi isch. Aber – jetzt sag i 's nur dir.« Sie winkte ihn zu sich
als Zeichen, dass es nun an die Interna ging, die sie nur wenigen Auserwählten anvertraute. »Unter sich schwätze sie
anderscht.«

Er war gespannt. Konnte es tatsächlich sein, dass die Zünft-
ler einen Mordverdacht hatten?

»Wie denn?«

»So ebbis macht mer nit ugschtroft. D'Kandel vergisst nix.
D'Kandel wehrt sich.«

Kaltenbach hörte ungläubig zu. Sie sprach von dem Berg
wie von einem lebendigen Wesen.

Sie senkte ihre Stimme noch weiter. »Er het Wächter. Mit
dene isch nit zum schpaße. Die basse uff.«

Kaltenbach stockte der Atem. Konnte es sein, dass der Belchenschamane auch hier seine Anhänger hatte? Er entschloss sich, aufs Ganze zu gehen.

»Die Wächter der Berge? Der Erwin Sutter vom Belchen?«

Frau Kölblin richtete sich demonstrativ auf. »Do demit macht mer kei Schpass.« Für einen Moment hatte er das Gefühl, seine alte Deutschlehrerin blickte ihn strafend an. »Nadierlig kei richtige Mensche«, fuhr sie fort. »Sunnsch wer's jo eifach.«

Kaltenbach verstand nicht, was sie meinte.

»Keine richtigen Menschen? Wer denn sonst?«

Sie trank den Rest der Tasse aus. Ihr Schlürfen mischte sich mit dem Tropfen unter ihrem Sessel, wo sich bereits ein deutlich feuchter Fleck gebildet hatte.

»I hab schu z'viel gseit.« Sie stellte die Tasse ab. Ihre Stimmung hatte sich sichtbar geändert. »'s isch besser eso.« Sie wuchtete sich aus ihrem Sitz empor. Es hatte keinen Sinn, weiter zu fragen. Wenn sie nicht wollte, wollte sie nicht.

Kaltenbach begleitete sie zur Tür. Es regnete unverändert.

»Obe wird's schneie«, sagte Frau Kölblin, während sie den Schirm aufspannte. Sie ging ansatzlos zu dem belanglosen Plauderton über, den er von ihr gewohnt war.

»Un abschließe nit vergesse.«

»Ich denke dran. Versprochen.«

Kaltenbach winkte ihr nach und holte einen Lappen, um die feuchten Spuren seiner Besucherin aufzuwischen. Es war seltsam. Schon einmal vor ein paar Tagen hatte er eine ähnliche Zurückhaltung bei ihr gemerkt, als es um den Kandel ging. Aber heute war ihr Verhalten besonders auffällig.

Er wusch den Lappen in der kleinen Spüle im Hinterzimmer aus und hängte ihn zum Trocknen über den Beckenrand. Um etwas zu tun, schaltete er das Radio an und stellte SWR 1 ein. Es war Samstagnachmittag kurz vor fünf und der SC lag zu Hause 0:2 zurück. Kaltenbach knurrte und drückte den Ausknopf. Ein paar Minuten lief er ziellos in seinem Laden umher, rückte Flaschen zurecht und fuhr mit dem Finger über Etiketten, die vor seinem Auge nichts weiter waren als bunte Farbtupfer. Am Ende fand er sich am Tisch sitzend, die Gitarre auf dem Knie. Seine Finger glitten ziellos über die Saiten. Es überraschte ihn nicht, dass sie verstimmt waren.

Kein guter Tag heute.

Samstag, 10. März, abends

»And we'll all go together to pluck Wild Mountain Thyme ...«

Walter nickte zu Michael hinüber, der die Melodie mit der Tin Whistle aufnahm und weiterführte. Die Töne des schmalen Metallinstruments stiegen in einfachen, getragenen Bögen empor und zogen die melancholischen Schleier hinter sich her, die für die Musik von der Grünen Insel im Nordatlantik typisch waren.

Kaltenbach kannte das Lied, das in den Freiburger Musikkellern zum Standardrepertoire eines Künstlers gehört hatte, noch aus seinen Studententagen.

»I will build my love a castle ...«

Walter strahlte, als sie nach der dritten Wiederholung den Schlussakkord schlugen. »Das hört sich doch schon ganz brauchbar an.« Als Gastgeber hatte er es sich nicht nehmen lassen, einen Kasten Bier zu spendieren, dessen Inhalt seit dem Nachmittag im Kühlschrank wartete. Seine Begeisterung war in keiner Weise geschmälert durch den Umstand, dass sie nur in kleiner Besetzung waren. Markus und Andrea hatten sich entschuldigt, für beide war der Termin zu kurzfristig. Walter hatte trotzdem darauf bestanden, dass sie einen Anfang machen sollten.

»Ich habe etwas vorbereitet«, sagte er, nachdem sie sich zugeprostet und die ersten Schlucke genommen hatten. Er kramte in einem dicken Büroordner. Kurz darauf lagen fünf kleine Stapel vor ihm auf dem Teppich. »Für jeden einen.« Er drückte Michael und Kaltenbach Noten und Texte in die Hand, die er aus verschiedenen Sammlungen herauskopiert hatte. »Ich hab mal einiges ausgesucht, was ich gut finde. Ist nicht schwierig.«

Michael entdeckte sofort einige bekannte Stücke. »Da hat es aber ein paar deftige Reels dabei«, meinte er stirnrunzelnd. Kaltenbach wusste von früher, dass damit schnelle Instrumentalstücke gemeint waren, die meist mit Flöte oder Violine gespielt wurden.

»Klar. Extra für dich«, lachte Walter. »Damit du was zum Schwitzen hast.«

Kaltenbach stichelte hinterher. »Trink noch ein Bier, dann gehen die Finger leichter!«

»Lästert ihr nur. Dafür müsst ihr singen!«

Michael war ein guter Musiker, dessen Gesangskünste mit seinen instrumentalen Fähigkeiten nicht mithielten.

»Du kriegst auch noch deine Strophen«, gab Walter zurück. Als Antwort zerrte Michael seinen Bogen schräg und heftig über die Geige und ließ ein Gewitter krächzend falscher Töne durch das Zimmer ziehen.

Kaltenbach verzog das Gesicht.

»Irische Folter!« Michael grinste und schickte direkt ein weiteres kakofonisches Durcheinander hinterher. »Nur mit Whisky zu ertragen.«

»Hab schon verstanden.« Walter stand auf und holte aus

einem Schrank eine mit goldbrauner Flüssigkeit gefüllte Flasche hervor. Er schenkte ein und reichte jedem ein Glas. »Auf einen erträglichen Abend!«

Er nahm einen kräftigen Schluck. Dann stellte er das Glas beiseite und legte das nächste Blatt auf seinen Notenständer.

»Genug geflachst. Jetzt spiele ich euch eines meiner Lieblingslieder.«

Er griff in die Saiten, setzte an zu singen, räusperte sich und begann noch einmal. Beim zweiten Anlauf fand er den richtigen Ton und legte los.

»Walking all the day ...«

Es war eine der typischen langsamen Balladen, die Kaltenbach in der irischen Folklore fast noch lieber mochte als die schnellen Tanz- und Trinklieder. Wieder einmal war vom Meer die Rede, von steilen Klippen und rauen Felsen, aber auch vom ewig satten Grün der Wiesen und Felder, das der Insel ihren Namen gegeben hatte.

»... and I sang a song for Ireland.« Die erste Strophe endete. Den Rest des Liedes sang Walter mit einer Inbrunst, die Kaltenbach bisher noch nie bei ihm erlebt hatte. Jetzt wurde ihm klar, dass dieser Musikabend für Walter mehr war als ein gemütliches Beisammensein mit Freunden.

Als er geendet hatte, blieb es für einen Moment still im Zimmer.

»Das war schön.«

Der Abend verging schnell. Es war halb zwölf, als Regina zur Haustür hereinkam. Sie begrüßte alle herzlich, ließ sich eine Ballade vom traurigen Abschied eines irischen Auswanderers im 19. Jahrhundert vorspielen und verabschiedete sich in ihr Zimmer.

»Ich lasse euch Männer mal lieber allein.«

Kaltenbach hatte vier Flaschen Riegeler und einen guten Teil der Whiskyflasche intus und fühlte sich allmählich in authentischer irischer Kneipenstimmung. Walter erzählte zwischendurch Anekdoten zu den Liedern und Erlebnisse seiner zahlreichen Besuche auf der Insel. Seltsamerweise gingen Kaltenbachs Erinnerungen immer wieder zurück an den Abend in Freiburg. Irische Musik ist sehr einfach: es geht immer um Alkohol, Armut und schwangere Mädchen, die sitzen gelassen wurden.

Immer die gleichen Themen.

Immer die selben Gründe, einen Mord zu begehen.

»Komm, wir machen noch eins. Etwas leichtes zum Ausklang.«

Fünf Stunden, in denen er nicht an den Mord gedacht hatte.

»He, schon müde?«

Die immer gleichen Gründe. Hass, Rache, Eifersucht, Gier. Archaische Motive aus dem Wohnzimmer der menschlichen Seele. Enttäuschung, Angst. Was kann ein Grund sein, einen jungen, freundlichen Mann zu töten?

Die sanften grünen Hügel verwandelten sich in steile, gezackte Felsen. Grau, abweisend.

Warum an diesem Ort? In jener Nacht? Gab es einen ausgeklügelten Plan, lange vorbereitet? Gab es ein Geheimnis um Luises Bruder, von dem niemand wusste?

»Wir spielen in D. Und gleich ordentliches Tempo!«

Um ein Haar hätte Kaltenbach den Einsatz verpasst. Und wenn es nun doch ein Unfall war? Wenn er in einer gewaltigen Sackgasse steckte?

»Dance, dance, wherever you may be …«

Wenn es dir gut geht, tanze.

Wenn es dir schlecht geht auch.

Sonntag, 11. März

In den letzten Tagen hatte sich Kaltenbach innerlich auf den Frühling vorbereitet. Am Ende der Fasnetszeit genoss er es, am Morgen mit Vogelgezwitscher geweckt zu werden und am Tag den Knospen der Zierkirschen beim Aufspringen zuzusehen. Doch in der vergangenen Stunde hatte er erleben müssen, dass Frau Kölblin recht gehabt hatte. Der Winter war zurückgekehrt.

»Im Schwarzwald kannst du immer mehrere Jahreszeiten gleichzeitig erleben«, meinte Kaltenbach.

Luise hatte sich auf dem Beifahrersitz zurückgelehnt und beobachtete schweigend die vorüberziehende Landschaft des Südschwarzwaldes. Seit der Passhöhe bei Hinterheubronn ging es beständig abwärts an einigen kleinen Höfen vorbei. Hinter dem Wald lag von der Straße aus nicht sichtbar der Nonnenmattweiher, ein viel bewundertes Überbleibsel aus der Eiszeit.

Die Landstraße wand sich jetzt in einem Bogen um einen Berg durch ein kleines Waldstück, an dessen Ende die ersten Häuser von Neuenweg auftauchten. Kaltenbach kannte das Dorf gut. Hier war oft der Ausgangspunkt von Wanderungen auf den Belchen gewesen. Der Ort lag am oberen Ende des kleinen Wiesentals, das von Schopfheim heraufkam und hier in die steil ansteigenden Hänge des Belchen überging. Die kahle Kuppe des Berges schimmerte in grauem Weiß.

»Jetzt müssen wir nur noch den Sutterhof finden«, meinte Luise, als Kaltenbach den Wagen auf einen kleinen Parkplatz in der Dorfmitte lenkte. Direkt daneben stand einer der typischen Schwarzwälder Röhrenbrunnen, dessen Trog aus einem geschälten Baumstamm geschnitzt war. Das Wasser war abgestellt. Auf der anderen Seite gab es eine große Übersichtstafel, auf der liebevoll eine Panoramakarte des Ortes mit den umliegenden Bergen und Wanderwegen gemalt war.

Aus der Karte war nichts herauszulesen. Dabei hatte Grafmüller versprochen, dass der Hof leicht zu finden sei. Kaltenbach und Luise liefen ein paar Schritte die Hauptstraße entlang. Der Ort war wie ausgestorben. Lediglich zwei dick eingemummte Zehnjährige machten sich einen Spaß daraus, Schneebälle unter die wenigen vorbeifahrenden Autos zu werfen und sie von den Reifen zerquetschen zu lassen. Die beiden rannten davon, als Kaltenbach und Luise näherkamen. An einem stattlichen Hof direkt an der Straße standen im Gegensatz zu den anderen Höfen die oberen Schwingtüren der Ställe weit offen. Ein würziger Duft nach Heu breitete sich aus. Kaltenbach warf einen Blick hinein und sah einen sauberen, hellen Stall, in dem vier braun-weiß gefleckte Kühe zufrieden vor sich hin kauten. Ein etwa 15-jähriges Mädchen lenkte eine Schubkarre zwischen die Stallboxen. Sie hatte die Haare unter einem dunkelblauen Kopftuch zusammengebunden und trug einen dicken, handgestrickten Pullover, Jeans und olivfarbene Gummistiefel. Die Karre war mit Stroh beladen.

»Hallo. Weißt du, wo der Hof von Erwin Sutter ist?«

Das Mädchen lächelte scheu und gab keine Antwort. Stattdessen begann sie, mit einer Heugabel das Stroh zu verteilen.

Kaltenbach versuchte es noch einmal. »Sutter. Sein Hof muss irgendwo am Ortsausgang sein.« Das war der einzige Hinweis, den er von Grafmüller erhalten hatte. Neuenweg sei klein, da brauchte man keine genauere Beschreibung.

»Geben Sie sich keine Mühe. Maria spricht nicht mit Fremden.« Eine etwa 40-jährige Frau erschien aus dem Dunkel des Stalls. Sie trug einen geflochtenen Weidenkorb, der halb mit groben Holzscheiten gefüllt war. Sie stellte ihn ab und wischte sich mit dem Unterarm über die Stirn. Es war deutlich wärmer im Stall als draußen.

»Ich hab es ihr verboten. Ist besser so. Was wollen Sie?«

Kaltenbach ließ sich von dem rauen Ton nicht beeindrucken. Er wusste, dass sich hinter der geborenen Skepsis der Schwarzwaldbauern stets eine gehörige Portion Neugier verbarg.

»Wir suchen den Sutterhof. Soll etwas außerhalb liegen.« Die Erwähnung ›Wächter der Berge‹ hielt er für nicht angebracht.

»Der Sutter? Was wollt ihr denn von dem? Gehört ihr auch zu den Komischen?«

Kaltenbach wusste, dass er jetzt nichts Falsches sagen durfte. Wenn die Bäuerin jemanden ›komisch‹ fand, konnte das alles Mögliche bedeuten.

Luise kam ihm zu Hilfe. »Mein Kollege und ich schreiben einen Artikel über traditionelle Landwirtschaft im Südschwarzwald. Unsere Redaktion hat uns diesen Hof vorgeschlagen.«

»Die machen keine Landwirtschaft, die machen nur dummes Zeugs.« Die Bäuerin nahm ihren Korb wieder auf. »Aber gehen Sie nur. Schreiben Sie nur. Die Städter haben sowieso keine Ahnung.« Sie wandte sich zum Gehen.

»Und wo ist der?«, rief ihr Kaltenbach nach.

»Hinten hoch bei den Belchenhöfen. Bis die Straße aufhört.«

Im nächsten Moment waren beide verschwunden und ließen Kaltenbach und Luise mit den kauenden Kühen zurück.

Die Belchenhöfe kannte Kaltenbach aus der Zeit, als er mit seinen Eltern hier gewandert war. Damals hatte er dort manchmal ein Eis oder etwas zu Trinken bekommen. Sie gingen zurück zum Auto und fuhren die Ortsstraße nach Norden weiter. Etwa einen Kilometer hinter dem Dorfausgang zweigte ein Weg von der Hauptstraße, die weiter Richtung Schönau führte, zum hinteren Ende des Tales ab.

»Sackgasse. ›Keine Durchfahrt zum Belchen!‹«, las Kaltenbach auf einem Holzschild, das die Scharen rheinischer und holländischer Frohnaturen abhalten sollte, hier einen Weg zum Gipfel zu suchen.

Sie bogen ab und waren nach wenigen Metern endgültig vom Winter eingefangen. Die schmale Straße war mit einer dünnen Neuschneedecke bezogen, in der sich vereinzelte Reifenspuren abzeichneten. In Abständen von einigen hundert Metern kamen sie an einzeln stehenden Wohnhäusern und Höfen vorbei.

»Möchtest du hier wohnen?«, fragte Kaltenbach.

Luise war in ihre Schweigsamkeit zurückgefallen und sah zum Fenster hinaus.

»Ich glaube, um diese Jahreszeit kann es ganz schön trist sein hier oben.« Er sprach mehr zu sich selbst als zu seiner Begleiterin. Die Straße, die sich immer mehr verengte, forderte seine ganze Aufmerksamkeit. An manchen Stellen war das Quellwasser, das überall von den seitlichen Hängen heruntersickerte, auf dem Asphalt angefroren.

»Der Mörder ist hier.«

Der Satz kam so unvermittelt, dass seine Hände am Lenkrad zuckten.

»Ich weiß es.«

Kaltenbach zog es vor, nicht zu antworten. Natürlich hofften sie beide, heute entscheidende Hinweise zur Aufklärung von Peters Tod zu bekommen. Aber beweisen ließ sich bisher noch gar nichts. »Wir müssen vorsichtig sein«, sagte er schließlich.

Die Straße endete abrupt und mündete in einen kleinen

165

Parkplatz, auf dem zu seiner Überraschung etwa zehn Autos standen. Bis auf ein Schweizer Kennzeichen kamen alle aus Lörrach, Waldshut und aus Freiburg.

Beim Aussteigen empfing sie ein nasskalter, mit winzigen Eiskristallen durchsetzter Wind. Kaltenbachs Lederjacke bot nur wenig Schutz vor der Kälte. Er war froh, dass er wenigstens seine alten Stiefel dabei hatte.

Ein kaum sichtbarer Weg, der mit einem einfachen Draht abgesperrt war, führte den Berg hinauf zum Sutterhof. Auf den ersten Blick unterschied sich das Ziel ihrer Fahrt wenig von den Schwarzwaldhäusern, an denen sie unterwegs vorbeigekommen waren. Wie die Haube einer vornehmen alten Dame wölbte sich ein riesiges, ziegelgedecktes Dach über das Haus und bot den Bewohnern Schutz in der kalten Jahreszeit, die hier deutlich länger dauerte als unten in der Rheinebene.

Das Obergeschoss bestand aus mächtigen, uralten Balken, die im Lauf der Generationen vom frischen Hellbraun fast bis zum Schwarz abgedunkelt waren. Im Erdgeschoss waren nur wenige schmale Fenster zu sehen. Die Außenwände waren ringsum mit Holzschindeln bedeckt, die dem Ganzen das Aussehen eines riesigen, schlafenden Gürteltieres verliehen.

Nach wenigen Schritten wurden sie von einem riesigen Retriever aufgehalten, der sich ihnen herausfordernd in den Weg stellte. Das Tier lief ein paar Mal um sie herum und beschnupperte die Eindringlinge ausgiebig.

»Das ist sein Revier hier«, versuchte er Luise zu beruhigen, die sich eng an ihn hielt. »Verhalte dich so normal wie möglich. Er merkt, wenn du Angst hast.«

Luise war sichtlich erleichtert, als der Hund die Prüfung beendet hatte. Er schnaubte kurz und machte den Weg frei. Anschließend eskortierte er die beiden bis zum großen Vorplatz des Hauses.

Von dem rundum laufenden Balkon an der Vorderfront hing ein riesiges Banner herunter. Eine in strahlendem Weiß gehaltene Sonne mit zarten Strahlen stand leuchtend über einem goldenen Berg und erinnerte entfernt an die tibetische Fahne. Am Fuß des Berges war eine gerade Linie gestickt, an deren Seiten unregelmäßige kleine Strahlen abzweigten. Seit seinem Besuch bei Professor Oberberger wusste er, dass dies mehr war als ein nettes Ornament oder gar germanische Runen. Das war eindeutig Ogham, die Schrift der Kelten.

Auf der freien Fläche vor dem Hof hatte sich eine Gruppe von etwa 15 Menschen um einen mannshohen Findlingsblock versammelt, der den zentralen Mittelpunkt des Platzes bildete. An der dem Tal zugewandten Seite waren merkwürdige Zeichen in den Stein eingeritzt. Im Abstand von etwa drei Metern steckten zusätzlich mehrere kleine Steine bogenförmig in der Erde. Kaltenbach vermutete eine Art Sonnenuhr. Statt Zahlen sah er jedoch nur Zeichen, die er nicht verstand.

In diesem Moment trat Erwin Sutter zu der Gruppe und begrüßte die Anwesenden mit einem herzhaften »Guten Morgen, miteinander«. Wie auf ein Signal hin bildeten die Besucher einen Halbkreis, sodass Kaltenbach Gelegenheit hatte, das Oberhaupt der ›Wächter der Berge‹ zu betrachten.

Zuletzt hatte er diese Art von Kleidung in einem russischen Revolutionsfilm aus den 30er-Jahren gesehen, der in drastischbildhafter Weise den Kontrast zwischen den reichen Gutsherren und den erbarmungswürdigen, aber stolzen Leibeigenen darstellte. Der Mann hatte einen gewaltigen Vollbart und war vom Alter her schwer zu schätzen. Er trug eine dicke braune Wollpluderhose, die in ein Paar kräftige schwarze Schaftstiefel mündete. Über seinem weiten dunkelblauen Hemd hatte er einen handbreiten Stoffgürtel geschlungen, an dem ein Hirschfänger in einer Ledertasche steckte. Über dem Hemd trug

Sutter eine Kombination aus Mantel und Umhang, dessen Schulterpartie mit einem grauem Fell besetzt war. Auf dem Kopf saß ein grau-grüner Filzhut mit breiter Krempe, unter der lange Haare hervorlugten.

Kurz hinter Sutter tauchten vier weitere Gestalten auf, allesamt genauso gekleidet.

»Da ist er«, flüsterte Luise.

Auch Kaltenbach erkannte das markante Profil des Hageren sofort. Mit demselben durchdringenden Blick wie auf dem Friedhof musterte er jetzt schweigend die Anwesenden.

Die vier stellten sich an Sutters Seite auf. Erst jetzt sah Kaltenbach, dass zwei von ihnen Frauen waren.

»Der Schinderhannes und seine Bande«, raunte für alle deutlich vernehmbar ein sportlicher Enddreißiger an Kaltenbachs Seite. Seine Begleiterin, wie er in modischer Skijacke und mit 8oer-Jahre Retro-Moonboots an den Füßen, kicherte. Die beiden ernteten böse Blicke von den Umstehenden, die den launigen Kommentar keineswegs witzig fanden.

Im nächsten Augenblick hoben die fünf Wächter auf ein unhörbares Zeichen hin ihre Stöcke, stießen sie dreimal senkrecht Richtung Himmel und bekräftigten ihre Geste mit kurzen, rhythmischen Lauten. Zu Kaltenbachs Überraschung antworteten die meisten der Umstehenden auf dieselbe Weise. Gleich darauf begann Sutter mit einer Begrüßungsrede. Es war eine Mischung aus verschiedenen Sprachen und Fachausdrücken, die wild durcheinander gewürfelt daherkamen, und die offenbar alle etwas mit Sonne, Bergen und Göttern zu tun hatten. Zudem bediente sich Sutter ohne Rücksicht auf Nicht-Schwarzwälder des breitesten Hochalemannisch, in dem es von krachenden Kehllauten wimmelte.

Kaltenbach musste sich eingestehen, dass er kaum die Hälfte verstand. Die übrigen ›Wächter‹ standen währenddessen unbewegt auf ihre Stöcke gelehnt und starrten geistesabwesend vor sich hin.

Am Ende klatschten die Zuhörer begeistert. Kaltenbach kam sich ziemlich deplatziert vor. Anscheinend waren er und Luise zusammen mit dem modisch gekleideten Paar die Einzigen, die bisher noch nie hier gewesen waren.

»Gehen wir jetzt hinein?«, fragte er einen zünftig ausgerüsteten, untersetzten Herrn neben sich, dem man den früh verruhestandeten Oberstudienrat von Weitem ansah.

Der Mann sah ihn erstaunt an. »Hinein? Ins Haus meinen Sie? Aber natürlich nicht!« Er schüttelte heftig den Kopf. »Heute ist doch der Tag des ersten Ganges. Wussten Sie das nicht?«

Kaltenbach murmelte etwas Unverständliches, das wie eine Erklärung klingen sollte. Sein Gegenüber fühlte sich dadurch erst recht angespornt.

»Sie sind gewiss das erste Mal hier, nehme ich an. So etwas merke ich sofort. Ich bin schon im dritten Jahr hier und werde an Ostara meine Sonnenerhebung erhalten!« Er verbeugte sich leicht. »Gestatten Sie, dass ich mich vorstelle. König mein Name. Günter König aus Offenburg. Und dies ist sicher Ihre reizende Gemahlin, nehme ich an?« Er verbeugte sich vor Luise, die amüsiert dreinschaute, und begrüßte auch sie mit einem herzhaften Händedruck.

Zum Glück musste Kaltenbach das Gespräch nicht vertiefen, denn die Gruppe begann, sich in Bewegung zu setzen. Ein kaum sichtbarer Pfad führte an der Seite des Hauses den Berg hinauf. Dorthin wandte sich jetzt Sutter mit entschlossenen Schritten, dicht gefolgt von dem Hakennasigen und einem weiteren Wächter. Der schwarze Retriever sprang schwanzwedelnd dazwischen. Die anderen reihten sich im Gänsemarsch dicht dahinter.

Die beiden Frauen, die offensichtlich den Auftrag erhalten hatten, die Nachhut zu bilden, winkten ihnen zu, aufzuschließen.

Die Aussicht auf eine Bergwanderung begeisterte Kaltenbach überhaupt nicht, zumal er in seiner Lederjacke und den Jeans jetzt schon fror. König deutete skeptisch auf seine Halbschuhe. »Mit denen werden sie nicht viel Freude haben. Es hat geschneit!«

Luise war mit ihren Stiefeln und einem dicken Mantel deutlich besser ausgerüstet. Sie stülpte sich ihre Inka-Mütze über, die Kaltenbach zum ersten Mal seit dem Kandel wieder an ihr sah. »Komm, wir dürfen nicht auffallen«, meinte sie und stapfte entschlossen hinter König her.

Der Pfad führte zunächst über einen offenen Hang schräg nach oben. Schnee, aufgetauter Matsch, Geröll und tückische Eisplatten wechselten in schöner Unregelmäßigkeit ab. Nach etwa zehn Minuten erreichten sie ein paar Krüppelkiefern, deren bizarren Stämme auf der Windseite eisverkrustet waren und wenig Schutz boten. Auf einer Bank zwischen zwei Stämmen ließ sich die Dame mit den Moonboots erschöpft nieder und war nicht zum Weitergehen zu bewegen. Ihr Begleiter nahm die Gelegenheit sichtbar erleichtert ebenfalls wahr und schüttelte den Kopf, als die Nachhut sie zum Mitkommen aufforderte.

König zuckte nur mit den Schultern. »Die beiden sind noch nicht bereit«, meinte er lapidar.

Kaltenbach verzichtete darauf nachzufragen, was er damit meinte. Er hatte genug mit seinen durchnässten Schuhen und dem Knie zu kämpfen, das wieder schmerzte. Am liebsten hätte er sich mit auf die Bank gesetzt. »Hier, kleiner Energieschub!« Luise streckte ihm eine Dose mit Kräuterpastillen entgegen.

Nach einer weiteren Viertelstunde kam die Spitze der bunten Wanderschlange zum Halten. Als sie aufgeschlossen hatten, sah Kaltenbach, dass sie auf dem Hang auf der entgegengesetzten Seite des Sutterhofs standen. Von Weitem konnte er das Sonnenbanner erkennen. Die Wolken hatten sich inzwischen etwas gelichtet. Nun sah er, dass das Haus nur wenige hundert Meter unter dem Gipfel des Belchen lag. Oberhalb gab es lediglich noch einige vereinzelte Baumgruppen und ein paar dunkelgraue Felsen, die aus dem Schnee herausragten. Die Bergkuppe war völlig kahl.

Kaltenbach konnte kaum wahrnehmen, was um ihn herum geschah. Er fror erbärmlich.

Sonntag, 11. März, nachmittags

Eine durchfrorene Stunde später konnte Kaltenbach doch noch den Sutterhof von innen sehen. Am Ziel des ›Ersten Ganges‹ hatten die Wächter eine ebenso einfache wie für Kaltenbach unverständliche Zeremonie abgehalten, die König begeistert als ›Sonnengruß‹ bezeichnete und deren Höhepunkt eine Art Wechselgesang zwischen den fünf Wächtern und den Umstehenden bildete.

Den Rückweg hatte er nur mit größter Anstrengung durchgestanden. Seine Schuhe und Strümpfe waren völlig durchnässt und der Schweiß unter seiner Jacke feucht und kalt. Der Raum, in den sie am Ende geführt wurden, war erfreulicherweise gut geheizt. Ein überdimensionaler alter Kachelofen bullerte gemütlich vor sich hin und brachte Kaltenbachs Lebensgeister zurück. Er hatte die nassen Sachen ausgezogen und über die Kacheln gehängt. Während er das Gefühl zurück in seine Füße knetete und im Wechsel kleine Schlucke heißen Tees trank, konnte er sich in Ruhe umsehen.

Die kleinen Fenster und der lehmgestampfte Fußboden erinnerten daran, dass der Raum ursprünglich wohl ein Stall gewesen war. Die Wände waren weiß gekalkt und mit einladenden Pflanzendarstellungen bemalt. Von der Decke hingen Reispapierlaternen herunter, die ein angenehmes Licht verbreiteten. An den Kabeln dazwischen hingen dicke Kräuterbündel zum Trocknen.

An der Stirnseite war aus dicken Balken ein riesiger Tresen aufgebaut. Dahinter standen Gläser, Krüge und Flaschen, dazu einige größere Metallboxen, auf denen Schilder mit fantasievollen Namen wie ›Bergwurzel‹, ›Sonnentränen‹ und ›Belchentraum‹ aufgeklebt waren, und die anscheinend Tee- und Kräutermischungen enthielten.

An der Längswand standen Regale und Vitrinen mit Büchern, CDs, DVDs, Videos, Poster, Schmuck und Kerzen, offensichtlich zum Verkauf. Dazwischen war ein etwa zwei Quadratmeter freies Stück Wand ausgespart, an dem das gleiche Banner wie vor dem Haus aufgespannt hing. Sutter und seine Wächter waren wohl doch mehr als eine von Walter verachtete verschrobene Naturmystikgruppe. Der Keltenschamane hatte neben Esoterik und Naturschutz noch ein beachtliches ökonomisches Standbein.

Die Teilnehmer des ›Ersten Ganges‹ saßen an rustikalen Biertischen. Überall wurde geredet. Der Duft verschiedenster Kräutertees hing in der Luft. Die beiden Wächterfrauen hatten sich zu Seiten des Ausgangs postiert. Kaltenbach beschlich das unangenehme Gefühl, dass sie tatsächlich darüber wachten, dass keiner zu früh den Raum verließ. Sutter und die beiden Männer waren nicht zu sehen.

»Geht's wieder?«

Der Offenburger Oberstudienrat ließ sich neben ihnen auf der Ofenbank nieder. Er stellte seine Tasse vorsichtig auf dem Boden ab. »Sie sollten einen Sonnenstein tragen, so wie ich. Der unterstützt ihren Wärmeorganismus von innen heraus.« Er griff in die Hosentasche und wickelte einen honiggelb schimmernden Stein aus einem Filztäschchen, das mit einer Kordel zusammengebunden war. »Echter Bernstein. Tränen der Sonne. Ich geh nicht mehr weg ohne. Können Sie hier kaufen. Sutter hat ihn aufgeladen.«

»Aufgeladen?« Luise nahm den walnussgroßen, unregelmäßig geformten Stein und drehte ihn zwischen den Fingern hin und her.

»Sutter ist Meister der Erd- und Sonnenkräfte. Er kennt alle Kraftorte rund um den Belchen und weiß, wo die kosmischen Energien am stärksten wirken. Dort kann er jeden beliebigen Gegenstand aufladen.«

»Und deshalb frieren Sie nicht mehr?« Luise fragte derart unschuldig, dass König die Ironie dieser Worte nicht wahrzunehmen schien.

»Der Stein unterstützt mich«, erklärte er ernst und packte ihn zurück in den Beutel. »Ein seriöser Schamane wird niemals behaupten, von sich aus Dinge zu verändern. Das muss jeder selbst tun. Aber er sieht seine Aufgabe darin, Mensch und Natur zu helfen und Schaden von ihnen zu wenden.«

Hört sich an wie eine Ministervereidigung im Bundestag, dachte Kaltenbach. »Auch kalte Füße?«

»Sogar kalte Füße. Aber um bessere Schuhe müssen sie sich schon selbst kümmern.«

In diesem Moment öffnete sich eine kleine Tür hinter dem

Tresen und der Hakennasige trat ein. Er hatte seine Räuber-kluft gegen eine Art indianischen Poncho getauscht, der in bunten Streifen mit Ornamenten und stilisierten Tieren bemalt war. An den Füßen trug er Sandalen und dicke graue Socken.

»Balor kommt«, raunte König. »Sutters rechte Hand«, fügte er hinzu. Mit gedämpfter Stimme erklärte er, dass die Wäch-ter zusätzlich zu ihren bürgerlichen Namen keltische trugen, die ihnen Sutter gegeben hatte. »Dort an der Tür stehen Badb, die Krähe, und Deirdre, die Wölfin.«

»Und Sutter?«

»Wenn es erforderlich ist, wird er Lugh, der Sonnenheld. Am liebsten lässt er sich einfach ›Schamane‹ nennen.«

Kaltenbach starrte ihn an.

»Er ist der Einzige, der in Welten eindringen kann, in denen keine Namen mehr gebraucht werden.« Königs Gesichtsaus-druck verklärte sich. »Er kann als Einziger in die Anderswelt sehen und uns davon berichten. Es ist ein Geschenk, an dem wir teilhaben dürfen!«

Kaltenbach staunte über den Staatsbeamten in Pension. Der gute Mann schien auf seine alten Tage in die Irrationali-tät abgeglitten zu sein.

»Und was macht Balor?«, fragte Luise, die offenbar mit dem skurrilen Szenarium besser umgehen konnte.

»Eigentlich heißt er Dr. Gerstner. Ein hochintelligenter und gebildeter Mensch. Er war in seinem früheren Leben Arzt und Psychologe in Emmendingen. Kennen Sie ihn?«

Kaltenbach schüttelte den Kopf. Die Szene mit der Triskele am Grab tauchte wieder vor ihm auf. Konnte es von daher einen Zusammenhang mit Peter geben?

»Er ist Sutter treu ergeben. Er war sein erster Anhänger und wird eines Tages sein Nachfolger sein.«

»Finden Sie das Ganze nicht ein wenig versponnen?«, fragte Luise. »Ich meine, hat diese Naturmystik im 21. Jahrhundert überhaupt noch ihren Platz?«

König ließ sich nicht beeindrucken. »Gerade heute, meine Verehrteste, gerade heute. Nach 35 Jahren im Schuldienst kann ich wohl aus Überzeugung sagen, dass die Welt ein Gegengewicht zur Dominanz des Verstandes braucht. Dringend. Sehen Sie doch, wozu die Bibelmaxime geführt hat, sich die Erde untertan zu machen. Gesellschaft, Natur und Moral stehen am Abgrund. Wir dürfen nicht länger gegen die Götter arbeiten, sondern mit ihnen.«

Gerstner, der sich Balor nannte, hatte sich inzwischen vor dem Sonnenbanner aufgestellt. Er hob die Hand, und sofort wurde es still. Schweigend ließ er einen durchdringenden Blick über die Gesichter der Anwesenden schweifen. Kaltenbach hatte das Gefühl, dass seine Augen einen kurzen Moment länger bei Luise verweilten. Ob er sie wiedererkannt hatte? Natürlich trug auch sie heute andere Kleidung als auf dem Friedhof, doch das musste nichts bedeuten.

Als Sutters rechte Hand zu sprechen begann, war Kaltenbach fasziniert von der dunklen, voluminösen Stimme, die aus den Tiefen des Berges hervorzudringen schien. Von den kurz und knapp vorgetragenen Worten verstand er allerdings erneut kaum etwas. Am Ende sprach er allen eine Art Segen aus, der dem an Peters Grab ähnelte. Mit einer großen Geste seiner Arme beendete Gerstner seinen Auftritt und zog sich ebenso rasch wieder zurück, wie er gekommen war.

Nach ein paar Augenblicken löste sich die Spannung unter den Gästen.

»Das war's!«, sagte König und stand auf. »Sehen Sie sich doch noch ein wenig um.« Er deutete auf die Regale und Vitrinen. »Es ist bestimmt auch etwas für Sie dabei.« Dann kam ihm eine andere Idee. »Oder kommen Sie mit mir, ich zeige Ihnen, wo man sich einträgt. Wir sehen uns doch nächste Woche?«

Kaltenbach wusste nicht, was König meinte. »Geh nur«, meinte Luise. »Ich gehe kurz nach draußen.«

König führte ihn zu einer dicht umringten Stelltafel neben dem Eingang. Es war wie beim halbjährlichen Einschreibungschaos seiner Studienzeit, wenn es darum ging, einen der heiß begehrten Seminarplätze zu ergattern.

Auf verschiedenen Blättern standen Überschriften mit Datum, darunter waren bereits einige Namen eingetragen.

»Hier, gleich nächste Woche«, sagte König. »Zum Einstieg genau das Richtige. Ein wunderbarer Workshop. Mache ich jedes Jahr.«

König schrieb seinen Namen auf ein Blatt, das die vielsagende Überschrift ›Neues Werden vor Ostaras Ankunft. Das Erwachen der Bäume‹ trug. Eine Art Vorfrühlingsritual, wie er erklärte. Kaltenbach trug sich und Luise ebenfalls ein. Das Treffen sollte bereits am nächsten Wochenende stattfinden. Sie mussten die Gelegenheit nutzen, um noch mehr über Sutter und die Wächter herauszubekommen.

König hatte inzwischen weitere Bekannte entdeckt, und so konnte Kaltenbach sich ansehen, was in den Regalen zum Verkauf angeboten wurde. Neben Tees, Kräutern und getrockneten Pilzmischungen gab es alles, was irgendwie mit den Kelten, dem Schwarzwald und Sutters Naturmystik zu tun hatte. Da gab es alles von Reiseführern zu magischen Orten und altirischen Segenssprüchen bis hin zu Bestimmungsbüchern für Blumen und Bäume.

Am meisten faszinierte ihn der Schmuck. Es gab eine Fülle von Anhängern und Broschen aus Holz, die entweder streng geometrisch gedrechselt waren oder der natürlichen Maserung des Holzes folgten. Es gab Bernstein in verschiedenen Größen, als Ringe oder Ketten verarbeitet oder als Einzelstücke.

Irgendwann kam Luise zurück.

»Ich habe uns eingetragen für nächste Woche. Ein Baumseminar.«

»Übrigens«, fügte sie etwas gedämpfter hinzu, »es wird schwierig werden.«

»Hast du etwas erreicht?«

Sie schüttelte den Kopf. »Ich war die Treppe noch nicht halb oben, als mir eine der Wächterinnen hinterherlief und mich zurückpfiff.«

»Zurückpfiff?«

»Anders kann man es nicht nennen. Das war unmissverständlich.«

»Was sagte sie?«

»›Für Unbefugte verboten‹. Das war alles.«

»Hört sich martialisch an.«

»Es war der Tonfall. Ich habe etwas Ungutes, Dunkles gespürt. Eine geschäftsmäßige Kühle. Ich sage dir, die haben etwas zu verbergen. Ich habe mit einer Frau gesprochen, die sagte, es sei noch nie jemand oben gewesen. Sie vermutet Privaträume oder etwas Kultisches.«

»Leben die hier, die Wächter?«

»Anscheinend wohnen die alle irgendwo in den umliegenden Dörfern und in Lörrach. Nur von Sutter weiß es keiner.«

»Was hast du dann gemacht?«

»Ich habe gesagt, ich würde das Klo suchen. Was zumindest nicht falsch war. Sie hat mich nach draußen geschickt, dort gibt es einen kleinen Anbau.«

Er wandte sich wieder den Vitrinen zu. Sein Blick fiel auf einen Glaskasten, der sich durch seinen erhöhten Platz etwas von den übrigen abhob. Auch wenn er insgeheim damit gerechnet hatte, konnte er seine Überraschung nicht verbergen.

»Schau mal!«

In kleinen, mit Seidenpapier ausgeschlagenen Schächtelchen lagen Triskelen in unterschiedlichsten Größen und typischen Mustern. Doch das war nicht alles. Er hatte das Schmuckstück lange und oft genug betrachtet, um sofort zu sehen, dass eine der Broschen vor ihm das exakte Gegenstück zu dem war, das in Maleck bei ihm auf dem Nachttisch lag.

Montag, 12. März

Ihr Gesicht war kaum zu erkennen. Sie hielt die Augen gesenkt, als lausche sie der Antwort der Frühlingswolken, denen sich ihre Gestalt eingeschrieben hatte wie die zarte Andeutung japanischer Kalligrafie auf duftendem Reispapier. Der schlanke Körper bog sich filigran nach oben und erinnerte an eine zerbrechliche Pfauenfeder, deren notwendige Berührung mit der Erde sich auf ein notwendiges Minimum beschränkte.

»Gefällt sie dir?«

Luises Stimme klang wie die Musik zu dem, was er sah. Eine zarte Plastik. Er räusperte sich, sagte aber nichts.

»Sie war die erste, die entstand, nachdem ich mich von Hajo getrennt hatte. Ich wollte dem ein Bild geben, was ich noch besaß.« Sie lächelte. »Inzwischen weiß ich, dass ich ihm damals nicht alles gegeben habe. Im Nachhinein ist das gut so. Es scheint Orte in mir zu geben, die ich selbst erst entdecken muss.«

Kaltenbach war von der Offenheit überwältigt, mit der sie ihm begegnete. In dieser Weise konnte er nicht antworten. Noch war er nicht so weit. »Sehr schön. Sie ist wunderschön.« Eine abgedroschene Antwort. War er abgedroschen? Oder nur feige?

»Komm, ich zeige dir noch ein paar andere.«

Der Raum im Hinterhof des Gebäudes in der Freiburger Fischerau war nicht allzu groß. Luise hatte durch eine geschickte Anordnung der einzelnen Plastiken Möglichkeiten geschaffen, sie im Detail zu betrachten und trotzdem den notwendigen Abstand zu wahren.

Es war wie bei den Vögeln, dachte er. Sie hatten eine unsichtbare Grenze, die nur sie kannten. Wenn du sie überschrittest, flogen sie fort.

Die Figuren waren ähnlich der, die er als Erstes gesehen hatte. Es gab hauptsächlich verfremdete Darstellungen von Menschen, vereinzelt meinte Kaltenbach ein Reh oder einen Reiher zu erkennen. Es sah aus, als bewegte sich Luise wie eine Suchende entlang der Grenze zum Abstrakten.

»Verkaufst du auch welche?«

Kaltenbach ärgerte sich über die Frage im selben Moment, als er sie gestellt hatte. Die Worte waren unpassend. Trotzdem war ihm die Vorstellung unangenehm, eine dieser intimen Schöpfungen an einem unbekannten Ort zu sehen. Von Fremden angeschaut, womöglich befingert.

»Traust du mir das etwa nicht zu?«

Er schluckte. Natürlich hatte er es anders gemeint. Er musste aufpassen, dass er nicht schon wieder etwas Falsches sagte. »Nein, es ist nur …« Er stockte und sah sie an. »Es steckt so viel von dir drin.«

»Du meinst, ob ich das weggeben kann?« Sie strich mit den Fingern über die Schulter des kleinen engelähnlichen Wesens, vor dem sie stand. »Am Anfang war es nicht geschäftsmäßig. Eine Freizeitbeschäftigung, die sogar noch etwas einbrachte.

179

Hajo kannte eine Menge Leute, und darunter gab es einige, denen gefiel, was ich machte. Sagten sie jedenfalls. Vor allem waren sie bereit, dafür zu zahlen.«

Sie fasste ihn am Arm und führte ihn in einen schmalen Flur, der in einen Innenhof mündete. An der Wand hing ein gerahmtes Ausstellungsplakat. »Das war eine große Sache damals in der Wiehre-Galerie. Eine eigene Ausstellung! Mit Vernissage, Saxofonmusik, Lachshäppchen, Küsschen links und Küsschen rechts. So wie es dazugehört.«

Kaltenbach betrachtete das Poster. Es zeigte Luise neben einer Plastik, die sich völlig von den vorherigen unterschied.

Luise nahm seinen erstaunten Blick wahr. »Es war tatsächlich so. Geometrische, strenge Formen. Klar und kühl. Seelenlos. Wie die Welt, in der ich mich damals bewegte.« Sie knipste das Licht wieder aus. »Vielleicht wollte Hajo mich so sehen.

« Sie zupfte Kaltenbach am Ärmel und deutete auf die Eingangstür. »Komm, wir laufen ein paar Schritte. Es ist noch hell draußen.«

Er half ihr in den Mantel und zog dann seine Lederjacke an.

»Das Plakat ist das Einzige hier, was noch daran erinnert. Eine kleine nostalgische Schwäche. Der Rest liegt zu Hause im Keller.« Sie schlang sich einen meterlangen, türkisfarbenen Schal um den Hals und stülpte sich eine Schiebermütze über die blonden Haare. »Ich sollte es wegwerfen«, sagte sie.

Es war gegen halb sieben, als sie hinaus auf die schmale Gasse traten. Luise hatte weder ein Schaufenster noch ein Hinweisschild. Einzig ihr Name stand neben der Klingel. Nicht verwunderlich, dass er das Atelier beim ersten Mal nicht gefunden hatte.

»Vielleicht hast du recht«, meinte Luise, während sie die

Tür abschloss. »Es fällt mir schwer, mich von diesen Stücken zu trennen. Es steckt noch zu viel Persönliches drin.«

Die Sonne hatte sich bereits hinter die Dächer der Altstadt verkrochen. Kaltenbach spürte den kühlen Hauch vom Gewerbekanal. Sie überquerten den Steg und liefen durch die Gerberau und über den Augustinerplatz Richtung Münster. Es war wenig los in der Stadt an diesem Montagabend. Die Touristen hatten ihr Tagespensum an Besichtigungen und Rundgängen hinter sich gebracht und aßen zu Abend bei der viel gerühmten Badischen Küche. Vom täglichen Markt um das Münster herum war um diese Zeit nichts mehr zu sehen. Zwei städtische Arbeiter spritzen mit einem Schlauch die Überbleibsel des Vormittags von dem Kopfsteinpflaster. Am letzten der ansonsten zahlreichen Bratwurststände traf die Verkäuferin ihre Vorbereitungen zum Feierabend.

»Krieg ich noch eine?«, fragte Kaltenbach die rotbackige Frau, der man die Spuren eines langen Arbeitstages ansah.

»Weil du's bisch. Isch aber nimmi d' bescht. Zwiewele sind alle.«

»Schon recht.«

Luise lehnte am Marienbrunnen, in dessen Trog um diese Jahreszeit kein Wasser eingelassen war. »Ist dir schon mal aufgefallen, wie viele Wasserspeier das Münster hat?«

Kaltenbach legte den Kopf in den Nacken. Sein Blick kletterte den seit Jahren eingerüsteten Glockenturm nach oben. »Wasserspeier?«

»Ja, die Figuren, durch die das Regenwasser nach außen abfließt. Sie sind überall.«

Kaltenbach hatte das Münster immer mit einer seltsamen Mischung aus Ehrfurcht und Respekt betrachtet. Es fiel ihm heute noch schwer zu glauben, dass das filigrane, zum Himmel strebende Bauwerk im Mittelalter erdacht und erbaut wurde.

Um kunsthistorische Einzelheiten hatte er sich jedoch nie gekümmert. Als junger Student war er mit ein paar anderen die steile Wendeltreppe ins Obere des Turms hinaufgestiegen. Die riesigen Münsterglocken hingen dort zum Greifen nah an mächtigen, grob behauenen Holzbalken. Der Schädel hatte ihm gedröhnt, als das archaische Räderwerk zur Mittagszeit geläutet hatte. »Die meisten Wasserspeier stellen Hunde, Katzen, Vögel dar, aber auch Fabeltiere, zum Beispiel Drachen, Kobolde, Gnome und andere kleine Teufelchen.«

»Teufel? An einer Kirche?«

»Zur Abschreckung. Kein böser Gedanke, kein übel wollender Geist sollte dem Haus Gottes zu nahe kommen und ihm schaden. Für die Menschen damals waren die Geister völlig real, vor allem die bösen. Und sie hatten ständig Angst vor ihnen.«

»Und da setzt man sie sich aufs Dach?«

»Wenn das Böse seinesgleichen erblickt, wird es wehrlos und verliert seine Macht. Wer sich im Spiegel sieht, wird auf sich selbst zurückgeworfen und kann keinem anderen mehr schaden. Seelische Homöopathie sozusagen.«

Gar nicht dumm, dachte Kaltenbach. Er kannte einige Leute, denen er gerne mal den Spiegel vorhalten würde.

Sie liefen weiter zur Kaiser-Joseph-Straße, der ›Kajo‹, wie die Freiburger ihre Einkaufsrennstrecke nannten. Wie in Emmendingen waren um diese Jahreszeit auch hier die Bächle nicht geflutet.

Wer ins Bächlewasser trat, würde eine Freiburgerin heiraten. Kaltenbach wusste nicht, warum er ausgerechnet jetzt an diesen Spruch dachte, den regelmäßig Touristen und offizielle Besucher zu hören bekamen. Am verlegensten kicherten die Japanerinnen. Luise kam nicht aus Freiburg.

»Was machen wir jetzt?«

»Wir könnten die Rathausgasse runter und ...«

»Nein, ich meine, wie soll es weitergehen? Jetzt wo wir wissen, dass Peters Mörder einer der ›Wächter‹ ist?« Sie hakte sich bei ihm ein und lenkte ihre Schritte in Richtung Rathausplatz.

Die plötzliche körperliche Nähe verwirrte ihn. »Was macht dich da so sicher?«, fragte er. Er spürte ihre Wärme, roch ihre Haare. Sandelholz und Zitronengras.

»Das Schmuckstück und dieser Balor. Der Schamane hat ihn geschickt, um Peter zu verfluchen.«

Sie löste sich von seinem Arm und setzte sich auf eine der Holzbänke zu Füßen der Statue des Schießpulvererfinders Bertold Schwarz, der versonnen das Rathaus gegenüber betrachtete. Kaltenbach blieb stehen und versenkte beide Hände tief in die Taschen seiner Jacke.

Sie sah zu ihm auf. »Wir fahren noch einmal hoch und fragen Sutter. Er wird erstaunt sein, woher wir das wissen. Irgendwie wird er sich verraten.« In ihren Augen blitzte wieder das Feuer, das er am Abend in St. Georgen zum ersten Mal bei ihr gesehen hatte.

Vielleicht war das keine schlechte Idee. Konfrontation. Das Böse muss sich selbst erkennen. Er trat auf der Stelle, um sich warm zu halten.

»Wenn wir es nüchtern betrachten, sind drei wesentliche Fragen ungelöst. Wir haben keinen Beweis, dass es tatsächlich Mord war. Wir wissen nicht, wer es war. Und vor allem wissen wir nicht, warum Peter sterben musste.« Er bemühte sich, den sachlichen Ton beizubehalten. »Genau genommen sind wir nicht weiter als vor zwei Wochen.«

Luise fuhr auf. »Du redest wie die Polizei. Beweise! Mir reicht, was ich weiß! Ist es normal für dich, was dieser Balor getan hat?«

»Natürlich nicht. Aber es ist jetzt wichtig ...«

Sie sprang auf. Ihre Nasenflügel bebten. »Du glaubst mir nicht! Und ich dachte, du wolltest mir helfen!«

Kaltenbach fasste sie am Arm. »Beruhige dich! Ich wäre doch gar nicht hier, wenn du mir nicht wichtig wärest.«

Sie machte sich los. »Wenn ich dir wirklich wichtig wäre, dann würdest du mich auch ernst nehmen.«

»Das war doch nicht so gemeint.« Er hatte einen Kloß im Hals. »Ich habe einfach noch Zweifel, und wir sollten nicht unüberlegt ...«

»Zweifel? Du glaubst, dass ich mir das Ganze eingebildet habe?« Sie wurde so laut, dass ein paar Spaziergänger sich nach ihnen umdrehten. »Du nimmst mich nicht ernst. Du hast nicht ernst genommen, was ich dir von Peter erzählt habe.« Sie wandte ihr Gesicht ab. »Ich hätte es gar nicht tun sollen!«

Kaltenbach spürte, wie ihm das Blut in den Kopf schoss. »Das ist alles ganz anders. Glaub mir, ich will dir helfen.«

»Helfen? Warum eigentlich? Ich glaube, es ist tatsächlich etwas ganz anderes. Ein kleines, nettes Spiel für einen Mann im besten Alter? Mal eben Kommissar spielen? Auf Mörderjagd gehen?«

Kaltenbach war wie vor den Kopf gestoßen. Er konnte sich nicht erklären, warum die Stimmung plötzlich kippte. »Du bist durcheinander. Komm, ich fahre dich nach Hause, und wir reden in Ruhe noch mal über alles. Wenn du es willst.«

Sie sah ihn kühl an. »Ich will aber nicht. Ich will allein sein. Sofort!«

Sie wandte sich abrupt von ihm ab und ging mit raschen Schritten davon in Richtung Straßenbahnhaltestelle.

Er wollte ihr nachlaufen, doch er ließ es sein. Er stolperte irgendwie durch die verwinkelten Altstadtgässchen zurück bis er vor dem Parkscheinautomaten der Schlossberggarage stand. Von dort fuhr er stadtauswärts die Habsburger Straße entlang.

Er hatte wieder nicht die richtigen Worte gefunden. Zwischen Verstand und Gefühl klaffte eine Lücke. Warum ging ihm das ausgerechnet mit Luise so?

Es fiel ihm schwer, sich auf den dichten Abendverkehr zu konzentrieren. In Zähringen fuhr er anstatt nach links zur B 3 weiter geradeaus die Landstraße Richtung Gundelfingen weiter. Kurz vor Heuweiler fand er am Waldrand einen kleinen Parkplatz. Er setzte sich auf die von Brombeersträuchern eingerahmte Holzbank und streckte die Beine von sich.

Außerhalb der Stadt war es noch hell genug, um auch mit dem Auge die Ruhe des Abends zu spüren. Bis zur fernen Schnellstraße breiteten sich Streuobstwiesen aus, auf denen im Sommer die Denzlinger Störche auf Nahrungssuche umherstolzierten. In Heuweiler, dem kleinen Dorf, zu dem hin die Landstraße rechts von ihm leicht anstieg, flammten in einigen Fenstern die ersten Lichter auf. Die Pferde auf der Koppel nahe der Bank standen eng zusammen und hielten die Köpfe gesenkt.

Der Friede der Natur besänftigte ihn einigermaßen. Mit Monika hatte er oft gestritten, und meistens war sie es gewesen, die wieder eingelenkt hatte. Damals war ihm das nicht aufgefallen. Ebenso wenig wie er merkte, dass sie irgendwann gar keine Auseinandersetzungen mehr hatten. Genau genommen hatte er es bis heute nicht gelernt, sich einem Disput zu stellen, ja überhaupt ihn auszuhalten. Schon gar nicht wie Walter, der als geschulter Dialektiker die Worte benutzte wie ein Musketier sein Florett. Auch nicht wie sein Vater, der sich scheinbar grundlos über Nachbarn, Fernsehnachrichten oder Fußball aufregen konnte und sich mit den Nächstbesten hoffnungslos in die Haare geriet.

185

Vielleicht wollte er nicht streiten. Vielleicht war es die Angst vor der Niederlage, die Peinlichkeit des ›Bloßgestellt-Seins‹. Auf dem Rathausplatz fühlte er sich schutzlos und überrumpelt, weil er nicht damit gerechnet hatte. Er wusste nicht, wie ernst er Luises Vorwürfe nehmen sollte. Wollte sie ihn wachrütteln? Sie hatten zwar viel erreicht, aber von einem Durchbruch konnte keine Rede sein. Sie hatte sogar recht mit ihrer Behauptung, dass er gar nicht betroffen sei. Es war eine Herausforderung für ihn, die aus einem Bauchgefühl entstanden war und die sich zu einem spannenden Spiel entwickelt hatte. Doch für Luise war es weit mehr, persönliche Ergriffenheit, Leidenschaft, Schmerz. Sie hatte recht. Er nahm sie nicht ernst genug.

Dienstag, 13. März

Die große Apothekenuhr am Sexauer Kreisel zeigte halb sieben. Er war zu früh dran. Das passte. Die Sache begann, vertrackt zu werden.

Als er vor ein paar Tagen den zweiten Termin mit Professor Oberberger ausgemacht hatte, war er noch voller brennender Ungeduld gewesen, das Gespräch fortzuführen. Doch nun war das Rad, das er angestoßen hatte, ins Schlingern gekommen. Den ganzen Nachmittag hatte er überlegt, ob er die Sache nicht abblasen sollte. Luise hatte ihm am Telefon klar gemacht, dass sie nicht mitkommen würde. Seiner Frage nach einem Treffen war sie ausgewichen. »Im Moment hat das keinen Sinn«, hatte sie kühl erklärt und kurz danach aufgelegt.

Dass für den Tod des Jungen noch immer kein Motiv erkennbar war, machte die Sache nicht einfacher. Die einzige

Hypothese stand auf äußerst wackligen Beinen: Jemanden umzubringen, nur weil er auf Felsen kletterte, die irgendwelchen selbst ernannten Naturschützern wichtig waren? Jedes Jahr gab es Heerscharen von Touristen, Ausflüglern und Wanderern auf den Schwarzwaldbergen. Auch auf dem Belchen, den die Wächter als ihr persönliches Heiligtum ausersehen hatten. Und trotzdem war nie etwas geschehen.

Blieb als weitaus vagere Hypothese der Begleiter, mit dem Peter in jener Nacht auf dem Berg war. Bisher hatte Kaltenbach die Informationen immer nur über Dritte erhalten. Ein Problem, das einem Kommissar einer realen Mordermittlung wohl selten begegnet, da er ohne Schwierigkeiten Befragungen anstellen konnte. Und was war mit dem blutigen Kruzifix, das man neben dem Toten gefunden hatte? Solange die Polizei keine Ermittlungsergebnisse veröffentlichte, blieb ihm nur die reine Spekulation. Er wusste noch nicht einmal, ob es überhaupt einen Zusammenhang gab.

Ein Mord ohne Motiv? Vor Jahren hatte Kaltenbach einen Hitchcock-Klassiker gesehen, der genau dies zum Thema hatte. Zwei Studenten erdrosselten einen Kommilitonen, nur um die Theorie ihres Professors zu beweisen, dass geistige Überlegenheit zu allem fähig sei. Geistige Überlegenheit hatten die deutschen Filmverleiher jedenfalls nicht bewiesen, als sie den Filmtitel mit ›Cocktail für eine Leiche‹ übersetzt hatten.

Er erreichte Waldkirch und stellte das Auto am Bahnhof ab. Er würde den Professor noch einmal genauer nach der Oghamschrift auf der ›Fluchtafel‹ fragen. Vielleicht konnte ihm Oberberger etwas über die ›Wächter‹ erzählen. Immerhin kannte er Sutter. Vielleicht gehörte er sogar selbst dazu.

Am spannendsten war, was Oberberger über das Belchendreieck erzählt hatte. Für Sutter und seine Leute war dies sicher mehr als eine Theorie. Allerdings gab es bisher keinen Hinweis darauf, dass Peters Tod in irgendeiner Weise damit zusammenhing. Ob auch der Kandel zu diesem System gehörte?

Kaltenbach sah auf die Uhr, er würde pünktlich sein. Auf dem Jünglingssteg über die Elz kam ihm für einen Moment das Bild, als er vor ein paar Tagen mit Luise hier gestanden war. Warum musste alles so kompliziert sein?

Im großen Studierzimmer des Professors brannte Licht. Auch das Erkerzimmer, das ihm Oberberger als sein persönliches Refugium vorgestellt hatte, war hell erleuchtet. Kaltenbach versuchte etwas zu erkennen, doch die Vorhänge waren zugezogen. Wahrscheinlich war sein Gastgeber gerade mit seinen privaten Forschungen beschäftigt.

Ob Oberbergers Kollegen von der Universität wussten, welcher geheimen Leidenschaft er nachging?

Beim Näherkommen hörte er Cellomusik. Er läutete an der Haustür, doch es rührte sich nichts. Vielleicht wollte er sich nicht stören lassen. Unschlüssig blickte er sich um, als er sah, dass die Haustür nur angelehnt war.

Jetzt hatte er einen guten Grund, sich bemerkbar zu machen. Er trat einen Schritt zurück und läutete erneut. Wieder keine Reaktion. Er schaute auf die Uhr. Es war inzwischen kurz vor sieben. Auf die Gefahr hin, unhöflich zu erscheinen, trat er ein. Von der halb geöffneten Wohnzimmertür drang Licht in den Flur.

»Hallo?«

Er klopfte an die Tür und ging hinein. Der Professor war nirgends zu sehen. Doch etwas anderes fiel ihm auf. Vielleicht hätte er den Unterschied gar nicht beachtet, wenn er nicht letzte Woche bewundernd davor gestanden hätte. Während bei allen anderen Vitrinen die Beleuchtung in kühler Eleganz schimmerte, war bei dem größten Schaukasten alles dunkel.

Die Abdeckung war zerbrochen. Rings um den Sockel auf dem Parkettboden glitzerten Glassplitter. Das matte Samtkissen war leer, der ›Große Torques‹, der Stolz von Oberbergers Sammlung, war verschwunden.

Kaltenbach schaute sich vorsichtig um. Das übrige Zimmer schien auf den ersten Blick unverändert. Deshalb also stand die Haustür offen! Der Dieb musste erst vor Kurzem verschwunden sein. Doch was war mit dem Professor? Trotz der Musik musste er das Splittern des Vitrinendeckels gehört haben.

Er entschloss sich, nach oben zu gehen. Auf der Treppe überfiel ihn plötzlich die Furcht, der Eindringling könne noch im Haus sein. Kaltenbach widerstand der Versuchung, nach draußen zu laufen und die Polizei zu rufen. Er musste wissen, was hier passiert war. Vielleicht war Oberberger verletzt und brauchte dringend Hilfe.

Die Musik wurde lauter, je weiter er die Treppe hochstieg. Durch die halb geöffnete Tür sah er das Sofa, neben dem das Licht herzukommen schien. Er hielt den Atem an und spähte durch den Türrahmen ins Zimmer.

Tisch und Stühle waren umgekippt, die Blumenstöcke lagen in Scherben und verstreuter Erde neben der Stehlampe, die noch brannte. Eindeutig Kampfspuren. Der hintere Teil des Fenstervorhangs war abgerissen und hing herunter. Ordner, Bücher und einzelne Blätter lagen auf dem Boden verteilt wie nach einem Herbststurm.

Hier würde auch die Polizei nicht mehr helfen können. Professor Oberberger lag halb unter dem kleinen Zeichentisch. Arme und Beine waren merkwürdig verkrümmt. Das blonde Haar klebte verkrustet über seinem Gesicht. Aus einer klaffenden Wunde an der Schläfe war Blut geflossen und hatte sich auf dem Teppich zu einer bereits halb eingetrockneten Lache ausgebreitet.

Der Anblick verwirrte und faszinierte ihn. Es war nicht der erste Tote, den er sah. Doch war es etwas anderes, aus beruhigender Distanz einen aufgebahrten Verstorbenen in der friedlichen Stille des Leichenschauhauses zu sehen. Hier schlug ihm der eiskalte Hauch des Todes entgegen. Oberbergers Lebensuhr war nicht abgelaufen, sondern zertrümmert worden.

Er kniete nieder und fasste den Toten am Hals. Die Haut war noch warm. Eine Stimme im Hinterkopf mahnte ihn, dass er nichts anfassen dürfe und schnellstmöglich die Polizei benachrichtigen sollte. Ihm fiel ein, dass er im unteren Zimmer ein Telefon auf dem Schreibtisch gesehen hatte.

Er rannte hinunter und wählte den Notruf.

»Ich schicke jemanden vorbei«, erwiderte der Beamte. »Warten Sie auf den Streifenwagen und rühren Sie sich nicht von der Stelle. Und nichts anfassen!«

Der geschäftsmäßige Ton des Beamten brachte Kaltenbach zurück in die Realität. Der Professor war ermordet worden, der Torques gestohlen. Das war kein zufälliges Zusammentreffen. Und er hatte Sutter gekannt.

Als er wieder vor dem Toten stand, stieg erneut die Erregung in ihm auf. Die plötzlich erstarrte Bewegung war so nahe am Leben, dass es aussah, als könnte der Professor im nächsten Moment wieder aufstehen wie ein Schauspieler am Ende einer fertig gedrehten Szene. Der endgültige Tod kam erst in der Friedhofshalle, wenn der Leichnam gewaschen, gerichtet und schließlich in würdevoller Haltung aufgebahrt lag. Dann erst konnten die Freunde und Verwandten Abschied nehmen.

Die rechte Hand des Toten war zu einer Faust geballt. Kaltenbach sah, dass zwischen den Fingern ein abgerissener Fetzen Papier herausschaute. Rasch sah er auf dem Tisch nach. Die Belchendreieck-Karte war verschwunden. Lediglich an der linken unteren Ecke hing noch ein Fetzen desselben

Papiers, das der Tote in seiner Faust festhielt, dazu ein abgerissener bunter Rest der Karte. Kaltenbachs Herz begann zu hämmern. Bei dem Überfall war außer dem Torques also auch die Karte gestohlen worden!

Kaltenbach spürte, wie ihn plötzlich ein leichter Schwindel überfiel. Er trat ein paar Schritte zurück und ließ sich auf das Sofa fallen. In diesen Minuten war er froh, dass Luise nicht mit hergekommen war.

Das Läuten an der Haustür brachte ihn wieder zu sich. Plötzlich kam ihm eine Idee. Ohne über die Folgen seines Handelns nachzudenken, stand er auf und ging noch einmal zu dem Zeichentisch. Vorsichtig zupfte er die beiden Papierstückchen von den Reißnägeln ab und löste dann die Unterlage von ihrer Befestigung. Hastig faltete er das etwa tischtuchgroße Papier und steckte es zusammen mit den beiden Papierfetzen in seine Jackentasche. Vielleicht fand er zu Hause noch irgendwelche Hinweise. Ob die Polizei einen Zusammenhang mit Peters Tod herstellen würde, war sowieso mehr als fraglich. Zumal ein Indiz wie Notizen über keltische Esoterik für einen Mordkommissar eher zum Bereich Fantastik gehören würde.

Vom Eingang her hörte er erneutes Läuten, gefolgt von kräftigen Schlägen gegen die Tür. »Polizei, machen Sie auf!«

Für einen kurzen Moment blieb Kaltenbach stehen, bückte sich zu Oberberger herunter und schloss ihm mit sanfter Bewegung die Augenlider. Dann stand er auf, atmete tief aus und stieg rasch die Treppe hinunter, um der Staatsgewalt die Tür zu öffnen.

Mittwoch, 14. März

»He, schlof nit i. So bisch due mir kei Hilf!«

Die tiefe, dröhnende Stimme des alten Kaltenbach riss seinen Neffen aus den Gedanken. In der Rebenreihe gegenüber grinste Cousine Hannah zu ihm herüber. Sie verkniff sich einen Kommentar und nickte ihm stattdessen aufmunternd zu. Lothar Kaltenbach konnte es gebrauchen. Seit neun Uhr an diesem Morgen stapfte er Meter um Meter die Rebstöcke seines Onkels Josef entlang, bog die vom Schnitt übrig gebliebenen Langtriebe in Richtung des in Brusthöhe verlaufenden Führdrahtes und band das vordere Ende mit einem zurechtgeschnittenen papierumwickelten Draht fest. Seit er von zu Hause losgefahren war, nieselte es, als er in Oberbergen ausstieg, nieselte es immer noch, jetzt, da er die erste Stunde Arbeit hinter sich gebracht hatte.

»Gut machst du's. Hör nicht auf den alten Brummbär!« Hannah band die Reben mit geübtem Griff an den Draht. An Tempo war sie ihm deutlich voraus. »Sieh dir den Igor an!«

Onkel Josef, war bereits einige Reihen weiter und versuchte, mit weit ausladenden Gesten einen der Saisonarbeiter zu sorgfältigerem Arbeiten anzuspornen.

»Muess i denn alles selber mache!«, hörte man ihn von Weitem schimpfen. Der junge Mann aus Osteuropa verstand offensichtlich kein Wort und fuhr unbeeindruckt mit seiner Tätigkeit fort, was Onkel Josef zu weiteren hektischen Arm- und Handbewegungen veranlasste.

Trotz Hannahs Zuspruch besserte sich Kaltenbachs Laune wenig. Er hatte gehofft, dass ihn die Arbeit an der frischen Luft wieder einigermaßen zur Ruhe bringen würde. Das Gegenteil war der Fall. Der Tag auf dem Belchen und sein Streit mit Luise hatten ihn auf eine emotionale Achterbahn geschickt, auf der der Tod des Professors den makabren Höhepunkt bedeutete.

Nach der ersten Befragung durch die Polizei spät am Abend durfte er nach Hause. Er solle sich zur Verfügung halten, hatte ihn der Kommissar ermahnt. Die Hoffnung, dass Luise eine Nachricht hinterlassen hatte, war durch die energische Stimme seines Onkels auf dem Anrufbeantworter jäh unterbrochen worden, der ihn heute zu sich in den Weinberg beorderte. Am Ende des Tages hatte ihn dann trotz aller Aufregungen eine bleierne Müdigkeit übermannt, die ihn sogar ohne seinen gewohnten Schlaftrunk ins Bett fallen ließ.

Allzu früh am Morgen hatte ihn der Wecker aus wirren Träumen gerissen. Waschen und Frühstücken musste notgedrungen bescheiden bleiben, und nun stapfte er unausgeschlafen durch die eng bestückten Grauburgunder-Rebzeilen. Der wolkenverhangene Himmel, das alles durchdringende Nieselwetter und die missgelaunte Stimmung seines Onkels schienen sich verbündet zu haben zu einer passenden Kulisse für Kaltenbachs Morgenblues.

Der Familienzusammenhalt unter den Kaltenbachs war zwar zuweilen etwas ruppig, vor allem für Außenstehende. Doch wenn es darauf ankam, half man sich, so gut es ging. Warum das diesjährige Rebenbinden ausgerechnet heute an diesem feuchtkühlen Mittwoch beginnen musste, wusste außer Onkel Josef niemand. Es wäre sinnlos gewesen zu fragen. Schließlich gehörte die Wahl des richtigen Zeitpunkts, der sich aus Wetterlage, Tradition, Sachverstand und Bauchgefühl des Bauern zusammensetzte, zu den Kniffen, Tricks und Geheimrezepten, die jeder Winzer eifersüchtig hütete. Und da von den eingeplanten Saisonarbeitern erst wenige eingetroffen waren, mussten Verwandte und Freunde einspringen. Wenn Onkel Josef rief, duldete er keinen Widerspruch.

Dafür ließ er sich aber auch nicht lumpen, in der Mittagspause ein ordentliches Vesper aufzufahren.

Kaltenbach setzte sich zu Hannah, einer von unzähligen Arbeitsstunden in den Hügeln des Kaiserstuhls gezeichneten Frau mit kräftigen Armen und rundem Gesicht, das neugierig unter einem blau-weiß gefleckten Kopftuch hervorlugte. Einige Freunde und Helfer aus dem Dorf saßen in unmittelbarer Nachbarschaft. Die wenigen Saisonarbeiter hatten sich am Ende des Tisches zusammengesetzt, wo das Holzdach kaum mehr Schutz gegen den anhaltenden Nieselregen bot. Der kühle Märzmorgen war in einen ebensolchen Tag übergegangen. Kaltenbach rieb die Hände aneinander und knetete die Finger. Hannah hatte bereits eine dicke Scheibe Brot von einem Laib abgeschnitten und steckte sie nun abwechselnd mit dem Käse Stück für Stück in ihren Mund. Franz, ihr Mann, ein hagerer, lang aufgeschossener Endvierziger, der seit Jahren als Kellermeister arbeitete, schenkte zuerst Lothar, dann Hannah und sich selbst die Gläser voll.

»Aber nur eines«, wehrte Kaltenbach halbherzig ab. »Ich muss noch zurückfahren.«

Franz nickte und hob sein Glas. »Proscht erscht emol!«

Die drei stießen miteinander an. Der einfache Fasswein erfrischte Kaltenbach trotz des kalten Wetters.

»Wie wird der Jahrgang?«, fragte er pflichtschuldigst nach einem weiteren Schluck.

Franz wiegte den Kopf. »Mol sehne«, war die lapidare Antwort, die er genauso gut von jedem anderen Weinbauern am Kaiserstuhl und im übrigen Südbaden bekommen hätte. Die lobenden Töne überließen sie lieber Kunden und Kritikern. »Und wie goht's eso z'Ämmedinge?«

Ehe Kaltenbach antworten konnte, wurde er von Hannah unterbrochen. »Ist ja schon was los bei euch in der Stadt.

Ich hab in der Badischen gelesen, es hat schon wieder einen Toten gegeben!«

Kaltenbachs Zeitung steckte noch im Briefkasten in Maleck. Er hatte nicht damit gerechnet, dass der Mord an Oberberger heute schon in der Presse stand. »Ja, schlimm«, sagte er und hoffte inständig, dass nichts über ihn zu lesen war.

»Die henn selle Kerli uff frischer Tat ertappt«, fuhr Franz dazwischen. »Den sott ma glich ...«

»Wenn er's war«, hörte Kaltenbach eine Stimme, die von dem Platz neben Hannah kam.

»Jo, der Herr Lehrer weiß es widder emol am beschte. Derbi henn die den Kerli direkt nebe dere Lich gfunde. Dodgschlage hätt er'n! Mit eme Krüz! En Professor!«

Der Angesprochene, ein etwa 50-jähriger rundlicher Mann mit Schnauzbart und roten Backen, ließ sich nicht einschüchtern. »Nicht so voreilig, Franz. Es ist nicht immer so, wie es aussieht. Außerdem haben sie den geklauten Schmuck nicht bei ihm gefunden.«

»Ich sage euch, das waren die Wackes-Zigeuner aus Straßburg!« Ein junger Mann in einem alten olivfarbenen Anorak, unter dem ein dunkelblauer Trainingsanzug hervorschaute, hatte seine eigene Erklärung. »Man liest doch ständig von denen. Überall Einbrüche, seit Jahren. Und dann müssen sie sie wieder laufen lassen, weil die Kerle noch keine 14 sind. Sagen sie. Eine Schande ist das.«

»Des sin alles Spitzbuebe!«, bekräftigte Franz. »Wenn i ebbis zum sage hätt ...«

Der Disput der drei Männer ging noch eine Weile hin und her, und wechselte dann unvermittelt auf den neuen Überraschungsstürmer des SC Freiburg.

Kaltenbach war erleichtert. Ganz offensichtlich hatte die Polizei seinen Namen nicht öffentlich gemacht. Am gestrigen Abend hatten sich die beiden sichtlich überforderten Waldkircher Ortspolizisten darauf konzentriert, Kaltenbach nicht aus den Augen zu lassen. Sie waren sichtlich erleichtert, als nach weiteren 20 Minuten ein Kommissar und sein Gehilfe von der Emmendinger Kripo eintrafen. Der Ermittler übernahm sofort die Initiative. Ein paar aufmerksame Blicke genügten, um die nötigen Schritte zu veranlassen. Kurz darauf erschienen weitere Kollegen und ein Arzt. Die Spurensicherung aus Freiburg begann gleich nach ihrer Ankunft, den Toten und das Erkerzimmer akribisch zu untersuchen. In der Zwischenzeit musste Kaltenbach seine Personalien abliefern und dem Kommissar Schritt für Schritt den Ablauf schildern, seit er das Haus betreten hatte. Die Kartenreste und die Papierunterlage verschwieg er. Am Ende war er mit der Auflage entlassen worden, sich für weitere Fragen zur Verfügung zu halten. Am anderen Tag sollte er im Revier das Protokoll unterschreiben.

Die Vesperpause ging schnell vorüber. Kaltenbach brachte Teller, Glas und Besteck zurück auf den Anhänger. Es beunruhigte ihn, dass er trotz mehrerer Versuche Luise nicht erreicht hatte. Vielleicht hatte sie seine Anrufe weggedrückt, als sie ihn auf dem Display erkannte. Er würde es weiter versuchen. Vielleicht sollte er gleich im Anschluss von hier zu ihr nach Freiburg fahren. Er hoffte inständig, dass sie nichts Unbedachtes unternehmen würde.

Am Nachmittag hörte der Nieselregen kurzzeitig auf. Der Wind aus den Vogesen setzte das allüberdeckende Grau in Bewegung. Doch es blieb kalt. Kaltenbach sehnte sich nach der Frühlingswärme. Leise fluchte er vor sich hin, während er zum wiederholten Mal einen Rebtrieb mit einem der kurzen Drähte festband. Allmählich schmerzten seine Finger von der ungewohnten Tätigkeit, sodass er sie alle paar Minuten aus-

schütteln musste. Anfangs hatte er die Rebstöcke, später die
Rebzeilen gezählt, angesichts der endlos scheinenden Kolon-
nen der Weinstöcke hatte er jedoch bald aufgegeben. Den
Trieb fassen, vorsichtig biegen, mit drei bis vier Drehungen
am Draht befestigen. Ein paar Schritte weiter dasselbe noch
einmal, wieder und wieder.

Die etwa 20 Helfer hatten sich über den ganzen Weinberg
verteilt. Für ein gelegentliches ›Hallo‹ oder ein paar belang-
lose Sätze bot sich daher wenig Gelegenheit. Einer der Saisonarbeiter hatte gesungen, eine leise, getragene Weise, von der
Kaltenbach kein Wort verstand, die aber zu den schwermüti-
gen Augen des alterslosen Mannes mit den abgetragenen Klei-
dern passte. Anfang der 90er-Jahre, als die ersten Erntehelfer
gekommen waren, hatte er einen heftigen Disput mit Onkel
Josef gehabt, dem er Ausbeutung und Gutsherrenwirtschaft
vorwarf. Doch trotz der eher bescheidenen Entlohnung verdienten manche in einer Saison so viel wie zu Hause in einem
ganzen Jahr. Als im Laufe der Zeit Stimmen laut wurden, die
Arbeitsplätze in den Weinbergen, beim Erdbeerpflücken oder
auf den Spargelfeldern mit einheimischen Arbeitssuchenden
besetzen zu lassen, sprach sich Onkel Josef dagegen aus: »Die
sin sich doch z'schad für so ebbis. Noch späteschtens zwei
Dag dued dene der Buckel weh oder d'Knie, und die kumme
nimmi«, schimpfte er über die wenigen, die von der Agentur
für Arbeit geschickt worden waren. »Die bliebe lieber daheim
un lehn sich vum Schtaat verhalte. Kai Schweiß. Kai Muskel-
kater. Kai dreckigi Hend.«

Kaltenbach war sich nicht sicher, ob sein Onkel den
Arbeitslosen nicht Unrecht tat, doch sah er ein, dass vor allem
in der Hochsaison in der Landwirtschaft verlässliche Leute
gebraucht wurden.

So wie die Verwandtschaft, brummte Kaltenbach missmutig vor sich hin. Es drängte ihn nach einem heißen Bad und seinem gemütlichen Sofa. Vielleicht war es doch keine gute Idee, verschwitzt und verdreckt wie er war zu Luise zu fahren. Er würde am Abend zu Hause bleiben und es noch ein paar Mal am Telefon versuchen.

Gegen 17 Uhr hatte Kaltenbach genug. Am Ende einer der unzähligen Rebzeilen band er die letzten Rebtriebe fest und schlurfte zu seinem Onkel, der sich am Ende des Wirtschaftswegs an einem Traktor zu schaffen machte.

»Schu recht«, knurrte er, als sein Neffe sich abmeldete. »I bin jo froh gsi, dass due kumme bisch. De Rescht kriege mir schu noch alleinig hi.« Er nickte hinunter Richtung Dorf. »Fahr mol em Hof vorbei und nimm dir e Flasch mit für hit Owend.« Kaltenbach verzichtete darauf. Es wollte unbedingt nach Hause.

Es dämmerte bereits, als er über den Totenkopf, Bötzingen und Nimburg zurück nach Emmendingen fuhr. Im Wald nach Maleck fiel ihm siedend heiß ein, dass er noch etwas zu erledigen hatte. Er wendete und fuhr zurück in die Stadt. Kurz vor sechs betrat er den Schalterraum des Emmendinger Polizeireviers. Der diensthabende Beamte beäugte misstrauisch seine feuchten Klamotten und die lehmverschmierten Schuhe. Erst als Kaltenbach seinen Ausweis vorlegte, holte er aus dem Hinterzimmer einen Ordner, suchte das Gesprächsprotokoll heraus und ließ ihn das Papier unterschreiben. Kaltenbach sparte sich die Mühe, die drei Seiten gegenzulesen.

»Nicht vergessen: Sie müssen erreichbar sein!«, rief ihm der Uniformierte hinterher, als Kaltenbach bereits wieder unter der Tür stand.

Zu Hause schlug sein Herz für einen Moment höher, als er im Flur das Lämpchen des Anrufbeantworters blinken sah. Doch der Anrufer hatte keine Nachricht hinterlassen. Oder die Anruferin?

Die heiße Dusche tat ihm gut, und als er im Bademantel in die Küche stapfte, war sein Unmut über den Überfall seines Onkels fast wieder verflogen. Er stellte einen Topf mit Wasser auf den Herd und holte eine Packung Lachstortellini aus dem Schrank. Während das Wasser heiß wurde, setzte er sich an den Tisch und schlug die Zeitung auf. Es stand nicht mehr da, als er heute morgen von Hannah und den anderen bereits erfahren hatte. Das würde morgen bestimmt anders sein. Vielleicht war die Meldung in der Freiburger Ausgabe noch gar nicht erschienen, und Luise wusste noch von nichts. Somit gäbe es aus ihrer Sicht auch keinen Grund, ihn anzurufen.

Kaltenbach warf die Tortellini in das sprudelnde Wasser und schaltete eine Stufe zurück. Er ging zum Telefon und wählte zweimal vergebens ihre Nummer. Dann eben doch morgen, dachte er. Und wenn er hinfahren und vor ihrer Tür warten würde. Sie mussten dringend miteinander reden.

Während er am Herd eine Gorgonzola-Soße anrührte, kehrten seine Gedanken zurück zu gestern Abend. Der Mörder musste gewusst haben, was es bei Oberberger zu holen gab. Es musste jemand sein, dem der Torques so wichtig war, dass er dafür einen Mord begehen würde.

Elsässer Diebesbanden! Kaltenbach schüttelte den Kopf. Die jungen Ganoven waren bisher fast nie gewalttätig geworden. Und welchen Wert sollte für sie eine vollgezeichnete Landkarte vom Oberrhein haben?

Donnerstag, 15. März

Nach der ungewohnten körperlichen Anstrengung schlief Kaltenbach in der Nacht tief und traumlos. Gegen Morgen frischte der Wind auf. Irgendwo im Haus klapperte ein halb geschlossener Fensterladen. Kaltenbach glitt in einen unangenehmen Halbschlaf, an dessen Ende er sich in einem graugrünen Meer schwimmend fand, auf dessen Schaumkronen unzählige Rebstöcke tanzten. In Sichtweite erkannte er ein zweites Boot, in dem eine Frau saß, die ihm zuwinkte. Er versuchte sie einzuholen, doch wie von einem unsichtbaren Gummiband wurde er festgehalten. Auf und ab schaukelten die Rebstöcke, das Winken wurde kleiner und kleiner ...

Gegen sechs Uhr hielt er es nicht mehr aus. Endlich stand er auf, kochte Kaffee und holte die Zeitung. Wie er es vermutet hatte, hatte es Oberberger auf die Titelseite geschafft. ›Mord in Waldkirch!‹ sprang ihm die fette Überschrift entgegen. Gleich darüber Fotos vom Haus und dem Arbeitszimmer des Toten.

Kaltenbach trank Kaffee und überflog rasch den Artikel, der sich im Landes- und Lokalteil fortsetzte. Nach den ersten Ermittlungen der Emmendinger Kripo war der Professor durch einen Schlag auf den Kopf niedergestreckt worden und offenbar sofort tot. Als Tatwaffe wurde Kaltenbachs Vermutung bestätigt, das Metallkreuz wurde inzwischen in Freiburg auf Spuren untersucht.

Er hielt einen Moment beim Lesen inne. Es würde ihn entlasten, wenn die Polizei Fingerabdrücke sichern könnte. Soweit er sich erinnerte, hatte er das Kreuz nicht angefasst.

Ausführlich wurde auf den Diebstahl aus der Vitrine im Erdgeschoss eingegangen. Ein Archivbild eines ähnlichen Torques war mit detaillierter Beschreibung daneben abgebildet. Im Lokalteil des Blattes wurde der Bericht mit ähnlichen Worten wiederholt, lediglich erweitert mit Aussagen von Nachbarn, die den Toten als stets höflichen und netten jungen Mann beschrieben, der immer freundlich grüßte und im Sommer seinen Garten vernachlässigte. Am Ende waren weitere Fotos aus dem Inneren des Haus und ein älteres Passbild Oberbergers abgedruckt.

Kaltenbach faltete erleichtert die Zeitung zusammen. In dem Bericht wurde er als ›Besucher, der den Toten gefunden hatte‹ beschrieben, ohne einen weiteren Verdacht daraus abzuleiten. Weder sein Name noch ein Bild von ihm tauchten in den Artikeln auf. Offenbar wollte ihn der Kommissar bewusst heraushalten, um keine Spekulationen aufkommen zu lassen. Er war froh, dass er nicht in der Öffentlichkeit mit dem Mord in Verbindung gebracht wurde. Allein der Gedanke an Frau Kölblin bereitete ihm Bauchweh. Doch sie würde auch ohne ihn genügend Gesprächsstoff für die nächsten Tage haben.

Er duschte, zog sich an und lüftete das Schlafzimmer. Draußen windete es immer noch. Vom Kaiserstuhl zog eine dunkle Wolkenwand herüber. Die ersten Frühlingsgewitter kündigten sich an. Er ließ gerade seinen zweiten Kaffee aus der DeLonghi laufen, als das Telefon läutete. Zu seiner Überraschung war Luise am Apparat.

»Ist dir etwas passiert?«, fragte sie, noch ehe er zu einer Begrüßung ansetzen konnte. Er beruhigte sie und erzählte mit knappen Worten von seinem Besuch in Waldkirch. Luise fragte immer wieder dazwischen, doch am Ende war sie merkwürdig still. Auch Kaltenbach sagte für einen Moment nichts. Es wurde ihm klar, dass das Geschehen eine neue Dimension erreicht hatte. Und dass es von jetzt an auch für sie gefährlich werden konnte.

»Wir müssen uns sehen. Unbedingt.«

Luise sprach aus, was Kaltenbach dachte.

»Jetzt gleich?«

»Ich kann leider erst heute Abend. Wir könnten zusammen etwas essen«, schlug sie vor.

»Gute Idee. Ich werde für uns etwas kochen. Um acht Uhr bei mir?«

»Ich freue mich.«

Er blieb noch ein paar Augenblicke mit dem Hörer in der Hand stehen. Ihre Stimme klang in seinem Inneren nach. Erst jetzt wurde ihm klar, wie sehr er sie vermisste. Nicht nur ihre Stimme.

Für heute hatte er sich Einiges vorgenommen. Als Erstes suchte er im Telefonbuch die Nummer des Colombi-Museums in Freiburg heraus. Schon nach dem zweiten Läuten begrüßte ihn die Stimme der Dame am Kartenschalter. Wie er gehofft hatte, war Geiger auch an diesem Morgen wieder vor Ort. Er fragte sich, ob sein Interesse für Frühgeschichte der einzige Grund war, der ihn regelmäßig in das Museum trieb.

Geiger erinnerte sich sofort an Kaltenbach. Er war sichtlich erfreut über sein Anliegen und lud ihn ein, ihn in seinem Haus in Günterstal zu besuchen. Kaltenbach spürte, wie sich eine neue Zuversicht in ihm breit machte. Geiger würde ihm sicher helfen können, die Bedeutung der einzelnen Puzzleteile besser zu verstehen. Er ahnte, dass sich das Bild schon bald deutlicher zusammenfügen würde.

Eine freundliche Verkäuferin begrüßte Kaltenbach in der Buchhandlung in der Stadt, als er gegen zehn Uhr den Laden betrat. Die Dame, die etwa in seinem Alter war, zeigte sich wenig überrascht, als Kaltenbach ihr die Eckfetzen der Karte aus Oberbergers Erkerzimmer vorlegte.

»Ja, die Enkelkinder. Wissen manchmal nicht wohin mit

ihrer Kraft. Lassen Sie mal sehen, das werden wir gleich haben!«

Kaltenbach kratzte sich am Kopf, als er der Dame in den hinteren Bereich des Ladens folgte. Enkelkinder? Was meinte sie damit? Erschrocken wurde ihm deutlich, dass bei einem Mann in den besten Jahren die Möglichkeiten eben nach allen Seiten offenstanden.

»Es ist auf jeden Fall eine Michelin-Karte. Sehen Sie hier oben das kleine Zeichen?« Die Frau deutete auf ein winziges Logo auf einem der Papierstücke. Dann zog sie eine große Lade aus einem der Schränke.

»Wissen Sie noch, von welcher Gegend die Karte war?«

»Schwarzwald, Kaiserstuhl, Rhein. Eventuell Schweiz und Elsass.«

Die Dame nickte und blätterte die Reihe rasch durch. Nach wenigen Augenblicken hatte sie gefunden, was sie suchte. Sie zog die Karte heraus und faltete sie auf dem daneben stehenden Lesepult aus.

»Michelinkarte Oberrhein. Bitte schön, die aktuellste Ausgabe. Seit vier Jahren unverändert.«

Kaltenbach hielt die beiden Reststücke an die Ecken und verglich. Die Frau hatte recht. »Prima, vielen Dank, sie haben mir sehr geholfen. Ich nehme die Karte gleich mit.« Er bezahlte und bedankte sich noch einmal.

Die Verkäuferin verabschiedete ihn mit einem Lächeln. »Keine Ursache. Und dieses Mal besser aufpassen«, nickte sie ihm verständnisvoll zu.

Im Schreibwarengeschäft gegenüber kaufte er einen Grafitstift, ein Lineal und eine Rolle Transparentpapier. Wenn seine Vermutung richtig war, würde er mithilfe dieser Utensilien dem Papier seine Geheimnisse entlocken können.

Die Zutaten für das Abendessen zu finden, war deutlich

schwieriger. Erst nach zwei vergeblichen Versuchen fand er, was er suchte. Mariniertes Zanderfilet auf einem Fenchel-Mango-Reis-Bett war eine seiner Lieblingskreationen. Dazu würde es einen feinen Nachtisch geben, alles Köstlichkeiten, die er sich zeitlich und finanziell nicht oft leisten konnte.

Es war nach zwölf Uhr, als er den Laden aufschloss. Als Erstes brachte er die Tüten in den kleinen Hinterraum und legte den Fisch in den Kühlschrank. Den Wein zum Essen würde er erst später aussuchen.

Dann räumte er einen der beiden Präsentationstische leer. Die Weingebinde, Flaschenkühler, Dekanter und Rotweingläser wanderten hinter die Verkaufstheke, bis die gewünschte freie Fläche vor ihm lag. Am Ende faltete er das Papier vom Zeichentisch des Professors auseinander, strich es sorgfältig glatt und beschwerte die Ecken mit jeweils einer Flasche.

Als er noch in die Grundschule ging, gab es bei den Jungs in der Klasse ein Geheimnis, das sie die ›Unsichtbare Schrift‹ nannten. Um sich gegenseitig Botschaften zu schicken, verwendeten sie ein doppeltes Blatt Papier. Das obere mit der sichtbaren Nachricht wurde gleich wieder vernichtet und nur das darunterliegende weitergegeben. Wenn der scheinbar leere Zettel durch die Bankreihen zu seinem Empfänger gewandert war, konnte der die Abdrücke sichtbar machen, indem er mit der flachen Seite eines Bleistiftes so lange darüber fuhr, bis sich helle Striche vom dunklen Untergrund abhoben.

Nachdenklich blickte Kaltenbach abwechselnd auf die quadratmetergroße helle Fläche, die vor ihm lag, und den Grafitstift in seiner Hand. Das würde dauern. Vage erinnerte er sich an die Grundrisse der Linien auf der Karte. Fast alle waren irgendwie mit dem Belchen verbunden.

Er legte die neu erworbene Michelinkarte daneben und versuchte, die ungefähre Position des Berges auf der Unterlage festzulegen. Dann beugte er sich über den Tisch und begann mit dem Grafitstift die ausgewählte Stelle vorsichtig zu überstreichen.

Schon nach wenigen Sekunden erschienen die ersten haarfeinen Linien vor dem grauen Hintergrund. Ein Kreis tauchte auf mit einem ›B‹ in dessen Inneren, von dem einige Linien in verschiedene Richtungen abzweigten. Daneben sah er eine Zahl, die eine Zwei sein konnte.

Kaltenbach war erleichtert, dass der alte Trick immer noch funktionierte. Stück für Stück erweiterte er die briefmarkengroße graue Fläche ringförmig nach außen. Zwischendurch musste er immer wieder den Stift nachspitzen, um eine möglichst breite Auflagefläche zu erreichen. Nach etwa 20 Minuten begannen seine Augen von dem angestrengten Starren auf das Papier zu tränen und seine Hand zu krampfen.

Er legte den Stift zur Seite und ging für ein paar Minuten vor die Ladentür. Am Himmel über der Stadt schoben sich die Wolken ineinander wie zäher Brei. Immer noch regnete es nicht, dafür konnte er den Wind bis in die Gassen des Westend spüren. Für die nächsten Tage hatte der Wetterbericht in der Badischen einen deutlichen Temperaturanstieg vorhergesagt.

Dann schloss er die Tür wieder ab. Heute wollte er von niemandem gestört werden. Auf dem Papier traten nun immer mehr Zeichen, Linien und Buchstaben hervor. Oberhalb des Belchens gab es nach oben hin weitere Kreise, an deren Rand Großbuchstaben geschrieben waren, ebenso Richtung Süden und Südwesten. Die Kreise waren auf unterschiedliche Art mit Linien und Pfeilen verbunden. Nach Westen zum Rhein hin verloren sich die Linien in dem Kartenbereich, den er noch nicht freigelegt hatte. Die Zwei, die er gleich zu Beginn erkannt hatte, war Teil einer dreifachen Zahlenkombination, die jeweils rechts von den Buchstaben stand und am Ende von den Buchstaben V und M ergänzt wurde.

Mit einem Blick auf die verbliebene Fläche sah Kaltenbach ein, dass er sich etwas einfallen lassen musste. Es lag noch eine Heidenarbeit vor ihm, und seine Hand würde das nicht mehr lange mitmachen.

Er holte ein Messer und schabte vom Rande des Grafitstifts feine Späne ab, bis er ein kleines Häufchen beisammen hatte. Er streute das Pulver auf das Papier und verstrich es vorsichtig mit dem Finger.

Es klappte sogar besser als mit der mühsamen Schraffiermethode zuvor. Nach einer guten halben Stunde war er so weit. Vor Kaltenbachs Augen erschienen nach und nach die Forschungsergebnisse von Professor Oberberger. Es war das, was sein Mörder nun ebenfalls in den Händen hielt.

Donnerstag, 15. März, abends

»Das war köstlich!«

Luise lehnte sich in ihrem Stuhl zurück und schloss für einen Moment die Augen. »Ich wusste gar nicht, dass du so gut kochen kannst.«

Kaltenbach lächelte zufrieden. Wenn Luise geahnt hätte, wie knapp sein Zandermenü an einer Katastrophe vorbeigeschrammt war! Normalerweise verließ er die Küche nicht mehr, sobald er mit Kochen begann. Doch dieses Mal war er zu sehr mit seinen übrigen Vorbereitungen beschäftigt, sodass er den Herd nicht immer im Auge hatte. Um ein Haar wäre ihm der Fisch zerfallen und der Fenchel zu weich geworden.

Doch letztlich war ihm alles zur Zufriedenheit gelungen. Er

legte das Besteck zur Seite und tupfte sich den Mund ab. Ein gutes Essen konnte durch ein ansprechendes Äußeres noch gesteigert werden. Also hatte er den Tisch im Wohnzimmer heute besonders sorgfältig gedeckt. Dazu gehörten Stoffservietten, Untersetzer für die Gläser und ein Strauß Blumen. Die Romantik unterstrich ein mehrarmiger Leuchter, in dem fünf Kerzen brannten.

»Ich esse schließlich auch gerne gut«, erwiderte er unbeholfen auf Luises Kompliment. Natürlich freute er sich über das Lob, auch wenn er es nicht nach Außen zeigen mochte.

›Außerdem habe ich mir extra für dich besonders viel Mühe gemacht!‹, hätte er am liebsten noch hinzugefügt. Doch seit er in Freiburg erlebt hatte, wie unerwartet die Stimmung umschlagen konnte, war er vorsichtig geworden. Seit Luise bei ihm war, war sie mit keinem Wort auf den Streit eingegangen.

Er stand auf und räumte ihre Teller zusammen.

»Es ist noch nicht alles.« Er trug das Geschirr in die Küche und brachte ein frisches Gedeck mit. Anschließend stellte er eine Schale auf den Tisch.

»Voilà: Mangotarte mit Kiwispiegel! Auf besondere Empfehlung des Hauses.«

Luises Augen glänzten. Anscheinend tat es ihr gut, sich ein bisschen zu entspannen und sich verwöhnen zu lassen. Die vergangenen drei Wochen waren eine seelische Achterbahn gewesen, durchmischt mit Trauer, Hilflosigkeit und Zorn.

Eine Viertelstunde später räumten sie gemeinsam den Tisch ab.

Kaltenbach entkorkte eine Flasche gut temperierten Cabernet Sauvignon. Den gehaltvollen Rotwein aus dem Languedoc hatte er erst vor einigen Wochen entdeckt und sofort in sein Sortiment aufgenommen.

Luise betrachtete in der Zwischenzeit sein Bücherregal. Sie zog einen schmalen Band mit Goldprägung heraus.

»*Du* liest Gedichte?«

Kaltenbach schenkte ein und reichte ihr eines der langstieligen Gläser. Der Cabernet funkelte im Kerzenschimmer.

»Ab und an«, entgegnete er. Er hatte seit Monaten keinen Gedichtband in der Hand gehabt.

»Schreibst du auch selber welche? Ich habe gehört, dass die meisten Lyrikliebhaber es irgendwann einmal selbst versuchen.«

»Na ja.« Er bekam einen roten Kopf. »Schreiben ist zu viel gesagt.«

»Liest du mir etwas vor?«

Kaltenbach schluckte. »Jetzt trinken wir erst einmal etwas Feines. Gehört noch zum Essen dazu.« Er hob sein Glas und prostete ihr zu. »Worauf wollen wir anstoßen?«

Es gab vieles, was geschehen war. Es gab den heutigen Abend. Und es gab Hoffnung.

»Auf das, was vor uns liegt.«

Der Wein war ausgezeichnet. Kaltenbach betrachtete versonnen das rote Leuchten in seinem Glas. Bis hierher war der Abend so gelaufen, wie er es sich vorgestellt hatte. Von nun an war alles offen.

»Ich hatte Angst um dich, als ich das heute morgen gelesen habe«, unterbrach Luise seine Gedanken. »Stell dir vor, du wärest früher gekommen, eine halbe Stunde nur.«

»Vielleicht würde Oberberger dann noch leben. Gegen zwei hätte der Täter bestimmt nichts unternommen.«

»Dann ein anderes Mal. Der wusste, was er wollte.«

»Du meinst, es war Sutter?«

»Wer sonst. Wir wissen, dass er den Professor kannte. Wir wissen, dass er mehrfach bei ihm war. Und wir wissen, dass er Balor an Peters Grab geschickt hat«, sagte Luise grimmig. »Bestimmt wollte er den Torques. Und wer weiß, was er damit anstellt.«

Kaltenbach kratzte sich nachdenklich am Kinn. »Er weiß um den Wert des Schmuckstückes.«

»Du glaubst doch nicht, er ist einer dieser verrückten Sammler, die für ein seltenes Exemplar über Leichen gehen?«

»Sicher spielt das eine Rolle. Aber er wird bei den Treffen mit Oberberger erfahren haben, dass der Torques mehr als archäologischer Schmuck ist. Und wenn er die Geschichte von den magischen Kräften Ernst nimmt …«

»Du meinst, ähnlich wie die Schrift auf der Triskele?«, unterbrach ihn Luise. »Aber was verfolgt er damit für einen Plan?«

»Einen Plan, für den er bereit ist, einen Mord zu begehen. Einen Plan, der vielleicht auch mit Peters Tod zu tun hat.« Kaltenbach nahm die Flasche vom Tisch und schenkte beiden nach. »Ich sage dir, dieser Sutter weiß, was er will. Der ist entweder eiskalt oder verrückt.«

Luise nahm einen Schluck und überlegte. »Und warum hat er die Karte mitgenommen?«

»Das verstärkt meine Vermutung. Für einen Antiquitätensammler ist die völlig wertlos. Ich glaube eher, dass der Professor etwas herausgefunden hat, was für Sutters Pläne wichtig ist.«

Luise richtete sich rasch auf. »Das Belchendreieck!«

»Natürlich. Sutter hat den Berg nicht zufällig zu seinem Stützpunkt gemacht. Der Belchen war vor Urzeiten ein heiliger Ort für die Menschen, die hier in der Regio gelebt haben.«

»So wie der Kandel!«

»Wie der Kandel.«

Für einen Moment setzte sich das Puzzle vor Kaltenbachs innerem Auge blitzartig zusammen und verschwamm dann wieder.

Luises Stimme klang aufgeregt. »Nehmen wir nur einmal an, dass es Sutter war, der in jener Nacht auf dem Teufelsfelsen war. Was hätte er dort tun sollen? Den Gipfel bewachen, dass niemand dort herumklettert?«

»Genau das ist die Frage. Aber Sutter ist mehr als ein Öko-Freak. Jedenfalls sieht er sich so. Ein keltischer Priester auf einem der heiligen Keltenberge.«

Sie lehnten sich beide wieder in ihre Polster zurück. Aus den Lautsprechern wehklagte eine Gitarre und Mark Knopfler besang die ›Brothers in Arms‹.

»Was sollen wir jetzt tun? Meinst du, dein Freund Walter weiß mehr darüber?«, fragte Luise nach einer Weile.

»Er würde mich für verrückt erklären. Aber vielleicht kann uns Geiger weiterhelfen.«

»Geiger?«

Kaltenbach erzählte von dem geplanten Treffen in Günterstal. Dann stellte er sein Glas zur Seite und stand auf. »Ich habe noch etwas.«

Er holte die Karte und die Papierunterlage und breitete vor Luises fragenden Blicken beides auf dem Fußboden aus. Gleichzeitig berichtete er, wie es dazu gekommen war.

»Ganz schön gewagt«, meinte Luise anerkennend. »Und clever«, fügte sie hinzu, als sie das Ergebnis seiner Arbeit genauer betrachtete. »Der Kommissar würde staunen.«

»Und mich wegen Unterschlagung von Beweismaterial in die Mangel nehmen«, brummte Kaltenbach. »Das fehlte noch. Für die Polizei gibt es keinen Zusammenhang zwischen den beiden Toten. Von denen ist keine Unterstützung zu erwarten.«

Luise hatte sich niedergekniet und betrachtete neugierig die vor ihr liegende große graue Fläche.

»Das hast du alles gemacht?«

»Es ist noch nicht ganz fertig. Ich brauche deine Hilfe.« Er holte aus einer Schublade eine Rolle Klebeband und eine Schere, dazu das Transparentpapier aus dem Schreibwarenladen. »Wenn wir genau sehen wollen, was der Professor herausbekommen hat, müssen wir die Abdrücke so genau wie möglich auf die echte Karte übertragen.«

Sie schnitten das durchsichtige Papier in mehrere gleich lange Bahnen und klebten sie an den Längsseiten aneinander. Das fertige Resultat fixierte Kaltenbach auf der Unterlage.

»Jetzt wird's tüftelig!«

Es war tatsächlich ein mühsames Unterfangen, die kaum erkennbaren Linien exakt nachzufahren. Immer wieder mussten sie innehalten, vergleichen und korrigieren.

Es war nach elf Uhr, als sie endlich fertig waren.

»Das muss genügen«, meinte Kaltenbach.

Luise richtete sich auf und strich sich zum wiederholten Mal ihre blonde Strähne aus der Stirn. »Jetzt bin ich gespannt.«

Kaltenbach holte ein paar Reißnägel. »Am besten, wir hängen das Ganze an die Wand.«

Er sah sich suchend im Zimmer um. Eine größere freie Fläche an der Wohnzimmerwand gab es nicht. Bücherregale und Kunstdrucke wechselten sich ab, dazu der Fernseher, die Musikanlage und ein fast bis an die Zimmerdecke reichendes Regal mit Schallplatten.

Nach kurzem Überlegen nahm er vorsichtig ein gerahmtes Rothko-Plakat von der Wand. Luise hielt die Karte, als er hinter sie trat, und die Reißnägel in die Wand drückte. Ihr Geruch umfing ihn wie ein lauer Spätsommerabend in Südfrankreich, ungreifbar und voller Sehnsüchte. Jetzt einfach ins

Auto steigen und losfahren, heute Abend noch, über Freiburg hinaus nach Belfort, Lyon, Arles …

»Träumst du?«

Luises Stimme zog ihn zurück in das Jetzt, in seine kleine Obergeschosswohnung in Maleck. Es gelang ihm ein einigermaßen unverfängliches Lächeln.

»Jetzt das Transparent genau über die Karte!«

Wie schon am Morgen nahm er den Belchen als Ausgangspunkt. Der Kreis mit dem großen ›B‹ kennzeichnete genau die Stelle des Berggipfels.

»Belchen. 1.414 Meter«, las Luise.

»Warte noch einen Moment.« Kaltenbach richtete die Folie genau über die Ecken der Karte aus und machte sie endgültig fest. Dann trat er einen Schritt zurück und betrachtete das Ganze.

»Voilà. Die Forschungen des Professor Oberberger!«

Blitzartig zogen Erinnerungsfetzen durch seinen Kopf. Das riesige Zimmer in Waldkirch mit den Vitrinen voller Kunstschätze, Oberberger, wie er sich über die Zeichen auf der Triskele beugte, das Erkerzimmer mit dem roten Sofa. Doch da war auch rotes Blut in der blonden Lockenpracht des Professors, Scherben, Dunkelheit …

»Das Belchendreieck!«, rief Luise.

Inmitten der Zeichen, Zahlen, Buchstaben und Linien ragte ein groß herausgezeichnetes Dreieck hervor. Seine drei Eckpunkte bildeten der Belchen im Schwarzwald, genau im Süden davon die Belchenflue im Schweizer Jura, dazu im Westen der Elsässer Belchen am Ausläufer der Vogesen.

»Schon seltsam, dass die beiden Berge genau im Westen und im Süden liegen.« Kaltenbach erinnerte sich undeutlich an das, was Walter ihm gesagt hatte. »Es hat mit der Sonne und den Jahreszeiten zu tun. Vielleicht eine Art Kalender.«

Luise runzelte die Stirn. »Ist doch Zufall, oder?«

»Wer weiß. Sieh mal, hier ist noch mehr!«

Außer dem um den Belchen gab es noch weitere einge-zeichnete Kreise mit Buchstaben daneben. Oberberger hatte einige der Gipfel miteinander verbunden.

»Das ist merkwürdig.« Er fuhr mit dem Finger eine der Linien entlang. »Feldberg, Belchen und Blauen, genau hin-tereinander!«

»Und hier!«, rief Luise überrascht. »Kandel, Schauinsland, Belchen. Bis Basel geht es runter!«

Das Entdeckerfieber hatte sie beide gepackt. Abwechselnd fanden sie markante Orte, die alle irgendwie in ein großes Netz eingebunden waren. Dazwischen standen immer wie-der Buchstaben, Abkürzungen, Angaben der Himmelsrich-tung und Winkelgradzahlen.

»Unglaublich, was da an Arbeit drinsteckt. Und das nannte Oberberger sein ›Privatvergnügen‹!« Die vielen gelbroten Ordner im Erkerzimmer fielen ihm ein. »Ein wissenschaftli-ches Forschungswerk ist das!«

Erst jetzt fiel ihm auf, dass die Dire-Straits-Platte abgelau-fen war. Er stellte sie zurück an ihren Platz im Regal und legte nach kurzem Überlegen eine weitere LP auf. Nach wenigen Sekunden ertönte die näselnde Stimme Neil Youngs.

Kaltenbach verteilte den Rest des Cabernet gleichmäßig auf beide Gläser und brachte eines davon Luise, die immer noch vor der Karte stand.

»Da ist noch etwas«, sagte sie. »Siehst du diese Zahlen hier?«

Seine Augen folgten Luises Finger. Die ›2‹, die er heute morgen als Erstes freigelegt hatte, gehörte offensichtlich zu einer längeren Zahlenreihe, die in gleichmäßigen Abständen von oben nach unten geschrieben war.

»Das ist ein Datum. Eindeutig.«

Luise hatte recht. ›21.3. – 4.4.‹, das mussten Tagesbezeichnungen sein. Zwei davon waren mit Ausrufezeichen versehen und standen direkt neben Kandel und Belchen.

»Aber was bedeuten die Buchstaben dahinter: ›VM – NM‹? Nie gehört.«

»Vielleicht ›Vormittag – Nachmittag‹? Das Ganze hat ja irgendwas mit Astronomie zu tun.«

»Könnte es auch vor und nach Mitternacht heißen?«, überlegte Luise.

»Genau. Und das bezieht sich auf gewisse Sterne, die man dann sehen kann. Oder den Mond.«

Er setzte sich mit einem Blatt Papier an den Tisch. »Lies vor.«

»Fällt dir etwas auf? Da liegen immer 14 Tage dazwischen.«

Kaltenbach schrieb die Zahlenreihe zu Ende und ging sie noch einmal Stück für Stück durch. Tatsächlich. Die Eintragungen wiederholten sich alle zwei Wochen. Er stand auf und sah die Karte noch einmal genauer an.

»Manche Daten stehen an den Bergen, manche nicht. Ist das vielleicht doch Zufall?«

»So wie der 21. März«, sagte Luise.

»Warum, was soll das sein?«

»Frühlingsanfang. Haben wir in der Schule gelernt. Die Jahreszeitenanfänge sind alle drei Monate an einem Einundzwanzigsten. Frühling im März, Sommer im Juni, Herbst im September …« Luise sah sich nach einem Kalender um. »Hast du nicht einen Jahresplaner oder so was? Ich zeige dir das mal mit den Jahreszeiten.«

Nach einigem Suchen fand er einen Apothekenkalender in der Küche. Luise blätterte durch die Seiten, auf deren oberem Drittel Fotos von Heilpflanzen abgedruckt waren.

»Lies noch mal«, befahl sie. »Aber langsam. Fang mit dem Januar an.«

Schon nach der dritten Zahl stockte sie, dann blätterte sie rasch weiter. »VM, NM, VM, NM. Es ist ganz einfach. Dass ich nicht gleich darauf gekommen bin. ›VM‹ heißt nichts anderes als Vollmond!«

»Und zwei Wochen später ist er nicht mehr zu sehen. Neumond.«

Das war es. Der Professor hatte die Mondphasen in seine Karte eingezeichnet und mit den Bergen in Verbindung gebracht. »Natürlich. Sonne und Mond, die eindeutigsten astronomischen Wegweiser am Himmel. Auch für die Kelten.«

»Wir werden die Karte morgen mitnehmen und Geiger fragen. Er kann uns bestimmt ...« Kaltenbach hielt inne als er Luises Gesicht sah. Ihr Blick war starr und verlor sich irgendwo in den Ritzen seines Holzfußbodens.

»Was ist? Was hast du? Ist dir nicht gut?«

Er setzte sich neben sie und legte intuitiv seinen Arm um sie. Nach einigen Sekunden der Stille sah er, wie sie ihre Lippen bewegte. Sie sprach so leise, dass er es kaum hören konnte.

»Der letzte Vollmond war am 21. Februar. Die Nacht vom Fasnetsdienstag auf Aschermittwoch.« Sie stockte und rang sichtlich nach Worten. Noch ehe sie es aussprach, traf Kaltenbach die Erkenntnis wie ein eiskalter Blitz.

»Die Nacht, als Peter starb!«

Freitag, 16. März

»Verdammt, pass doch auf!« Kaltenbach fluchte dem Radfahrer hinterher, der ungerührt in Richtung Alte-Wiehre-Bahnhof davonfuhr. Der Mann war, ohne anzuhalten, quer über die Vorfahrtsstraße gefahren. Auch nach Jahren hatte er sich noch nicht daran gewöhnt, dass die Freiburger Radfahrer die Straßen der Stadt als ihr persönliches Revier betrachteten und entsprechend nutzten. Lappalien wie Einbahnstraßen, vorgeschriebene Radwege oder Vorfahrtsregelungen hemmten den Verkehrsfluss nur unnötig und galten allenfalls für Motorfahrzeuge aller Art, die notwendigerweise geduldet wurden.

Er rückte seinen Helm zurecht und lenkte die Vespa aus der Stadt hinaus am Holbeinpferd, das derzeit mit einem bunten Fasnetshäs bemalt war, vorbei Richtung Günterstal. Über Nacht war die Temperatur 15 Grad nach oben geklettert, wie er es gestern angesichts des Wolkenkampfes über der Stadt und des aufkommenden Westwindes vorausgeahnt hatte. Heute früh fühlte er seinen Kreislauf am Boden, er musste aufpassen, nicht nur beim Straßenverkehr.

Doch das frühlingshafte Wetter hatte auch seine guten Seiten. Es war keine Frage, dass er mit dem Roller unterwegs sein würde.

Luise war nicht mitgekommen. Es war spät gewesen, als sie ihn gestern Abend gebeten hatte, ihr ein Taxi zu rufen. Natürlich durfte sie nach ihrer ausgiebigen Weinverkostung nicht mehr selbst fahren. Insgeheim hatte er gehofft, dass sich der Abend in eine andere Richtung entwickeln könnte.

Doch Luise hatte darauf bestanden, bei ihren Eltern zu übernachten. Heute Morgen hatte sie angerufen und ihm bedeutet, dass sie wegen ihrer Mutter nicht wegkönne. Er solle ohne sie zu Geiger fahren.

Was hatte er eigentlich erwartet? Hatte sie sich bedrängt gefühlt? Oder falsch verstanden, wie bereits schon einmal? Er konnte sich nicht erinnern, dass die gute Stimmung einen Knacks bekommen hatte. Sie hatte ihm sogar einen Kuss auf die Wange gegeben, ehe sie ins Taxi stieg. Kaltenbach wusste nicht, was er davon halten sollte. Für den Moment blieb ihm nichts anderes übrig, als die Dinge so zu nehmen, wie sie waren. Spätestens morgen würde er mehr wissen. Das Seminar bei Sutter konnte sie nicht absagen.

Kaltenbach gab ordentlich Gas auf der freien Strecke hinaus nach Günterstal. Es tat gut, nach dem langen Winter die Vespa mal wieder auszufahren.

Im Ort angekommen, fuhr er in gemächlichem Tempo durch das Stadttor und an der mit einer Kreuzhaube vom Münster gekennzeichneten Endstation der Straßenbahn vorbei. Im hinteren Teil von Günterstal musste er nach links abbiegen. Die Hauptstraße führte von hier aus weiter den Schauinsland hoch.

Geigers Haus in der Reutestraße ähnelte von außen Luises in St. Georgen, war jedoch deutlich kleiner. Es war umgeben von einem Garten, dem man sofort ansah, dass ihm sein Eigentümer viel Zeit und Aufmerksamkeit schenkte. Nirgendwo lagen Zweige oder altes Laub, die Rosenstöcke waren ebenso ordentlich geschnitten wie die beiden Apfelbäumchen, die zur einen Seite hin den Garten zum Nachbargrundstück hin abgrenzten. Überall dazwischen schufen Osterglocken, Veilchen und Krokusse die ersten Farbtupfer. Forsythien und Kornelkirschen leuchteten. In einem kleinen Naturteich reckten Sumpfdotterblumen ihre kugeligen Knospen dem Frühlingslicht entgegen. Im hinteren Bereich

des Gartens gab es Johannisbeerstöcke, Himbeeren und Erd-
beeren, daneben ein kleines Gewächshaus mit einem Holun-
derbusch an der Seite.

Geiger hatte ihn bereits kommen sehen und empfing ihn
unter der Haustür. »Pünktlichkeit ist die Tugend der Könige!«
Er trug braune Stoffhosen und eine grün-gelb karierte Strick-
weste. »Kommen Sie herein.«

Während Geiger ihm die Jacke abnahm und an die Garderobe hängte, setzten sie den Austausch von Höflichkeiten
fort. Geiger war ein Herr der alten Schule, der die Würde des
Alters um sich trug wie eine warme Decke

Das geräumige Zimmer, in das er Kaltenbach führte, erinnerte dagegen an das Großraumbüro eines modernen Finanz-
amtes. Büroschränke, Regale mit Ordnern, Kommoden und
Bücherborde reihten sich rings um einen ausladenden Schreibtisch mit einem großen Ledersessel. Den Gegensatz zu der
nüchternen Atmosphäre bildeten eine Fülle üppiger Grün-
pflanzen, die ebenso wie der Garten ihren Besitzer als ausge-
sprochenen Pflanzenliebhaber auswiesen.

Kaltenbach wunderte sich, dass Geiger ihn nicht in sein
Wohnzimmer geführt hatte.

»Mein Wohnzimmer«, sagte sein Gastgeber, wie wenn er
ihn verstanden hätte. Mit einer einladenden Handbewegung
bat er ihn, Platz zu nehmen.

»Ich habe Tee gemacht.«

Erst jetzt sah Kaltenbach die gemütliche Sitzecke, die zum
Garten hin den Übergang zu einem Wintergarten bildete,
in dem ringsum Oleander und Olivenbäumchen in großen
Kübeln das endgültige Ende des Winters erwarteten.

Geiger servierte den Tee in einer irdenen chinesischen
Kanne. »Yünnan mit Jasminblüten und Zitronengras. Ich
hoffe, er schmeckt Ihnen.«

Kaltenbach nickte. Er war von dem fremdartigen Aroma angenehm überrascht. Im selben Moment erschrak er über eine flüchtige Bewegung an seinen Beinen. Eine braun getigerte Katze rieb ihr Fell an seinen Beinen und schnurrte.

»Heinrich IV.«, erklärte Geiger. »Sein Vorgänger wurde nur drei Jahre alt. Verkehrsunfall. Obwohl hier reines Wohngebiet ist. Aber Katzen finden es an den merkwürdigsten Orten gemütlich. Das werden wir Menschen nie verstehen.«

Heinrich sprang mit einem grazilen Satz auf Kaltenbachs Kanapee und rollte sich neben ihm in ein zerkratztes Sofakissen ein. Am neugierigen Blick seines Gastgebers merkte Kaltenbach, dass es an der Zeit war, zum eigentlichen Zweck seines Besuches zu kommen. Er fasste ohne große Vorrede die Ereignisse der letzten drei Wochen zusammen.

Geiger hörte bedächtig, aber aufmerksam zu. Er unterbrach ihn nur ein Mal, als Kaltenbach von den Ogham-Zeichen auf der Triskele erzählte, die der Professor in Waldkirch entziffert hatte.

»Ich fluche und ich binde. Ein Defixio, sagen Sie? Ich hätte nicht geglaubt, dass es heute noch so etwas gibt.«

Während Kaltenbach erzählte, stand Geiger auf und holte aus einer Schublade Pfeife und Tabaksdose.

»Es stört Sie hoffentlich nicht, wenn ich rauche«, sagte er und begann, ohne eine Antwort abzuwarten, die Pfeife zu stopfen.

Als Kaltenbach seinen Bericht mit dem Belchendreieck und den Entdeckungen auf der Michelinkarte beendet hatte, blieb Geiger eine Weile still sitzen. Ein süßlich-herber Duft erfüllte den Raum, während er aus seiner Pfeife von Zeit zu Zeit kleine Rauchwölkchen ausstieß.

»Es ehrt mich, dass Sie zu mir kommen«, sagte er nach einer Weile. »Mit Professor Oberberger, den ich sehr geschätzt habe, werde ich mich natürlich nicht vergleichen, aber …« Er zögerte und zog erneut an seiner Pfeife. »Ich will sehen, wie ich Ihnen weiterhelfen kann. Was genau kann ich für Sie tun?«

Natürlich wollte Kaltenbach vor allem wissen, was es mit dem Belchendreieck auf sich hatte. Geiger holte aus einem seiner Schränke eine längliche Papprolle und zog eine Karte heraus. Es war dieselbe Michelinkarte, die er zu Hause hatte. Auch hier waren Linien eingezeichnet, die sich aber im Wesentlichen auf das Dreieck der Belchenberge beschränkten.

»Es handelt sich um eine Art frühzeitlichen Jahreskalender.« Geiger hatte seine Pfeife abgelegt. »Stellen Sie sich vor, Sie stehen auf dem Gipfel des Belchen. Des Elsässer Belchen, wohlgemerkt. Die Franzosen nennen ihn ›Ballon d'Alsace‹, heißt aber dasselbe. Wenn Sie nun von dort aus nach Osten sehen, also zu uns herüber, geht die Sonne morgens über dem Schwarzwald auf, jeden Tag leicht versetzt.«

Kaltenbach versuchte, ein inneres Bild von Geigers schulmeisterhaften Erklärungen zu bekommen. Er kannte dasselbe Phänomen, wenn er von seinem kleinen Balkon in Maleck aus in Richtung Kandel blickte. Je früher die Sonne aufging, desto mehr rückte der Tagesbeginn Richtung Waldkirch und Elztal.

»Der Sonnenaufgangspunkt wandert sozusagen über den Schwarzwald hinweg bis runter in die Schweiz«, fuhr Geiger fort. »Und im Herbst natürlich wieder zurück.«

Der Mann wäre ein guter Lehrer geworden, dachte Kaltenbach.

»Dabei gibt es markante Punkte in der Landschaft und markante Zeitpunkte im Jahreslauf. Bei unserem Belchen im Südschwarzwald kommt beides zusammen. Vom Elsass aus gesehen geht die Sonne am Frühlingsanfang genau hinter dem Belchen auf.«

Kaltenbach wurde hellhörig. Am Frühlingsanfang? Jetzt wurde es spannend.

»Ein weiteres Merkmal ist, dass die beiden Gipfel genau auf einer west-östlichen Linie liegen.«

»Das heißt, wenn ich dort oben stehe, geht die Sonne hinter mir auf, wandert nach Westen und geht dann hinter dem Ballon unter?«

»So ist es. Der 21. März war für die Kelten ein besonderes Datum. Tag und Nacht sind gleich lang. Der Winter ist vorbei.« Geiger freute sich sichtlich, sein Wissen anbringen zu können. »Die Kelten waren nicht nur Krieger, wie es die heutige Geschichtsdeutung gerne in den Vordergrund rückt. In erster Linie waren sie Bauern. Und das Wichtigste für alle Bauern zu allen Zeiten ist es, verlässliche Zeitpunkte für Aussaat und Ernte zu haben. Das Überleben der ganzen Gemeinschaft hing davon ab.«

Kaltenbach dachte an Onkel Josef. Dessen Kalender würde für künftige Wissenschaftler eine harte Nuss sein.

»Und der 21. März?«

»Einer der wichtigsten Zeitpunkte des Jahres. Dieser Tag war der Göttin Ostara geweiht. Von ihr erbat man sich gutes Wachsen und Gedeihen für die Felder.« Geiger steckte seine Pfeife wieder an. Mit den typischen kurzen Zügen weckte er die verbliebene Glut zu neuem Leben.

»Daher kommt im Übrigen der Name ›Ostern‹! Mit dem Hasen und den Eiern haben wir zwei der stärksten Fruchtbarkeitssymbole vereint.«

Ostara! Davon hatte auch König gesprochen.

»Manche Forscher vermuten einen Zusammenhang mit der Göttin Abnoba, die Sie ja im Colombi-Museum kennengelernt haben. Auch sie wird mit dem Hasen in Verbindung gebracht.«

Ein Lichtfunke bildete sich im Trüben und nahm rasch zu. Das große Puzzle kam in Bewegung, die Teile ordneten sich.

»Das ist übrigens längst nicht alles.« Geigers Stimme drang zu ihm wie durch einen Samtschleier. »Ich nehme an, Sie haben schon einmal von der keltischen Anderswelt gehört?«

Kaltenbach nickte. Er spürte, wie der Lichtfunke eine Stimme bekam.

»Wir würden es vielleicht Jenseits nennen, oder Land der Geister. Für die Kelten war die Anderswelt das Reich der Götter und Helden, der guten und der bösen Mächte, die Welt der Verstorbenen. Für die Menschen damals war diese Welt völlig real, sie existierte sozusagen parallel zu dem, was wir heute allein als Realität bezeichnen. Die Götter lenkten und bestimmten das Schicksal der Lebenden und des Lebens. Die keltischen Priester genossen daher hohes Ansehen, sie hatten die Macht über Leben und Tod, denn sie allein konnten in die Anderswelt gelangen, sie allein kannten die Zugänge.«

»Die Druiden?«

»Druiden, Schamanen, heilige Männer. In fast allen Kulturen gibt es Mittler zwischen Menschen und Göttern.«

Die kleine Kerze im Stövchen war ausgebrannt. Als er es bemerkte, sprang Geiger auf. »Entschuldigen Sie, ich bin ein unaufmerksamer Gastgeber. Bitte warten Sie einen Moment.« Er nahm das Tablett mit dem Teegeschirr und verschwand nach draußen.

Die Pause tat Kaltenbach gut. Ihm schwirrte der Kopf. Wenn Sutter sich als keltischer Druide betrachtete, würde er natürlich auch deren Riten und Feste zelebrieren. Doch wozu? Für seine wenigen ›Wächter‹-Anhänger? Für die Gelegenheitsjünger wie der pensionierte Oberstudienrat? Eigentlich nicht dumm, dachte Kaltenbach. Die Menschen der heutigen Zeit suchten ständig neue Sensationen und Ablenkungen. Sutter bot ihnen bestes Theater und verdiente wahrscheinlich nicht schlecht daran. Nachdenklich fuhr Kaltenbach mit dem Zeigefinger das Dreieck auf der immer noch vor ihm liegenden Karte nach. Doch dafür brachte man keine Menschen um.

Geiger kam mit dem Tablett zurück, auf dem jetzt eine Karaffe mit Gläsern und einer Schale Kekse stand. Er lud das Ganze auf einem kleinen Sideboard ab und schenkte ein.

»Apfelsaft aus eigenem Garten. Garantiert naturrein. Kein Zucker. Bedienen Sie sich.«

Das trübe, bräunlich schimmernde Getränk schmeckte vorzüglich. Geiger wusste, was gut war. »Weiß man, wie so eine Beschwörung ablief?«

»Die Druiden kannten die Orte, die den Zugang zur Anderswelt bildeten, vor allem Quellen, Teiche, Seen – Wasser allgemein. Aber auch Höhlen oder einfache Erdlöcher. Und natürlich Berggipfel.«

Der Belchen. War er ein Tor zur Anderswelt?

»Der Ort wurde wiederum kombiniert mit dem richtigen Zeitpunkt. Hochsommer mit der Sonnwende zum Beispiel. Oder Beltane, die Nacht zum ersten Mai, die wir heute Walpurgisnacht nennen. Auch jede Vollmondnacht war etwas Besonderes.«

»Vollmond? Sind Sie sicher?«

»Natürlich. Für viele Menschen ist das heute noch so, selbst in unserer nüchternen und schnelllebigen Zeit. Oder gerade deswegen.«

Geiger hob sein Glas und nickte Kaltenbach aufmunternd zu, ehe er selbst einen großen Schluck nahm. Die Pfeife verbreitete weiterhin ihren süßlichen Duft, der Kaltenbach allmählich benommen machte.

»Den Ritus selbst durften nur die eingeweihten Priester kennen und durchführen. Sie verkleideten sich als Totemtiere wie Wolf, Rabe oder Stier. Es gab magische Amulette und Symbole wie den Torques von Professor Oberberger, der nun leider verschwunden ist. Ein unersetzlicher Verlust.«

Kaltenbach hielt den Atem an.

»Und natürlich das Opfer, die wichtigste magische Handlung. Jedes Opfer schafft einen Verlust, eine Leere, die Platz macht für die Götter. Das kann eine Kerze, ein einfaches Feuer sein, das die Materie in Rauch auflöst, es können Früchte oder Blumen sein, oft auch Tiere, etwas Lebendiges. Je größer das Opfer, desto stärker die Wirkung.«

»Auch Menschenopfer?«

»Auch Menschenopfer. Das war allerdings eher die Ausnahme, in Fällen größter Not.« Geiger beugte sich vor und senkte die Stimme. »Es überschreitet die Grenze von der weißen zur schwarzen Magie. Wer sein Blut freiwillig vergießt, gibt ein Stück seiner selbst auf. Deshalb nahm man vorzugsweise Gefangene oder Sklaven.«

»Sie haben von dem Sturz am Kandel gehört, vor drei Wochen?«, unterbrach ihn Kaltenbach erneut.

»Der junge Mann in der Fasnetshäs.« Geiger nickte. »Ich habe davon gelesen. Man hat ein zerbrochenes Kreuz mit Tierblut gefunden. Die Zerstörung des heiligsten Symbols des Christentums. Ein starkes Opfer. Für mich weist das eindeutig auf eine Opferzeremonie hin. Vielleicht wollte der junge Mann auch einmal Hexenmeister spielen.«

Freitag, 16. März, abends

Die Abenddämmerung legte sich über den Breisgau wie eine mit Goldfäden durchwirkte Seidendecke. Es war, als ob die

Natur am Ende des Tages nicht genug bekommen konnte von den Verheißungen der vor ihr liegenden Zeit des Wachsens und Gedeihens. In den Vorgärten des Brandelwegs zwitscherten die Vögel der untergehenden Sonne hinterher. Die Blattknospen der Büsche und Sträucher legten eine letzte Atempause ein, während die Katzen sich ausgiebig streckten und ihre Ruheplätze in Erwartung ihrer verdienten Abendmahlzeit verließen. Der runde Steinbrunnen gegenüber der ›Krone‹ plätscherte munter.

Kaltenbach hatte sich entschlossen, zu ihrem wöchentlichen Stammtisch zu Fuß zu gehen. Markus hatte vorgeschlagen, sich in dieser Woche noch einmal in der ›Waldschänke‹ zu treffen. Er wohnte nur wenige Straßen weiter und seine Arbeit ließ ihm in diesen Tagen wenig Zeit. Kaltenbach sah auf die Uhr. Es blieb ihm noch reichlich Zeit für die knapp drei Kilometer.

Während des ausgedehnten Spaziergangs über den Buck nach Windenreute ließ er den Tag noch einmal an sich vorüberziehen. Nur mit Mühe und viel Höflichkeit war Geiger davon abzuhalten gewesen, ihm seine umfangreiche Keltensammlung zu zeigen. Im Gegensatz zu Oberbergers Schätzen bestand sie fast ausschließlich aus Büchern, Bildbänden und etlichen Reproduktionen. »Für Originale fehlen mir die finanziellen Möglichkeiten«, bedauerte er.

Am Ende bedachte ihn der alte Herr mit einem Abschiedsgeschenk. »Mögest Du so leben, dass Du das Leben zu nutzen verstehst«, las Kaltenbach auf einer Postkarte mit einem verschlungenen Ornament. »Ein alter irischer Segensspruch«, erklärte Geiger. »Das Erbe der Kelten.«

Am Nachmittag hatte Kaltenbach nur wenig Gelegenheit, über das nachzudenken, was Geiger ihm erzählt hatte. Bereits kurz nach Ladenöffnung war eine achtköpfige Seniorenwandergruppe aus Bielefeld eingefallen, die nach einer Tour auf dem Vierburgenweg den Tag mit einem guten Tropfen in Erinnerung behalten wollte. Kaltenbach erklärte, pries an, entkorkte, schenkte ein, spülte und schenkte nach bis er sich endlich eine umfangreiche Bestellung gesichert hatte, die in etwa einem guten Wochenumsatz entsprach.

Eine halbe Stunde vor Ladenschluss war Kaltenbach mit seinen Kräften am Ende, als Frau Kölblin erschien. Nachdem sie ihn ein paar Tage nicht gesehen hatte, überrollte sie Kaltenbach mit ihren Mutmaßungen wie eine Lawine ein verschneites Dorf im Hochschwarzwald. Schon nach wenigen Sätzen sah er sich heillos verstrickt in Gerüchten, Spekulationen, Querverbindungen, Befürchtungen und Verdächtigungen, die sie mit tiefen Seufzern, heftigstem Kopfschütteln und kräftigen Verwünschungen garnierte.

Eine Viertelstunde nach Ladenschluss entschied Frau Kölblin, ihre Entrüstung in genügender Weise zum Ausdruck gebracht zu haben. Kaltenbach war danach sofort zum Bus gelaufen und hatte ihn gerade noch erwischt. Zu Hause rief er Luise an und berichtete ihr im Schnelldurchgang von seinem Besuch in Günterstal. Sie verabredeten, dass Kaltenbach sie am anderen Morgen abholen würde.

Kaltenbach ließ das Wäldchen, das Maleck und Windenreute voneinander trennte, hinter sich und bog nach dem Friedhof am ›Windenreuter Hof‹ rechts ab in den Rathausweg. Wie jedes Jahr fühlte er sich nach den Wintermonaten ziemlich eingerostet. Vielleicht sollte er in diesem Jahr endlich mit Joggen beginnen. Er hatte gelesen, dass regelmäßiges Laufen nicht nur gesund sei, sondern auch Glückshormone freisetze. Markus lag ihm schon lange in den Ohren, mit ihm auf ein paar ›kleine Läufe‹ mitzukommen, wie er es ausdrückte.

Beim steilen Anstieg von der Ortsmitte hoch zur ›Waldschänke‹ geriet Kaltenbach dermaßen ins Schnaufen, dass seine Vorsätze mit jedem Schritt wieder abnahmen. Man musste es ja nicht übertreiben. Er hoffte im Stillen, dass ihn einer seiner drei Mitstreiter in der Nacht wieder zurückfahren würde.

Walter und Dieter empfingen ihn mit einem Hallo. Auch die Bedienung hinterm Tresen hatte ihn sofort erkannt und freundlich begrüßt. Kaltenbach orderte Gutedel und Mineralwasser.

»Gelaufen? Den ganzen Weg? Ich bin beeindruckt.« In Dieters Blick spiegelte sich eine Mischung aus Erstaunen und Fassungslosigkeit. Er gehörte zur Familie der eisernen Autobesitzer, die selbst zum Brötchenholen auf ihr Gefährt nicht verzichten konnten. Dieter war mächtig stolz auf seinen 3er BMW, der sich im Wettbewerb um die tägliche Aufmerksamkeit ein ernsthaftes Kopf- an Kopfrennen mit seiner Ehefrau lieferte. Und der immer den Kühler vorne hatte, wenn diese nicht dabei war.

»Du weißt gar nicht, was dir entgeht«, entgegnete Kaltenbach. »Würde dir auf jeden Fall nicht schaden.« Er grinste und klopfte mit den Fingern auf Dieters Wohlstandsbäuchlein. »Natur! Wir sind von dir umgeben und umschlungen.« Dieter öffnete die Arme mit einer theatralischen Geste. »An deine Lippen drängt's, an deinem Busen hängt's!«

Carola, die Bedienung, blickte irritiert, als sie die Getränke vor ihnen abstellte. Walter kicherte.

»Das hat man nun davon, wenn man die Kerle aufs Gymnasium schickt. Schlaue Sprüche und nichts dahinter.«

»Das war der Meister persönlich!«, spielte Dieter den Entrüsteten.

»Goethe? Na ja. Ein Teil davon klang verdächtig nach Dieter Rieckmann.«

»Auf die Klassik!« Dieter hob sein Rotweinglas.

»Auf die Klassiker!«

»Auf die 3er-Klasse«, nickte Kaltenbach, worauf sich Dieter mit einem Fußtritt unterm Tisch bedankte.

Er trank in kleinen, genießerischen Schlucken. Der Gutedel breitete sich auf seiner Zunge und im Gaumen aus und weckte die Vorfreude auf laue Sommerabende. Er liebte diese kleinen Sticheleien, die nie böse gemeint waren, auch wenn ein unbeteiligter Zuhörer das Gegenteil hätte vermuten können. Die Frotzeleien brachten Leichtigkeit in die Nöte des Alltags.

Natürlich wollten die beiden wissen, wie es mit Kaltenbachs Ermittlungen weitergegangen war. Als Markus eine Viertelstunde später dazu kam, erzählte Kaltenbach von den Geschehnissen der letzten Tage, ständig unterbrochen von Fragen und Kommentaren. Natürlich war der Mord an Oberberger der Knüller.

»Das warst du, der ihn gefunden hat? Der in der Zeitung stand?«

»Unser Lothar Kaltenbach aus Maleck! Ich glaub's ja nicht.«

Die scherzhafte Stimmung an ihrem Tisch hatte sich schlagartig geändert.

»Ein richtiger Mord. Und du bist dabei.« Walter nickte anerkennend.

»Und warum haben sie dich nicht verhaftet?«, wollte Markus wissen. »Du bist doch sozusagen der Hauptverdächtige, oder?«

»Ihr seht zu viele Krimis«, erwiderte Kaltenbach. »Die Emmendinger Polizei ist realistischer als der Fernseh-Tatort.« Er erzählte von seinem Gespräch mit dem Kommissar. »Jetzt muss ich mich jeden Tag einmal melden, falls die noch etwas von mir wissen wollen.«

»Da hast du's«, brummte Walter. »Die lassen dich nicht so

schnell wieder los.« Er trank sein Pils aus und bestellte ein neues. »Wird mal wieder Zeit für eine ordentliche Demo, die haben zu wenig zu tun.«

Markus wollte wissen, wie es jetzt weiterginge.

»Ja, genau. Was ist denn mit deiner Freiburger Künstlerin geworden?«, fragte Dieter neugierig.

Kaltenbach ignorierte die Anspielung und versuchte, seine Recherchen für die anderen verständlich zusammenzufassen.

»Es gibt einen Zusammenhang zwischen den beiden Toten, das ist für mich jetzt klar. Und ich werde den Kerl überführen.« Er schenkte sich aus der Karaffe ein. »Meine Hypothese ist, dass Sutter hinter allem steckt. Er hat Oberberger gekannt und war öfters bei ihm. Außerdem ist er einer, der um den Wert des gestohlenen Torques weiß.«

»Aber warum? Was bezweckt er damit?«, fragte Dieter, der im Lauf des Gesprächs immer unruhiger wurde. Er war nicht zum Helden geboren und sorgte sich um seinen Freund.

»Wenn ich das wüsste, wäre der Fall gelöst. Ich bin überzeugt, dass es noch nicht zu Ende ist. Sutter heckt irgendetwas aus.«

»Und warum sagst du der Polizei nichts davon?«, fragte Dieter weiter.

Walter schnaubte verächtlich. »Das sind doch alles Schnarchnasen. Da gebe ich Lothar völlig recht. Überlegt lieber, was wir tun können.«

»Das Ganze ist viel zu gefährlich«, ließ Dieter nicht locker. »Wenn der Typ wirklich schon zwei Menschen auf dem Gewissen hat ...«

»Die Polizei wird nichts tun, weil sie keinen Zusammenhang sieht. Ein bedauerlicher Unfall und ein Raubüberfall mit Todesfolge – so heißt das in deren Sprechweise.«

»Und der Kommissar? Hast du nicht gesagt, er mache einen vernünftigen Eindruck?«

»Was sollte er denn tun? Selbst wenn er mir glauben würde, es gibt keinerlei offizielle Berechtigung, etwas zu unternehmen, etwa eine Hausdurchsuchung bei Sutter. Keine Spur, kein Indiz, keinen Beweis.«

»Na schön«, meinte Walter nach einer kleinen Pause, in der alle nachdenklich vor sich hinstarrten. »Und wie können wir dir dabei helfen?«

Kaltenbach spürte, wie die Anspannung der letzten Tage zurückkehrte. »Ich glaube gar nicht. Ich muss das allein tun.«

Samstag, 17. März

»Pa-ta-um pa-ta-um pata-pata-um.«

»Vor – zurück – zur Seite! Vor – zurück – zur Seite!«

»Pa-ta-um pa-ta-um pata-pata-um.«

Kaltenbach bewegte sich im Takt der Trommelschläge. Die knappen Kommentare erinnerten ihn an seine vergeblichen Versuche mit der Volkstanzgruppe während seiner Studienzeit. Die Kretischen Gruppentänze und irischen Schuhplattler hatten bei ihm wenig Begeisterung hervorrufen können. Dabei hatte er durch die mutige Teilnahme an den Workshops im Sportinstitut seine damalige Herzensflamme beeindrucken wollen. Dachte er. Und hatte sich insgeheim ›Nights in white satin‹ als Stehblues gewünscht.

»Pa-ta-um pa-ta-um pata-pata-um.«

»Vor – zurück – zur Seite! Vor – zurück – zur Seite!«

Die Gruppe der Männer und Frauen bewegte sich etwas

unbeholfen um den alleinstehenden Baum in der Mitte der Lichtung. Das Gelände an den Ausläufern des Berges war wellig und uneben. Einige bewegten sich schneller, andere zu langsam, alle waren stets bedacht, dem Nebentänzer nicht auf die Füße zu steigen. Von Weitem musste das Ganze aussehen wie das Blubbern einer zähen Kürbissuppe auf der zu heißen Herdplatte.

»Pa-ta-um pa-ta-um pata-pata-um.«

Kaltenbach hatte Mühe, sich gleichzeitig auf den Rhythmus der Handtrommel und seine Schritte auf dem festgestampften Schneeboden zu konzentrieren. Er hatte sich vorgenommen, so unauffällig wie möglich teilzunehmen, was das angekündigte Samstagsseminar versprochen hatte. ›Was die Bäume sagen – Begegnungen mit Naturgeistern‹ war der vielsagende Titel, unter dem sich die Gruppe versammelt hatte.

»Pa-ta-um pa-ta-um pata-pata-um.«

Nach der Begrüßung durch Sutter, der heute von den beiden weiblichen Wächtern begleitet wurde, waren die Teilnehmer wie letzte Woche im Gänsemarsch hinter dem Schwarzwaldhaus hochgestiegen. Dieses Mal hatten sie jedoch bereits nach wenigen Minuten ihr Ziel erreicht. Sutter hatte erklärt, dass eine freistehende Eiche etwas ganz Besonderes sei, vor allem hier am Belchen. Es sei ein Kraftort, der ihn gleich zu Beginn seiner Zeit gerufen hatte, und den er heute mit der Gruppe teilen möchte. Kaltenbach war fasziniert, wie Sutter und seine beiden Begleiterinnen der Eiche wie einer realen Persönlichkeit gegenübertraten. Alle drei verneigten sich bei der Ankunft und begrüßten den Baum mit gedämpften Stimmen, aus der Kaltenbach meinte, Worte wie ›Dankbarkeit‹ und ›Erlaubnis‹ herauszuhören.

»Pa-ta-um pa-ta-um pata-pata-um.«
»Pa-ta-um pa-ta-um pata-pata-um.«

Es gebe verschiedene Wege, sich dem Wesen des Baumes zu nähern. Erzwingen lasse sich nichts. Du müssest dich innerlich frei machen von Alltagssorgen und schlechten Gedanken. In der Stille hörest du den Ruf des Baumwesens am besten.

»Pa-ta-um pa-ta-um pata-pata-um.«

Er hatte eine der Meditationen erwartet, die mit anstrengenden Körperhaltungen einherging, und die ihn ähnliche Versuche vor Jahren hatte abbrechen lassen. Er war daher überrascht, dass Sutter ankündigte, mit dem Trommeltanz zu beginnen.

»Pa-ta-um pa-ta-um pata-pata-um.«

Kaltenbach linste aus halb geschlossenen Augen zu seinen Mitstreitern. Die meisten schienen sich zu kennen und hatten sich mit ausgiebigen Umarmungen und Küsschen begrüßt. Es waren keineswegs verschrobene Individualisten, wie Kaltenbach zunächst vermutet hatte. Jeden der Männer und Frauen hätte man bei einem Bummel über die Kajo in Freiburg treffen können.

Günter König, der Oberstudienrat aus Offenburg, hatte sie freudig begrüßt. »Es ist schön, dass Sie sich auf den Weg machen wollen. Die geschundene Natur wird es Ihnen danken und reich zurückschenken.« König hüpfte auf der gegenüberliegenden Seite des Tanzkreises. Er hatte wie letzte Woche Anorak, Gamaschen und eine Bommelmütze auf und erinnerte Kaltenbach in seinen staksigen Bewegungen an ein fußlahmes Känguru.

Sutter stand abseits und hielt den Blick stumm in Richtung des Baumes, als ob er durch sie hindurchschauen wollte.

»Pa-ta-um pa-ta-um pata-pata-um.«

Würde dieser Mensch für seine Ziele einen Mord begehen? Unter dem Deckmantel des Ökoschrats schimmerte etwas hervor, das ihn zweifeln ließ. Ob sich Luise am Ende doch getäuscht hatte? Immerhin beruhte der Verdacht auf einer Indizienkette. Was fehlte, war der Beweis. Trotzdem war er immer noch fest überzeugt, dass er heute finden würde, was sie suchten.

Die Gelegenheit ergab sich, als Sutter beim Mittagsimbiss im Verkaufsraum die weitere Abfolge des Seminars erläuterte. Es war eine ausgiebige Begehung der Kraftorte um das Schwarzwaldhaus geplant. Die Energie dieser Orte würde helfen, die Wunden der Erde und unsere eigene Entfremdung von dieser zu heilen.

Luise und Kaltenbach schauten sich verständnislos an. Kaltenbach blies über den Löffel mit der Fenchel-Brennnessel-Kräutersuppe, die in gusseisernen Töpfen auf beiden großen Tischen stand. Luise knabberte an einer Sesam-Dinkel-Stange.

»Das wird Sie noch mehr interessieren als heute morgen«, klärte König sie auf. Wie beim letzten Mal saß er bei ihnen und bemühte sich eifrig, seiner selbst ernannten Rolle als Helfer gerecht zu werden. Er war bereits beim Nachtisch und zerstückelte mit seinem Schweizermesser kunstvoll einen fleckigen Apfel.

»Sutter ist ein Meister in diesen Dingen. Sie werden die Tiere, die Bäume und Sträucher, selbst die Steine mit völlig anderen Augen sehen. Mit Ihren inneren Augen«, setzte er vielsagend hinzu.

Kaltenbach fragte sich, ob er überhaupt etwas zu sehen bekäme. Der Wetterumschwung der letzten Tage hatte inzwischen die Höhen des Schwarzwaldes erreicht, und es tropfte, knirschte und gluckerte ringsum. Die weiße Haube des Belchen zeigte bereits an einigen Stellen braun-schmutzige Furchen.

Nach dem Mittagsimbiss unter den Augen der beiden Wächterinnen war ›Ruhe- und Erholungszeit‹ angesagt. Die meisten Teilnehmer suchten sich einen mehr oder weniger bequemen Platz, tranken Tee oder dösten vor sich hin. Einige blätterten in Büchern aus dem Verkaufsangebot.

Kaltenbach und Luise gingen vor die Tür hinaus auf den Vorplatz mit dem Sonnenstein. Über ihnen flatterte das Sonnenbanner. Ein paar Schritte entfernt standen zwei Damen und rauchten.

»Wir müssen die Gelegenheit nutzen. Die Gruppe wird eine Weile unterwegs sein, und in dieser Zeit kann ich das Haus durchsuchen«, sagte Kaltenbach.

»Gute Idee. Aber warum ausgerechnet du?«

»Es ist gefährlich. Wir wissen überhaupt nicht, was sich hinter den Türen verbirgt. Und außerdem, wenn jemand kommt?«

»Kann es sein, dass du nur zu faul zum Laufen bist?«

Kaltenbach lächelte schelmisch. »Das kann natürlich auch sein. Ernsthaft, es würde mehr auffallen, wenn du in der Gruppe fehlst. Vor allem König. Dem kannst du bestimmt noch Einiges entlocken.«

Luise blickte schweigend an ihm vorbei ins Tal hinunter. Weit unterhalb lag das verschneite Neuenweg, von dessen Häusern und Ställen feine Rauchfäden hoch in die Luft zogen. Dahinter verlor sich der Blick im diesigen Schleier über dem Kleinen Wiesental.

»Und außerdem«, fügte Kaltenbach zögernd hinzu, »mache ich mir Sorgen um dich.«

Luise sah ihn an. Für einen kurzen Moment spürte er wieder die Spannung, wenn er versuchte, ihr näherzukommen.

»Ohne Hintergedanken.«

Luise blickte ihn an. »Das freut mich«, sagte sie ruhig.

»Was heißt das nun?«

»Du hast einen Vorschlag gemacht, und den finde ich gut.«

Kaltenbach sah, wie König über den Hof gelaufen kam und ihnen zuwinkte.

Luise fasste Kaltenbachs Hände und sah ihn an. »Es ist für Peter«, sagte sie.

Sie verständigten sich, dass Luise ihn mit einem verstauchten Knöchel entschuldigen würde, falls der Studienrat oder einer der Wächter fragen sollte. Doch es war weniger kompliziert, als sie befürchtet hatten. Etwa eine Viertelstunde, ehe sie loslaufen sollten, kamen vom Parkplatz herüber weitere Gäste hinzu. Es waren Mitglieder einer Ortsgruppe des ›Naturschutzes Südschwarzwald‹, die extra in zwei Kleinbussen für den Nachmittag hierher gekommen waren.

Im allgemeinen Durcheinander fiel es daher nicht auf, dass Kaltenbach zurückblieb. Er verbarg sich auf der rückwärtigen Seite des Hauses, bis das Geräusch der Stiefel und die letzten Gesprächsfetzen hinter den Schneehügeln verklungen waren. Der größte Teil der Hauswand lag unter mannshoch aufgestapelten Holzscheiten.

Er wartete noch eine kleine Weile und ging dann um das Haus herum zur Eingangstür. Er rüttelte an der Klinke, doch sie rührte sich nicht. Die Fenster zur Talseite hin waren ebenfalls verschlossen, auf der Rückseite des Hauses waren sogar schwere hölzerne Läden davorgeklappt. Eine kleine Holztür, die mit drei Steinstufen zu einer Art Keller hinunterführte, ließ sich nicht öffnen.

Kaltenbach ließ sich enttäuscht auf die kleine Sitzbank neben der Eingangstür fallen. Wie konnte er erwarten, dass die Wächter das Haus unabgeschlossen lassen würden! Er sah auf die Uhr. Luise und die anderen waren seit gut einer Viertelstunde weg. Wenn er sich beeilte, könnte er sie noch einholen.

Vor seinen Füßen tropfte es auf den Boden. Er hob den Kopf und sah direkt über sich einen dicken Eiszapfen. Alle

235

paar Sekunden gab er einen Tropfen frei, der in der kleinen Pfütze vor ihm aufschlug und zerplatzte. Natürlich! Der Balkon war eine Möglichkeit, die er völlig vergessen hatte.

Er musste zwei Mal um das Haus herumgehen, ehe er eine geeignete Stelle gefunden hatte. Eine Leiter gab es nicht. Doch ein Holzgestell mit Maschendraht, das wohl einmal als Hasenstall gedient hatte, schien ihm stabil genug. Mit einem kräftigen Ruck löste er es aus dem hart gefrorenen Untergrund und schleppte es zur Wand eines angebauten Schuppens. Mit aufgeschrammten Fingern und etwas Glück gelang es ihm, auf das mit Teerpappe belegte Dach zu klettern. Von dort aus war es nicht mehr schwierig, den um das ganze Haus laufenden Balkon zu erreichen.

Für einen Moment kauerte er regungslos hinter der schweren Brüstung. Eine grau getigerte Katze saß auf der sonnengewärmten Balustrade und blickte ihn mit halb geöffneten Augen träge an. Er horchte, doch er vernahm nichts außer dem Tropfen des Schmelzwassers und dem leisen Knacken der alten Holzbalken. Vorsichtig sah er sich um. Schon nach kurzem Suchen hatte er Glück. Eines der Fenster war angelehnt und ließ sich mit einem leichten Druck öffnen. Er zwängte sich über den Sims durch die schmale Öffnung. Der Holzboden knackte verdächtig laut, als er mit den Füßen aufkam.

Das Zimmer lag im Halbdunkel. Trotzdem wagte er nicht, Licht zu machen, um nicht von außen gesehen zu werden. Im Schummerlicht sah er, dass er in einem der Privaträume sein musste. An der rechten Zimmerwand standen zwei schwere alte Holzschränke, in der Ecke ein Schreibtisch. Über einem einfachen Bett war eine Art Baldachin gespannt, von dessen Rändern an Schnüren Kräuterbüschel hingen. Das Kopfende schmückte ein überdimensionaler Mistelzweig.

Konnte es sein, dass er durch Zufall ausgerechnet in Sutters Zimmer gelangt war? Hatte nicht der Oberstudienrat erzählt, die anderen Wächter wohnten irgendwo in den umliegenden Dörfern?

Vorsichtig öffnete er einen der Schränke. Er war bis obenhin gefüllt mit Büchern. Er zog nacheinander einige heraus und hielt sie dicht vor seine Augen, um besser lesen zu können. Die meisten waren englisch und trugen Titel wie ›The Celtic Heritage‹, ›Tales from the Otherworld‹ oder ›Riten und Opfer der Frühzeit‹. Es gab Bücher über Heilsteine, Naturgeister, Erdstrahlen und Astronomie, aber auch Schriften, deren Titel auf buddhistische und hinduistische Inhalte hinwiesen. Sutter verstand es zweifellos, seine Anhänger mit einer Menge Wissen zu überzeugen. Aber warum hatte sich ein angesehener Akademiker wie Professor Oberberger mit einem selbst ernannten Schamanen eingelassen? Oder hatte es Sutter von Anfang an nur auf den Torques abgesehen?

Im zweiten Schrank erwartete Kaltenbach eine Überraschung. Hier bewahrte Sutter seine Kleider auf. In großen Fächern lagen derbe rustikale Naturhosen, grobe Pullover, Umhänge und Mützen neben sorgfältig gebügelten Oberhemden und feinen Tuchhosen. Über einen Bügel hingen zwei Ponchos und ein Jackett.

Plötzlich stockte ihm der Atem. Vor ihm hing ein vollständiges schwarzes Federkleid. An den Armen weitete sich das Gefieder zu Flügeln, nach hinten ragten lange Schwanzfedern hervor. Das ganze ähnelte einem Fasnetshäs, war aber beängstigend naturalistisch.

Sorgfältig hängte er das Kostüm zurück. In den Schubladen gab es weitere Federn und etliche Tierfelle, an denen noch getrocknete Köpfe hingen. Dazu geschnitzte Holzmasken, die Vögel, Wolf und Hirsch darstellten.

Kaltenbach ließ sich schwer atmend auf den Stuhl vor dem Schreibtisch fallen. Jetzt konnte es keine Zweifel mehr geben. Peters Kumpel hatte keineswegs halluziniert. Das Rabenkostüm, die Vogelmaske – wer dies getragen hatte, war in der Nacht zum Aschermittwoch auf der Teufelskanzel.

Er musste unbedingt Luise verständigen. Er konnte nur hoffen, dass der Schamane bislang keinen Verdacht geschöpft hatte. Dennoch wollte er rasch das letzte Zimmer durchsuchen. Auf dem Schreibtisch stand eine kleine Figur aus Messing, eine tanzende Gestalt in einem Ring aus kleinen Flammen. Kaltenbach erinnerte sich vage, etwas Ähnliches zuvor in einem der Kunstläden in Freiburg in der Gerberau gesehen zu haben. Rasch zog er der Reihe nach die Schubladen heraus. Darin lagen verschiedene Schachteln und Kästchen mit Schmuckstücken, Steinen, Knochen, kleine Tierschädel, dazu einige handgeschriebene Kladden.

Er schlug eines der Hefte auf, als er plötzlich von Weitem das Geräusch einer Autotür hörte. Er fuhr herum und huschte ans Fenster, doch er konnte von hier aus den Parkplatz nicht sehen. Er lauschte angestrengt, hörte aber nichts mehr. Wenn es einer von Sutters Leuten war … Es war höchste Zeit, wieder zu verschwinden.

Er schloss hastig die Schubladen, als es ihn wie ein Blitz durchfuhr. An der Wand über dem Schreibtisch im Halbdunkel hing die Karte, die er auf Oberbergers Zeichentisch gesehen hatte. In dem Kreis, der den Belchengipfel kennzeichnete, steckte direkt neben dem Datum ein Messer.

Kaltenbachs Hände zitterten. Kalt wie Eis stach ihm von der Wand die Silhouette des Belchendreiecks entgegen. Im selben Moment hörte er, wie die Haustür aufgeschlossen wurde. Er durfte nicht länger bleiben. Schritt für Schritt löste er sich von dem Anblick und schlich geduckt zurück ans Fenster. So leise wie möglich schwang er sich über den Sims hinaus auf den Balkon. Er schlich bis zu der Stelle, an der er heraufgeklettert war und ließ sich vorsichtig wieder hinab.

Montag, 19. März

Der Wecker riss Kaltenbach unsanft aus dem Schlaf und erinnerte ihn, dass es zum Wochenbeginn Arbeit und Termine gab. Zweimal drückte er die Schlummertaste, ehe er sich zum Aufstehen überreden konnte. Kurz nach neun schloss er den Laden im Westend auf. Er zog die Läden hoch und ließ das schöne Wetter herein, das seit Tagen über dem Breisgau eine Dauerkarte gelöst hatte.

Es war Einiges liegen geblieben. Er hoffte, dass er durch seine willkürlich anmutenden Öffnungszeiten der letzten beiden Wochen seine Kunden nicht zu sehr verärgert hatte. Während er den Arbeitscomputer hochfuhr, hörte er den Anrufbeantworter ab. Manche hatten gleich wieder aufgelegt, andere wollten Auskünfte über sein Sortiment. Nichts Wichtiges. Ähnlich sah es in seinem E-Mail-Postfach aus. Einige Bestellungen gab es, und leider auch die Beschwerde eines Kunden aus Herbolzheim, dessen Lieferung er schlichtweg vergessen hatte.

Kurz vor zehn läutete das Telefon. Markus war am Apparat. Den Hintergrundgeräuschen nach saß er in der Cafeteria des ZFP. »Hör mal, die Fotos, die du mir gegeben hast, da ist etwas Merkwürdiges.«

»Du meinst, das mit Sutter und den anderen?«

»Ja, vor allem mit dem Typen vom Friedhof. Meine Kollegin hat ihn tatsächlich wiedererkannt. Aber da stimmt etwas nicht. Am Besten, du kommst kurz vorbei.«

Kaltenbach vergaß sofort die Papierstapel um sich herum.
»Ich bin in zehn Minuten da.«

»Komm gleich in die Cafeteria, die Kollegin hat nicht so viel Zeit.«

Mit der Vespa ging es schnell. Kaltenbach fuhr die Hochburger Straße entlang stadtauswärts, überquerte den Malecker Kreisel und bog dann zum hinteren Parkplatz des ZFP ein. Die Gebäude der Psychiatrischen Klinik breiteten sich auf einem riesigen Areal außerhalb der Stadt aus. Mächtige alte Bäume und großzügige Rasenflächen hatten das Gelände in den über hundert Jahren seines Bestehens in einen stattlichen Park verwandelt, in dem sich unzählige Vögel zu Hause fühlten. Ein Eichhörnchen huschte in kleinen schnellen Sprüngen vor ihm vorbei, als er zwischen zwei Absperrpollern durch die hintere Zufahrt an der Kapelle hereinfuhr. Zu seiner Linken sah er die mit hohen Zäunen umgebene forensische Abteilung. Bis auf diese Gebäude war die gesamte Anlage des größten Arbeitgebers der Stadt offen und für jedermann zugänglich.

Kaltenbach stellte die Vespa neben einem runden Teich vor dem Eingang zum Gemeinschaftszentrum ab und ging die letzten Schritte zu Fuß. Im Außenbereich des Kaffeehauses saßen ein paar Raucher in der Morgensonne. Auf den ersten Blick wirkte die Szenerie wie die Idylle eines Ausflugslokals.

»Heute kommt Gott nicht mehr, heute nicht!« Einer der Männer sprang beim Anblick Kaltenbachs auf und streckte ihm beide Arme entgegen. Er schien ihn aber nicht wirklich wahrzunehmen und sprach mehr zu sich selbst. »Heute nicht!« Er begann sich langsam zu drehen und leise zu singen. Die übrigen Frauen und Männer saßen in kleinen Gruppen, die meisten den Blick auf einen imaginären Punkt gerichtet, den nur sie selbst kannten.

Auch im Innern der Cafeteria herrschte reger Betrieb. Der große Raum war hell und freundlich. Pastelltöne überzogen die Wände, an denen vereinzelt selbst gemalte Bilder hingen. Überall standen Bistrotische mit Stühlen, an einem altmodischen Klavier saß ein junger Mann im Trainingsanzug und spielte.

Markus saß zusammen mit einer Frau in der Nähe des hinteren Eingangs. Kaltenbach holte sich an der Theke eine Tasse Kaffee und gesellte sich zu den beiden.

»Wir kennen uns vom Sehen«, begrüßte ihn die gut aussehende Enddreißigerin. Sie trug eine beigefarbene Bluse, helle Stoffhosen und Gesundheitssandalen. Die braunen Haare hatte sie hinter dem Kopf zusammengesteckt.

»Marita Koch, psychologische Betreuung«, fügte sie lächelnd hinzu, als sich auf Kaltenbachs Gesicht Verlegenheit breit machte.

Er erinnerte sich dunkel, war jedoch nicht sicher. »Musik?«, fragte er.

»Leider nicht. Sporthalle.«

Es war einige Zeit her, dass Kaltenbach in seinen Anfangsjahren in Emmendingen als freier Mitarbeiter Arbeitsgruppen angeleitet hatte, um ein wenig Geld zu verdienen.

»Ach ja, Volleyball, Trampolin, Fußball. Immer wieder Fußball«, lachte er. »Aber ich bin nicht gekommen, alte Erinnerungen aufzufrischen. Leider«, fügte er rasch hinzu und versuchte ein Lächeln. Die beiden Fotos, die er Markus gegeben hatte, lagen auf dem Tisch zwischen den Kaffeetassen und den Resten einer Butterbrezel.

»Hast du, ich meine, habt ihr etwas herausgefunden?«

»Ich habe ihn sofort wiedererkannt«, nickte Marita, »auch wenn es schon ein paar Jahre her sind.«

»Sutter?«

»Nein, diesen hier.« Sie klopfte mit dem Zeigefinger auf die Vergrößerung. »Frank Blaschke. Es war nicht einfach mit ihm. Vordergründig lief die Arbeit mit ihm gut, er wirkte umgänglich, machte keine Schwierigkeiten. Aber in Wahrheit ließ er niemanden an sich ran.«

»Blaschke?« Kaltenbach war überrascht. »Ich denke, er heißt Gerstner. Doktor Gerstner.«

»Nein, das ist eine Verwechslung. Doktor Gerstner war damals der behandelnde Arzt. Dies hier ist Frank Blaschke. Er war Patient. Etwa zwei Jahre. Halbfreiwillige Langzeitbehandlung. Aggressive Schizophrenie nach Drogenmissbrauch.«

»Ein Kiffer? Ein Junkie?«

»Nein, nein. Das dachten die Ärzte zuerst auch. Aber es stellte sich schnell heraus, dass er mit allen möglichen Drogen experimentiert hatte. Vor allem mit sogenannten Bewusstseinserweiterern.«

»LSD?«

»Halluzinogene Pilze, mexikanische Kakteen, Belladonna. Auch LSD ist letztlich nichts anderes als eine Verbindung aus einem Getreidepilz.« Martina trank ihren Kaffee mit einem Schluck aus. »Die Natur ist ein Warenhaus. Wer sich auskennt, findet alles. Wer sich nicht gut genug auskennt, findet, was er nicht sucht.« Sie sah auf die Uhr. »Noch fünf Minuten. Übrigens«, fügte sie hinzu, »hat ihn seine eigene Mutter einweisen lassen.«

Kaltenbach betrachtete nachdenklich das Foto. Das Dunkle, Düstere, das ihm von Anfang an nicht ganz geheuer vorgekommen war, bekam nun seine Erklärung. Schizophrenie. Eine gespaltene Persönlichkeit. Bis in die verschiedenen Namen hinein. »Und wie ist er wieder herausgekommen? War er geheilt?«

»Wie gesagt, er war sehr kooperativ. Kam schon bald in die Kommunikationsgruppen und in die offene Therapie. Nach zwei Jahren war er draußen.« Sie sah wieder auf die Uhr. »Tut mir leid, ich muss. Die Pausen sind immer zu kurz.« Sie stand auf und streckte Kaltenbach die Hand hin. »Kannst mich ja anrufen, wenn du noch mehr wissen willst.«

Sie nickte Markus zu und verschwand mit eiligen Schritten durch den Seiteneingang. Auch Markus musste wieder an die Arbeit. Sie trugen das Geschirr zu der Tablettablage neben dem Tresen. Vor der Tür zur Terrasse verabschiedeten sie sich.

»Wir sehen uns spätestens Freitag zum Stammtisch«, meinte Markus und wandte sich zum Gehen. »Ich hoffe, das war dir jetzt eine Hilfe.«

»Ich denke schon«, rief Kaltenbach ihm hinterher.

»Heute kommt Gott nicht mehr«, klang es von den Rauchertischen.

Auf der Rückfahrt holte Kaltenbach am Bahnhofskiosk zwei Brezeln, die er auf dem Weg zum Laden Stück für Stück in sich hineinstopfte. Er wusste nicht so recht, was er mit dieser Nachricht anfangen sollte. Ob Sutter wusste, dass sein engster Vertrauter ein ehemaliger Drogenabhängiger war? Auf jeden Fall gab er sich als jemand aus, der er nicht war.

Im Laden lagen die Papiere noch genau so, wie er sie zurückgelassen hatte. Auf jeden Fall musste er dieses Mal Luise gleich informieren. In ihrer Freiburger Wohnung meldete sich der Anrufbeantworter, ebenso auf der Mailbox ihres Handys. Auch in der Galerie in der Fischerau nahm niemand ab. Kaltenbach fiel ein, dass sie vielleicht noch in Emmendingen bei ihren Eltern war. Er suchte die Nummer aus dem Telefonbuch und wählte. Schon nach dem zweiten Läuten begrüßte ihn Luises Mutter.

»Das ist aber sehr nett, dass Sie anrufen. Luise hat schon viel von Ihnen erzählt.« Die Dame schien ihrer Stimme nach auf dem deutlichen Weg der Besserung. Ob er nicht Lust hätte, bei Gelegenheit auf ein Stück Kuchen vorbeizukommen.

Kaltenbach wurde unruhig. »Ja, Frau Bührer«, unterbrach er sie, »Gerne. Aber könnte ich vielleicht zuerst kurz mit Ihrer Tochter sprechen?«

»Luise ist nicht mehr da.«

»Wo ist sie? Wie kann ich sie erreichen?« Kaltenbach trommelte ungeduldig mit den Fingern auf die Tischplatte.

»Sie ist runter in den Schwarzwald gefahren. Wissen Sie das nicht? Sie hat sogar extra bei Ihnen zu Hause angerufen.«

Vor Kaltenbachs innerem Auge flackerte das Lämpchen des Anrufbeantworters in Maleck. Seine Unruhe steigerte sich.

»In den Schwarzwald?«

»Ja, es hat einer angerufen, ein Herr Suder oder Sutterer oder so ähnlich. Von dort, wo sie am Samstag mit Ihnen war.«

»Sutter?«

»Möglich. Er wollte ihr etwas Wichtiges zeigen. Wegen Peter. Luise war ganz aufgeregt. Sie ist gleich losgefahren.«

Kaltenbach hörte nicht mehr hin. Luise war auf dem Weg zu dem Mann, vor dem er sie warnen wollte! Sein Gefühl sagte ihm, dass hier etwas nicht stimmte. Er musste dringend etwas unternehmen.

Er beendete das Gespräch so höflich und so schnell es ging. Was hatte Sutter, das er Luise zeigen konnte? Was ging bei den ›Wächtern‹ vor? Er spürte, dass er sie jetzt nicht allein lassen konnte.

Kaltenbach fluchte, dass er ausgerechnet heute den Roller genommen hatte. Er ließ ein zweites Mal alles stehen und liegen und fuhr so rasch es ging nach Maleck, um seinen Wagen zu holen. Luise hatte tatsächlich angerufen. Ihre Stimme auf dem Anrufbeantworter klang freudig erregt, als sie ihm von Sutters Anruf berichtete.

›Schade, dass du nicht mitkommen kannst‹, sagte sie zum Schluss. ›Jetzt wird sich alles aufklären!‹

Der Parkplatz unterhalb des Hauses der ›Wächter‹ war durch das milde Wetter der letzten Tage aufgeweicht und matschig geworden. Überall standen Pfützen, in kleinen Rinnsalen glitzerte das Schmelzwasser. Auf der Wiese vor dem Haus brach an etlichen Stellen das Gras hervor.

Luises Wagen stand neben einem älteren Volvo Kombi. Sonst war kein Auto zu sehen. Kaltenbach hastete den Weg aufwärts. Er hatte keine Ahnung, was er jetzt tun sollte, doch ein unbestimmtes Gefühl von Furcht trieb ihn vorwärts. Was wäre, wenn auch Sutter nicht derjenige war, für den er sich ausgab?

Eine Klingel gab es nicht. Die Tür war offen, und Kaltenbach trat ein. Er lauschte einen Moment, doch das große Haus war gespenstisch still.

»Hallo? Ist jemand hier?«, rief er, doch keiner gab Antwort. Gleich rechts neben der Haustür war der Eingang zu dem großen Gemeinschaftsraum. Er sah hinein, doch auch hier war niemand. Bislang war dies der einzige Ort, zu dem Außenstehende zugelassen wurden. Ob Sutter Luise in sein Privatzimmer mitgenommen hatte?

Er trat wieder hinaus in den Flur. Im hinteren Teil des Hauses, den er bisher noch nicht kannte, gab es bis auf eine einfache Toilette und zwei Kellerräume keine weiteren Zimmer. Beide Keller waren offen. Der vordere diente als eine Art Holzschuppen. Überall lagen Scheite gestapelt, in einer Ecke Späne, Reisig und andere Holzabfälle, davor stand ein Hackblock, in den ein Beil eingeschlagen war.

Das zweite war eine Abstellkammer mit allem möglichen Gerümpel. Ein alter Schrank stand an der Wand, daneben eine Kommode mit schiefen Schubladen, ein Metallspind mit

Vorhängeschloss. An der anderen Wand ein offenes Regal mit Konservenbüchsen, abgepacktem Saft und einigen Keksdosen. Kaltenbach wollte bereits wieder umkehren, als er plötzlich innehielt. Etwas war in dem Raum, das er kannte, und mit dem er etwas Angenehmes verband. Er drehte sich um und ging zurück in die Mitte des Zimmers. Es war ein Geruch, der sich in der dumpf-feuchten Umgebung abhob wie eine zarte Stimme. Sandelholz.

Kaltenbachs Herz klopfte. Fieberhaft begann er den Raum abzusuchen. Auf dem Boden in der Ecke fand er etwas, das wie ein braunes Stück Stoff aussah. Luises Inka-Mütze. Nun gab es keinen Zweifel mehr, Luise musste hier gewesen sein!

Als er die Mütze in seiner Hand betrachtete, hörte er plötzlich von Weitem ein leises Stöhnen. Vorsichtig ging er zurück in den Flur bis zum Fuß der Treppe und stieg langsam die ausgetretenen Stufen nach oben. »Luise?« Er rief ein drittes Mal.

Der düstere Flur mit den dunklen Holzwänden steigerte das beklemmende Gefühl, dass etwas nicht stimmte. Er probierte vorsichtig der Reihe nach sämtliche Türen, doch alle waren abgeschlossen. Ausgerechnet die Tür zu Sutters Zimmer war nur angelehnt. Von innen hörte er ein leises Wimmern.

Als er eintrat, fühlte sich Kaltenbach wie durch ein Zeitloch zurück in die Vergangenheit und in Oberbergers Erkerzimmer geschleudert. Vor dem Bett mit dem Baldachin lag Sutter, der Belchenschamane, mit merkwürdig verrenkten Gliedmaßen. Von seinem Kopf rann Blut, sein Hemd war zerrissen wie nach einem Kampf. Kaltenbach sah sich rasch nach allen Seiten um. Niemand außer ihm war hier. Er knipste das Licht an, um besser sehen zu können. Jetzt merkte er, dass der Mann aus einer Wunde am Kopf blutete. Kaltenbach beugte sich herunter. Er spürte ein schwaches Atmen. Sutter lebte noch! Er klopfte ihn zur Ermunterung auf die Wangen und sprach ihn an. Der Mann öffnete kurz die Augen und versuchte, sich aufzurichten, doch dann sackte er erschöpft wieder zur Seite.

Kaltenbach fasste den Verletzten unter den Armen und zog ihn mit einiger Mühe hoch auf das Bett. Auf dem Teppich hatte sich ein großer dunkler Fleck gebildet.

Sutter benötigte dringend Hilfe. Auf dem Schreibtisch stand ein Telefon. Hastig wählte Kaltenbach die Notrufnummer und schilderte in knappen Worten, was geschehen war.

Nachdem er aufgelegt hatte, ließ er sich in den Stuhl fallen. Was hatte sich hier abgespielt? Und wo war Luise? Kaltenbach bekam seine Gedanken nicht zusammen. Was sollte er der Polizei erzählen, wenn man ihn schon wieder bei dem Opfer eines Überfalls fand?

Vom Bett her stöhnte Sutter leise. Kaltenbach stand auf und sah ein Waschbecken, das er beim letzten Mal übersehen hatte. Er zog ein Tuch aus dem Kleiderschrank, hielt es unter das kalte Wasser und legte es dem Verletzten auf die Stirn. Als er sich umwandte, um sich wieder auf den Stuhl zu setzen, fiel sein Blick auf die Wand hinter dem Schreibtisch. Die Karte mit dem Belchendreieck war verschwunden. Dort, wo das Messer gesteckt hatte, gab es nur ein hässliches Loch in der Wand.

Er spürte, wie ein Eishauch seinen Rücken hinunterlief.

Dienstag, 20. März

Der Pfad wurde steiler und schmaler. Kaltenbach begann zu schwitzen. Er zwang seine Augen vorwärts, um nicht nach unten schauen zu müssen. Jeder Schritt konnte ein Schritt zu viel sein. Eisiger Wind heulte in den umliegenden Klüften und um gezackte, in düstere Dunkelheit empor brechende Felsspitzen. Das Licht vor ihm tanzte wie ein Irrwisch durch die Nacht, leuchtete stärker und schwächer und verschwand, um dann an einer anderen Stelle wieder aufzutauchen, verwirrend und lockend. Längst war sein Schritt langsamer geworden. Der mit Steinen und Felsen übersäte Weg saugte seine Füße an wie ein fauliger Sumpf. Jede Bewegung wurde zur Qual, doch immer noch klammerte er seinen Blick an das Licht. Der Berg begann zu grollen wie ein waidwunder Elefant. Direkt vor ihm brach ein unförmiger Felsbrocken herunter, schlug auf und riss eine klaffende Lücke. Aus dem Loch erhob sich eine schwarze Wolke, stieg empor wie Rauch, drehte sich in wilden Spiralen und streckte suchende Tentakel nach allen Seiten aus. Mit weit aufgerissenen Augen sah er, wie sich der Dunst zusammenballte und direkt auf ihn zu kam. Tausende kleine böse Augen funkelten daraus hervor und starrten ihn an, Augen, die zu tausenden schwarzen Vögeln gehörten. Ohrenbetäubendes Kreischen mischte sich mit grabestiefem Gekrächze. Mit letzter Anstrengung riss er die Hände vor sein Gesicht, um sich vor der drohenden Masse aus Schnäbeln, Flügeln, Klauen und Krallen zu schützen, die nun mit Wucht über ihm zusammenschlug. Ein jäher Schmerz durchzuckte seinen Körper, seine Füße verloren den Halt, und er stürzte, hilflos mit Armen und Beinen rudernd …

Kaltenbach wachte mit einem Ruck auf. Es war fünf Uhr morgens. An Schlaf war nicht mehr zu denken, obwohl er völlig erschöpft war. Er ließ das warme Duschwasser über Gesicht und Körper laufen, bis er wieder einigermaßen klar denken konnte.

Die Schrecken des Traumes verfolgten ihn weit in den Morgen hinein. Zum Glück brachten die ersten Kunden, die vom

Wochenmarkt herüberkamen, genügend Ablenkung, sodass die bedrohlichen Bilder allmählich verblassten.

Immer noch gab es kein Lebenszeichen von Luise. Entgegen seiner Gewohnheit ließ er das Handy eingeschaltet neben sich liegen. Bei jedem Anruf zuckte er erschrocken zusammen. Alle halbe Stunde drückte er vergebens die Wahlwiederholung.

Er spürte den schmerzhaften Drang, etwas unternehmen zu müssen, doch er fühlte sich auf unerträgliche Weise gelähmt. Was konnte er tun? Solange er nicht wusste, wo sie war, konnte er ihr nicht helfen. Wo sollte er suchen? Jegliche Vernunft sagte ihm, dass spätestens jetzt der Zeitpunkt gekommen war, doch die Polizei einzuschalten. Sie könnten mit Hubschraubern und Suchhunden das Belchengebiet absuchen. Wenn sie denn überhaupt dort war. Wenn sie überhaupt noch lebte.

Er spürte einen bitteren Kloß im Hals. Wenn er die Polizei informierte, würde er dieses Mal nicht so einfach davonkommen. Kein Kommissar in Südbaden würde ihm glauben, zweimal innerhalb weniger Tage unschuldig in zwei blutige Überfälle zu geraten. Man würde ihn verdächtigen, festsetzen und verhören, und es würde Tage und Wochen dauern, ehe seine Unschuld feststand. Und er würde nichts für Luise tun können. Nein, er musste weitermachen. Er war der Einzige, der Luise jetzt noch helfen konnte.

Die letzte Hoffnung war Sutter. Die Rotkreuzler hatten ihn gestern nach Schopfheim ins Kreiskrankenhaus gebracht. Zum Glück hatten sie Kaltenbach die Geschichte vom Sturz von der Treppe geglaubt und nicht weiter nachgefragt.

Gegen Mittag rief er in Schopfheim an. Es hieß, Sutter sei auf dem Weg der Besserung und sei bereits heute morgen von der Intensivstation auf ein Zimmer verlegt worden.

Kurz vor 13 Uhr schloss Kaltenbach den Laden ab. Zum

dritten Mal innerhalb von vier Tagen fuhr er Richtung Süden. Dieses Mal folgte er der A5 Richtung Basel, bog bei Weil nach Lörrach ab und fuhr von dort das Wiesental entlang bis Schopfheim. Das Krankenhaus lag in der Nähe des Bahnhofs und war nicht zu verfehlen.

An der Eingangspforte erfragte Kaltenbach Sutters Zimmernummer. Nach wenigen Schritten stand er vor der Tür zum Krankenzimmer. Auf dem Schild standen zwei weitere Namen, die er nicht kannte. Er konnte nur hoffen, dass Sutter ihn wiedererkannte und bereit war, überhaupt mit ihm zu reden. Er klopfte und trat ein.

Gleich hinter der Tür gab es eine Garderobe, kleine abschließbare Spinde und eine weitere Tür zu Waschbecken und Toilette. In dem Raum, der durch ein großes Fenster an der Stirnseite um diese Tageszeit hell und freundlich wirkte, standen drei Betten. Im Fensterbett saß ein junger Mann aufrecht und bemühte sich, mit einem von der Hand bis zur Schulter eingegipsten Arm eine Zeitung zu halten. Im Bett an der Türseite war die Decke zurückgeschlagen, sein Besitzer war unterwegs. Der Mann im dritten Bett schien zu schlafen. Kaltenbach grüßte den Zeitungsleser, der nur kurz von seiner Lektüre aufblickte und sich in seinem einarmigen Kampf mit den großen Blättern nicht weiter ablenken ließ.

Trotzdem fragte Kaltenbach, indem er auf das zweite Bett deutete: »Schläft er?«

Der junge Mann zuckte mit den Schultern. Kaltenbach trat an das Bett heran und betrachtete Sutter, der mit geschlossenen Augen auf dem Rücken lag. Der Mullverband ließ nur das Gesicht frei. Zwei frische Nähte über den geschwollenen Lippen und ein voluminöses Pflaster über der linken Wange zeigten Spuren der Gewalt. Der Hals steckte in einer cremefarbigen Krause.

»Herr Sutter?« Kaltenbach musste es versuchen. Auf die nächsten Minuten würde viel ankommen.

»Herr Sutter, verstehen Sie mich? Lothar Kaltenbach, ich war am Samstag bei Ihnen im Baumseminar. Wissen Sie noch, der mit dem verstauchten Fuß?«

Der Liegende öffnete langsam die Augen. Kaltenbach sah, dass ihm die Orientierung schwerfiel.

»Herr Sutter?«

Sutter drehte jetzt den Kopf und sah ihn an. Nach einem bangen Moment kam eine überraschende Antwort.

»Sie sind der Mann, der mich aufs Bett gelegt hat. Sie haben mir geholfen.«

Kaltenbach war erleichtert. »Wie geht es Ihnen?«

»Alles tut weh. Am meisten der Kopf.« Sutter sprach langsam. Durch die Binde um den Unterkiefer klangen seine Worte ziemlich verschwommen. »Trotz Tabletten.« Er versuchte die Andeutung eines Lächelns, zuckte aber vor Schmerzen zusammen.

»Es gibt einen wichtigen Grund, warum ich hier bin. Sie können mir helfen, ein Unglück zu verhindern, vielleicht sogar einen Mord.«

»Mord?«

»Erinnern Sie sich, wer Sie niedergeschlagen hat? Gab es einen Kampf?«

Sutter antwortete nicht sofort. Er drehte den Kopf und sah zur Zimmerdecke.

»Es ist schade.« Seine Stimme klang leise, aber deutlich vernehmbar. »Sehr schade. Er hätte es weit bringen können. Ich habe ihm vertraut, ich habe ihn gefördert, wo es ging, Stück für Stück habe ich ihn eingeweiht.«

»Wen? Wer war es?«

»Gerstner. Mein begabtester Schüler.«

»Balor?«

»Er hat seinen Namen verloren. Wer den weißen Pfad verlässt, wird ein Namenloser unter den Geschöpfen Bels.«

»Und Balor, ich meine Gerstner – hat er sie überfallen? Warum?«

»Er hat mich betrogen und bestohlen. Doch er wird seiner Strafe nicht entgehen.« Sutter schloss die Augen und atmete heftig. Das Sprechen und die Erinnerung machten ihm sichtlich zu schaffen. Kaltenbach hatte Sorge, dass er in seine eigene Gedankenwelt abglitt. Er musste mehr wissen.

»Was ist mit der Frau?«

»Welche Frau?«

Kaltenbach erschrak. »Luise. Luise Bührer.« Seine Stimme wurde lauter. »Da war eine Frau! Sie müssen sie gesehen haben!«

Sutter wandte ihm wieder den Kopf zu. »Ich habe keine Frau gesehen. Da war nur Gerstner. Er hat seinen Meister missachtet. Er hat den Weg verlassen.«

Kaltenbach war wie vor den Kopf gestoßen. Er sah seine Hoffnungen davonstieben wie Blätter im Frühlingssturm.

»Aber Sie haben sie doch in Emmendingen angerufen. Sie haben sie zu sich bestellt, um ihr etwas Wichtiges zu sagen!«

»Er hat mich dazu gezwungen. Er hat gedroht, das Haus der Sonne anzuzünden. Mein Lebenswerk!«

Sutter starrte ausdruckslos in die Luft. Der Zeitungsleser vom Nachbarbett pfiff leise. Als Kaltenbach sich umdrehte, machte er mir seinem gesunden Arm eine Scheibenwischerbewegung vor seinem Gesicht und grinste komplizenhaft.

Kaltenbach verbarg sein Gesicht in den Händen. Wo war der Ausweg? Vielleicht saß Luise gerade im Keller, als die beiden Männer gestritten hatten. Doch wo war sie jetzt? Wo war

252

Frank Blaschke, den Sutter als Gerstner kannte? Was hatte er vor?

»Er hat mich gezwungen …« Sutter begann erneut zu sprechen. Seine Stimme klang so dünn, dass Kaltenbach sich weit vorbeugen musste, um ihn zu verstehen.

»Die Kraftsprüche … Das Große Ritual …«

Kaltenbach bemühte sich verzweifelt, einen Zusammenhang herauszuhören.

»Morgen! Morgen! Morgen öffnet sich das Tor! Der 21., ich darf nicht …«

»Was ist denn hier los? So geht das aber nicht!«

Kaltenbach blickte auf und sah in das strenge Gesicht der Stationsschwester.

»Herr Sutter darf sich auf gar keinen Fall aufregen«, befahl die Frau im hellblauen Kittel. »Sind Sie ein Verwandter des Patienten?«, fragte sie eine Spur freundlicher, als sie Kaltenbachs verwirrten Gesichtsausdruck sah.

»Ein guter Freund. Er hat mir eben versucht zu erzählen, was geschehen ist.«

»Erwachsene Männer, die sich prügeln. Schlimm so etwas!« Sie zog das Kissen und die Decke zurecht und betrachtete Sutter besorgt. »Wissen Sie was, gehen Sie eine Runde spazieren und kommen Sie später noch einmal. Herr Sutter sollte jetzt schlafen.«

Kaltenbach musste einsehen, dass ihm nichts anderes übrig blieb. Er spürte, dass er von diesem Mann Entscheidendes erfahren könnte. Doch er würde sich gedulden müssen.

Kaltenbach ließ sein Auto auf dem Krankenhaus-Parkplatz stehen und ging zu Fuß am Bahnhof vorbei Richtung Zentrum. Der Ort glich in vielem den zahlreichen Kleinstädten in Südbaden. Um einen hübsch sanierten Altstadtkern gruppierten sich die neuen Wohngebiete, an der Peripherie die Industriegelände und Einkaufszentren. Kaltenbach hatte keinen Blick für das Stadtbild. Eine Viertelstunde lief er ziellos durch die kleinen Straßen, ehe er mit wirren Gedanken in einem der Cafés am Marktplatz landete.

Gegen 17 Uhr schritt Kaltenbach zum zweiten Mal durch die Eingangspforte des Kreiskrankenhauses. Dieses Mal war auch der dritte Zimmerbewohner in seinem Bett, ein Hüne von einem Mann, der in seinem Flügelhemd aussah wie ein Zornesengel. Seine Familie war zu Besuch, etwa acht bis zehn Männer, Frauen und Kinder standen und saßen um sein Bett. Der Mann erzählte ausschweifend und mit lebhaften Gebärden in einer Sprache, die Kaltenbach nicht verstand, immer wieder unterbrochen von Kommentaren oder Ermunterungen seiner Besucher. Eine ebenso stattliche Dame stopfte ihm zwischendurch etwas in den Mund, das nach Süßigkeiten aussah.

Kaltenbach zwängte sich an zwei Halbstarken vorbei. Zu seiner Überraschung war Sutter wach und saß aufrecht im Bett, dessen Rückenlehne nach oben geklappt war. Mit einiger Mühe versuchte er, Kaltenbach die Hand zu geben.

»Mein Retter«, lächelte er ihm zur Begrüßung zu. »Die Ärzte meinten, ich wäre verblutet, wenn Sie mich nicht in Gerstners Zimmer gefunden hätten.«

Kaltenbach fiel es wie Schuppen von den Augen. Es war Blaschkes Zimmer, in dem die Karte mit dem Messer gehangen war! Die ganze Zeit über hatte er sich auf den Falschen konzentriert und Sutter zu Unrecht verdächtigt.

Jetzt war es wichtig, offen miteinander zu reden. Wenn er Sutter nicht zur Mithilfe überzeugen konnte, war alles verloren. Mit wenigen Worten fasste er die Geschehnisse der letzten drei Wochen zusammen. Er erzählte von Peters Tod am Kandel, von der Begegnung mit Blaschke auf dem Friedhof, vom Tod Oberbergers und von seinen Recherchen zu dem geheimnisvollen Belchendreieck. Während er erzählte, sah Kaltenbach sich wie in einem Film. Mit jedem Satz fügten sich die Puzzlesteine ein wenig mehr zu dem Bild zusammen, das er und Luise vergeblich gesucht hatten. Aber noch war das Ende des Films offen.

Nachdem er seine Schilderung beendet hatte, entstand eine längere Pause. Kaltenbach vermied es, Sutter zu drängen. Er hoffte inständig, dass er ihm helfen würde.

»Jetzt wird mir vieles klar«, sagte Sutter nach einer Weile. »Sein Eifer, seine Geheimnistuerei. In Wahrheit hat er die ganze Zeit seine eigenen Pläne verfolgt.« Er nahm ein Glas von seinem Beistelltisch und trank langsam ein paar Schlucke. »Er hat alles vorbereitet«, fuhr er nachdenklich fort. »Eine Blutzeremonie am Kandel. Eine Defixio bei einem Toten.« Seine Augen wurden starr. »Ich befürchte das Schlimmste. Er hat von mir die Evokationssprüche gestohlen. Er hat den Ritualdolch und den Großen Torques.« Langsam drehte er den Kopf und sah Kaltenbach an. »Er hat die Schwelle bereits überschritten, die Mächte bereits gerufen. Er wird das Tor zur Anderswelt aufbrechen. Mit dunklem Zauber. Und mit Blut. Dasselbe Blut in zwei Körpern. Morgen. Wenn Bel die Sonne begrüßt.«

Sutters Blick war jetzt völlig entrückt und trotzdem voller Feuer. »Gehen Sie«, rief er laut, »Sie müssen ihn aufhalten, die Frau ...« Er bäumte sich auf und fiel nach hinten in das Kissen zurück.

»Wo? Sagen Sie wo?« Kaltenbach war verzweifelt. Sutter hatte wieder die Augen geschlossen und atmete kaum noch. Hektisch drückte er den roten Schwesternknopf neben dem Bett, als er sah, dass Sutter noch einmal mühsam die Lippen bewegte. Er beugte sich tief zu ihm hinunter und legte sein Ohr an seine Lippen.

»Belchen ...«

Mittwoch, 21. März, morgens

Kaltenbach hastete durch den aufziehenden Morgen. Die alte Belchenstraße wand sich in weiten Kurven durch den Wald und wurde nach oben hin deutlich steiler. Er keuchte, doch er durfte sich keine Pause erlauben. Er hatte bereits zwei Fehler begangen, jede weitere Verzögerung konnte das Schlimmste bedeuten.

Nach dem zweiten Besuch bei Sutter war er von Schopfheim aus durch das kleine Wiesental hoch nach Neuenweg gefahren. Bis in die Dunkelheit hinein war er auf der Suche nach Luise das Gelände hinter dem Sutterhof abgelaufen, danach hatte er vergebens die umliegenden Höfe abgeklappert. Die Wirtin in der Pension ›Belchenblick‹ hatte ihn misstrauisch beäugt, als er spätabends bei ihr aufgekreuzt war und ein Zimmer gebucht hatte. Freimütig gestand er ihr, dass er früh hoch zum Belchen wolle, um den Sonnenaufgang zu beobachten.

»Gehören Sie auch zu denen?«, hatte sie in einer Mischung aus Abschätzigkeit und Neugier gefragt. Trotzdem war sie am Morgen mit ihm aufgestanden, hatte Kaffee gekocht und ein kleines Frühstück hingestellt.

»Sie wissen schon, dass Sie von hier aus nicht hochfahren können?«, sagte sie beiläufig. Mit einem Schrecken war er aufgesprungen, hatte sich ins Auto gesetzt und war hinüber nach Schönau und von dort aus den Belchen hoch gefahren. Den zweiten Schrecken bekam er, als er vor der verschlossenen Schranke hinter dem Sessellift stand, die die alte Fahrstraße seit Jahren für den Privatverkehr sperrte. Dass er das vergessen hatte! Da der Gondellift erst ab 8 Uhr in Betrieb ging, hatte er sich zu Fuß auf den Weg gemacht.

Kaltenbach musste stehen bleiben und durchschnaufen.

Verzweiflung machte sich in ihm breit. Den Zeitverlust konnte er nicht mehr aufholen. Es war zu spät für den Sonnenaufgang. Zu spät für das Opfer des Verrückten. Zu spät für Luise.

Er sah auf die Uhr, es war kurz nach sechs. Nach dem Kalender, den ihm die Zimmerwirtin gegeben hatte, war der Sonnenaufgang heute um 6.28 Uhr. In der Zeit war es unmöglich, auf den Gipfel zu gelangen und Luise zu finden.

Die umliegenden Schwarzwaldberge waren bereits von dem zarten Rot überzogen, das die antiken Griechen der Göttin Eos zuschrieben, der Rosenfingrigen. Die Bergseite, an der die Straße hochführte, lag noch im Schatten, doch Kaltenbach konnte beobachten, wie sich der Morgen Meter um Meter um ihn herum ausbreitete.

Er durfte nicht aufgeben.

Nach weiteren zehn Minuten erreichte er mit brennenden Oberschenkeln das kleine Plateau unterhalb des Gipfels. Hier war die Endstation der Seilbahn, und hier stand das ›Belchenhaus‹, das höchstgelegene Gasthaus im Schwarzwald. Davor breitete sich als weite Schneefläche der ehemalige Parkplatz aus.

Kaltenbach traute seinen Augen nicht. Er war keineswegs der Einzige, der sich an diesem frühen Märzmorgen den Berg als Ziel ausgesucht hatte. Auf dem Vorplatz des Belchenhauses drängten sich etwa 30 bis 40 Menschen, sämtlich dick eingemummt in Anoraks, Wintermäntel und Ballonjacken. Die meisten hatten Ferngläser und Kameras dabei, viele hielten Fotohandys in die Luft. Alle hatten den Blick nach Osten gewandt, wo in diesem Augenblick die ersten Sonnenstrahlen über den Bergkämmen aufleuchteten.

Auf der Terrasse, vor dem Kiosk und überall verstreut im Schnee standen die Menschen in kleinen Gruppen zusammen. Vereinzelt flackerten kleine Feuerchen.

Kaltenbach war sprachlos und verzweifelt. Unmöglich würde Blaschke unter diesen Menschenmassen sein Ritual durchführen. Er musste zum Gipfel, wenn er noch etwas retten wollte.

Er hastete weiter. Hinter dem Kiosk gabelte sich der Weg und führte nach oben. Er entschied sich für die Westseite. Hier war kein Mensch zu sehen. Dank unzähliger Fußspuren war der Pfad trotzdem gut zu begehen.

Als er die letzte Biegung vor dem Gipfel erreichte, hörte er von Weitem ein Geräusch, das wie Beifall klang. Die Strahlen der aufgehenden Sonne hatten in diesem Moment die Wartenden vor dem Belchenhaus erreicht. Der Gipfel des Berges war bereits ganz in goldenes Licht gehüllt.

Kaltenbach sah seine letzte Hoffnung entschwinden. Hier oben war der Andrang noch größer. Soweit er sehen konnte, standen und saßen Menschen in großen und kleinen Gruppen. Viele von ihnen hielten die Arme weit emporgereckt, um die Sonne zu grüßen. Andere hielten die Köpfe gebeugt und die Hände wie zum Gebet vor der Brust gekreuzt. Manche hatten die Augen geschlossen und wiegten ihre Oberkörper sanft hin und her wie zu einer unhörbaren Melodie.

Um das Gipfelkreuz herum hatte sich ein Kreis von etwa 50 Menschen gebildet. Alle hatten sich an den Händen gefasst und einen Gesang angestimmt, der Kaltenbach in seiner eigenartigen Monotonie an einen gregorianischen Chor erinnerte. Ein Mann, etwa in seinem Alter, hatte seine nackte Haut mit Goldbronze bemalt und tanzte in wild-verzückten Sprüngen durch die Menge. Viele standen nur ruhig da und begrüßten den Tag.

Ein paar Schritte abseits an der steiler abfallenden Nordflanke sah Kaltenbach eine Gruppe, in deren Mitte er Sutters ›Wächter‹ erkannte. Hastig stolperte er über den fest getretenen Schnee zu ihnen hinüber. Zu seiner Enttäuschung konnte er weder Luise noch Blaschke entdecken. Dafür waren etliche bekannte Gesichter vom Wochenende dabei. Der Oberstudienrat aus Offenburg machte ihn mit heftigen Gebärden darauf aufmerksam, dass er ihn erkannt hatte.

Die Wächter waren eben dabei, sich mit Mistelzweigen in den Händen nach allen Himmelsrichtungen zu verbeugen. Zu ihren Füßen in der Mitte brannte ein kleines Feuer, von dem ein würziger Duft in einer dünnen Rauchfahne in den klaren Morgen aufstieg. Kaltenbach stellte sich resigniert und mit hängendem Kopf daneben. Selbst wenn Blaschke außerhalb des Rummels irgendwo unterhalb des Gipfels unter den Bäumen wäre, würde er ihn jetzt nicht mehr finden.

Er war zu spät gekommen.

Die Wächter beschlossen ihre Zeremonie mit der dreifachen Wiederholung eines Spruches, der von den Umstehenden jeweils im Echo bekräftigt wurde. Am Ende füllte eine der Frauen die Asche des niedergebrannten Feuers in eine große Flasche, verschloss sie sorgfältig und steckte sie zusammen mit den übrigen Utensilien in eine große Umhängetasche. Die Mistelzweige verteilten sie reihum unter die Teilnehmer.

Auch Kaltenbach bekam einen kleinen Zweig. Die Wächterin verneigte sich. »Sie haben den Meister gerettet. Wir sind ihnen zum Dank verpflichtet.« Ihre Stimme klang eigenartig monoton.

»Woher wissen Sie …« Kaltenbach war überrascht.

»Wir haben ihn gestern Abend besucht. Er hat uns seinen Segen für den heutigen Morgen gegeben.«

»Wo ist Balor? Ist er heute nicht dabei?« Für einen winzigen Moment keimte Hoffnung auf.

»Der Meister hat es uns erzählt.« Ihr Gesicht verfinsterte sich. »Er ist nicht mehr Balor.« Sie wandte sich ab und ging zum Nächsten weiter.

Kaltenbach steckte den Mistelzweig in die Tasche. Er sah, dass er hier nichts mehr erreichen würde. Als er sich eben zum Gehen umwandte, fasste ihn der Oberstudienrat am Arm.

»Welche Freude, Sie zu sehen!« König strahlte ihn an. »Ausgerechnet an diesem Tag!«

Kaltenbach nickte müde.

»Kommen Sie, ich lade Sie ein. Ich denke, wir beide können etwas zum Aufwärmen vertragen.«

Kaltenbach war überhaupt nicht nach Konversation zumute. Am liebsten hätte er sich irgendwo verkrochen. Doch schon hatte König aus seinem Rucksack eine Thermoskanne hervorgezogen und einen Becher vollgeschenkt.

»Hier«, sagte er und reichte Kaltenbach das dampfende Getränk. »Tag-und-Nachtgleiche-Tee. Herrlich ausgewogen zwischen Winter und Sommer. Nach Angaben von Sutter selbst gesammelt und zusammengemischt.«

Kaltenbach nahm vorsichtig einen Schluck. Der Tee roch nach Krankenhaus und schmeckte auch so.

»Ich habe leider nur einen Becher. Aber das macht nichts.« König war in Hochstimmung. Nachdem er ebenfalls einen Schluck genommen hatte, begann er einen Vortrag über die keltischen Jahresfeste im Allgemeinen und die Begabungen Sutters und der Wächter im Besonderen.

Kaltenbach hörte kaum zu. Inmitten der bunt gekleideten fröhlich schnatternden Menschenschar kam er sich vor wie auf Böcklins Toteninsel, um sich herum ein Vorhang aus dumpfer grauer Watte. Ein unangenehmes Ziehen rumorte unterhalb seines Bauchnabels und fasste mit bleiernen Fingern nach seiner Brust. Sein Kopf antwortete mit einem stechenden Schmerz, der sich von der Schläfe her ausbreitete und sich wie ein Geschwür in seine wirren Gedanken fraß. Die bunte Welt begann, sich um ihn zu drehen, wurde zu einer Spirale und erweiterte sich zu einem Trichter, dessen Ränder mit den Wolken verschmolzen, und auf dessen Boden sein Bewusstsein festgeklebt war wie zäher Leim.

Nach unzählbaren schmerzhaften Augenblicken zog sich die Zeit wieder zusammen. Das Dröhnen und Brausen verdichtete sich zu einem rhythmischen Stampfen, das Kaltenbach als das Stolpern seiner eigenen Beine wiedererkannte. Um sich herum tauchten grün-graue Flächen auf, aus denen Fichten, Tannen und Buschwerk entstanden. Zu seinen Füßen breitete sich langsam, aber mit immer mehr Gewissheit, die alte Belchenstraße aus.

Mittwoch, 21. März, nachmittags

Kaltenbach erwachte mit steifem Hals. Er fror. Die Scheiben seines Wagens waren von innen nass angelaufen, kleine Wassertropfen glitten über silbrige Bahnen und suchten sich ihren Weg nach unten. Stöhnend versuchte er, sich aus seiner zusammengesackten Stellung aufzurichten. Mit der Hand fuhr er über die Frontscheibe und sah nach draußen. Dann riss er die Wagentür auf. Ein Schwall Kälte drängte herein und mischte sich mit der abgestandenen Luft im Innern.

Langsam kam er einigermaßen zur Besinnung. Irgendwie musste er es geschafft haben, den Weg zum Auto zu finden. Vage kehrte die Erinnerung an die Bilder des Morgens zurück, an die vielen Menschen und an die Sonne über dem Schwarzwald. Und er erinnerte sich schmerzhaft, weshalb er hierher gekommen war.

Er sah auf die Uhr, es war kurz nach eins. Der Wind frischte unangenehm kühl auf. Der blaue Himmel hatte sich in der

Zwischenzeit zugezogen und war einem diesigen Grau gewichen, dessen feuchte Ausläufer vom Gipfel des Belchen herunterkrochen. Immer mehr Menschen kamen zu ihren Autos zurück. Rufe wurden laut, Türen schlugen, Motoren wurden gestartet.

Kaltenbach sah in den Rückspiegel. Seine Augen waren verquollen wie nach einer durchzechten Nacht, die Haut fahl und zerknittert, die Haare standen nach allen Seiten. Das Bild glich dem, was er in seinem Innern fühlte.

Er hatte versagt. Er hatte im Wettlauf mit dem Bösen eine Niederlage erlitten, von deren Ausmaß er das Schlimmste befürchten musste.

Es war vermessen gewesen zu glauben, er könnte ohne die Polizei etwas ausrichten. Der Streit mit Luise vor dem alten Rathaus in Freiburg fiel ihm ein. Waren nicht die vielen angeblichen Notwendigkeiten in Wahrheit von falschem Stolz überschattet? Von einem Ehrgeiz, der ihn an Grenzen getrieben hatte, die er bisher nicht gekannt hatte und daher falsch einschätzte?

Er hatte keine Ahnung, was er Luises Mutter sagen sollte. Ob er überhaupt mit ihr sprechen sollte. Ob sie ihm überhaupt jemals wieder in die Augen sehen würde.

Er musste damit rechnen, Luise nicht lebend wiederzusehen. Blaschke konnte in seinem Wahn alles Mögliche mit ihr angestellt haben. Nach den Morden an Peter und Oberberger würde er auch hier nicht davor zurückschrecken, das Schlimmste wahr werden zu lassen und Luise als finales Opfer seines kranken Gehirns missbrauchen.

Kaltenbach wischte die Scheiben einigermaßen frei. Dann fuhr er sich ein paar Mal durch die Haare, atmete tief durch und startete den Wagen.

Er musste weg von hier. Gleich.

Kaltenbach fuhr ziellos durch den Südschwarzwald. Er kam durch kleine Orte, deren Namen er noch nie gehört hatte, und die er gleich wieder vergaß. Er fuhr schmale Waldwege entlang, bis er zu einer Schranke kam und umkehren musste. Er überquerte Brücken, passierte Wasserfälle und folgte namenlosen Bächen und Flüsschen. Von Zeit zu Zeit kam er an eine Weggabelung, an der er willkürlich eine Richtung einschlug. Das viele Grün um ihn herum beruhigte nur langsam seine wunden Nerven. Er baute Türme, Schlösser und Pyramiden in aberwitzigen Formen, zusammengesetzt aus Wenn, Aber, Vielleicht, aus Hätte und Weil, die am Ende in sich zusammenfielen wie wacklige Kartenhäuser.

Irgendwann fand er sich auf einem Waldparkplatz wieder, sitzend auf einer Bank neben einem Brunnen. Das Plätschern des Wassers wirkte wie beruhigender Gesang und brachte ihn zurück. Er ging zu der Röhre, die aus einem roh behauenen Baumstamm herausragte, und hielt den Kopf unter den Strahl. Das eiskalte Wasser zog sein Innerstes zusammen und half seinem Ich, allmählich einen festen Grund zu finden, von dem aus er nüchtern werden konnte.

Nach ein paar Minuten kehrte er zum Auto zurück und rief in Emmendingen an. Die alte Dame musste direkt neben dem Telefon gesessen haben, denn sie meldete sich sofort. Mit stockenden Worten versuchte er, ihr von seinem Misserfolg zu berichten. Zu seiner Überraschung unterbrach sie ihn schon im zweiten Satz.

»Junger Mann, glauben Sie im Ernst, dass ich dabei zusehen könnte, wenn ich nicht weiß, was mit meiner Tochter ist? Nachdem sie sich nicht gemeldet hatte, habe ich gleich am nächsten Morgen nach ihrer Abfahrt die Polizei alarmiert. Ich mache mir solche Sorgen!«

Während sie sprach, veränderte sich ihre anfangs forsche

Stimme in das stockende Schluchzen einer besorgten Mutter. Kaltenbach konnte kaum mehr tun, als ihr ein paar wohlgemeinte Worte als Aufmunterung zu sagen. Er war nicht sicher, ob sie überhaupt zuhörte und verzichtete darauf, sie mit mehr Einzelheiten zu verwirren. Es war besser, wenn sie auf Nachrichten von der Polizei wartete.

Mit ein paar raschen Abschiedsfloskeln beendete er das Gespräch. Wenn Frau Bührer die Polizei benachrichtigt hatte, blieb für ihn nichts mehr zu tun. Er konnte einzig warten und hoffen, dass seine Befürchtungen grundlos waren. Am besten war, wenn er nach Hause fuhr. Gleich.

Auf dem nächsten Ortsschild las er den Namen ›Menzenschwand‹. Seine Orientierung kehrte zurück. Wenige Kilometer weiter sah er die große Wasserfläche des Schluchsees durch die Fichtenstämme glitzern. Hier war im Sommer schon mehrfach das Ziel seiner Motorroller-Touren gewesen. Von Weitem erkannte er die kleinen weißen Punkte der Segelboote, deren Besitzer das frühlingshafte Wetter für die ersten Ausfahrten nutzten.

Er entschied sich, über Titisee und das Glottertal nach Emmendingen zu fahren. Die Konzentration auf den Verkehr ließ seine Lebensgeister zurückkehren, und er spürte, dass er seit dem schnellen Frühstück in Neuenweg nicht mehr gegessen hatte. In Bärental bei der Abzweigung zum Feldberg hielt er neben einer Pizzeria, die er von früheren Ausflügen her kannte. Das Lokal war gut besucht. An einem Fenstertisch stand eben ein ledergekleidetes älteres Ehepaar auf und überließ ihm ihren Platz. Kaltenbach bestellte eine große Pizza nach Art des Hauses und machte sich auf den Weg zur Toilette. Vor dem Spiegel versuchte er, sein Äußeres mithilfe von Wasser, Handseife und einem alten Kamm, den er in den Tiefen seines Handschuhfachs gefunden hatte, einigermaßen in Form zu bringen.

Die ›Art des Hauses‹ schien ein Sammelsurium von all dem zu sein, was die Küche hergab. Trotzdem schmeckte die eigenwillige Zusammenstellung aus Pilzen, Anchovis, Okraschoten und süßsauren Mangostückchen erstaunlich gut.

Wie konnte es sein, dass Sutter sich derart getäuscht hatte? Er hatte sehr deutlich von heute gesprochen, vom 21. März, an dem Tag und Nacht gleich lang sind. Kaltenbach staunte noch im Nachhinein, dass es derart viele Esoterik-Jünger gab, die diesen Termin ebenfalls kannten und auf ihre spezielle Weise zelebrierten.

Kaltenbach hatte sich inzwischen in die Tiefen seiner Überraschungspizza vorgearbeitet. Bei seiner Tour durch die Fantasie des Küchenchefs stieß er eben auf eine kleine Kolonie fein geschnittener Chili-Röllchen, die ihm das Wasser in die Augen trieben.

Trotzdem musste da mehr sein. Sutter hatte sogar von Magie gesprochen. Er hatte Blaschke vorgeworfen, den ›Weißen Pfad‹ verlassen und verbotenes Gebiet betreten zu haben. Schwarze Magie. Vor Jahren hatte Kaltenbach Einiges darüber gelesen, als er sich eine Zeit lang mit Theosophen, Rosenkreuzern und Freimaurern beschäftigt hatte. Einer der Abtrünnigen hatte sich selbst das ›Große Biest‹ genannt und seine Anhänger dadurch fasziniert, dass er konsequent alles auf den Kopf gestellt hatte, alles, was den etablierten Gemeinschaften wertvoll und heilig war. Ein auf die Spitze gestelltes Pentagramm war sein Zeichen.

Kaltenbach kaute an den letzten Stücken seiner Pizza. Der Tintenfischring schmeckte nach Knoblauch und Lavendel.

Die Umkehrung aller Dinge. Blutopfer statt Leben. Das Kruzifix als Symbol der Liebe zerbrochen und geschändet. Statt Segen am Grab des Toten Fluch bis über den Tod hinaus.

Immer noch fehlte das letzte Puzzleteil zu dem Bild, das sich vor Kaltenbachs innerem Auge in beklemmender Düsternis noch einmal zusammensetzte. Ein Gedanke kam ihm auf, über den er erschrak. Der erste Mord war bei Vollmond am Kandel geschehen, ein den Kelten ebenso heiliger Berg wie der Belchen. Der Belchen als Sitz des Sonnengottes Bel, der Kandel als Berg der Hexen und des Teufels. Hatte er heute Morgen am falschen Ort gesucht? Lag Luise vielleicht längst an derselben Stelle wie ihr Bruder? Dasselbe Blut in zwei Leibern?

Kaltenbach starrte auf das letzte Stück Pizzarand in seiner Hand. Die Umkehrung aller Dinge. Während des Studiums hatte er einmal eine Ferienvorlesung zu Nietzsche besucht und gestaunt, mit welcher Konsequenz der später Umnachtete diesen Gedanken zu Ende gedacht hatte. Wenn dies auch Blaschkes Konsequenz war? Wenn er bereit war, bis zum Letzten alles zu riskieren? Warum war er dann nicht bei Sonnenaufgang …

Kaltenbach ließ das Pizzastückchen zurück auf den Teller fallen. Schlagartig wich das Blut aus dem Gesicht. Sein Herzschlag stockte und ein Hitzeschwall überzog sein Inneres.

Der Sonnenaufgang.

Das musste es sein. Blaschke würde den Schritt in die Anderswelt nicht am Morgen gehen, wenn Licht, Helligkeit und Wärme in den Tag hineinfluteten, wenn Belenus in Gestalt der Sonne über dem Schwarzwald emporstieg. Nein. Es würde am Abend sein, bei Einbruch der Dunkelheit. Hinein in die Nacht!

Kaltenbach sah auf die Uhr, es war kurz nach fünf. Er sprang auf. Jetzt zählte jede Minute. Dieses Mal durfte er nicht zu spät kommen. Im Vorbeigehen warf er einen Zwanzigeuroschein auf den Tresen und riss seine Jacke vom Garderobenhaken. Augenblicke später jagte er seinen Wagen die B 317 den Feldberg hinauf.

Seine Hoffnung erhielt einen gewaltigen Dämpfer, als er gut eine Dreiviertelstunde später die Seilbahn geschlossen fand. Letzte Bergfahrt 17 Uhr! Auch die Schranke war geschlossen, wie die Male zuvor.

Er stieß einen Fluch aus. Mit der Seilbahn hätte er fünf Minuten gebraucht. Jetzt lieferte er sich erneut einen Wettlauf mit der Sonne. Im Westen rissen die düsteren Wolken auf, die den ganzen Tag über dem Schwarzwald hingen. Hinter dem Grau kamen vereinzelt blaue Inseln zum Vorschein. Die Ränder der Wolkenlöcher färbten sich gelb und orange.

Kaltenbach hastete in einer Art schnellem Walking-Schritt vorwärts. Schon nach wenigen Minuten ging sein Atem stoßweise und begann zu pfeifen, und die kühle Abendluft quetschte sich schmerzhaft in seine Lungen.

Zwischendurch sah er immer wieder auf die Uhr, doch die Zeiger schienen sich schneller zu bewegen als er selbst. Er war sicher, dass Blaschke den Zeitpunkt des Sonnenuntergangs genau einhalten würde. Dieser besondere Moment würde der Mittelpunkt seines Vorhabens sein. Aber wann genau war das? Kaltenbach ärgerte sich, dass er im Kalender gestern Abend nicht nachgeschaut hatte, als er die Pensionswirtin im ›Belchenblick‹ nach dem Tagesbeginn fragte.

Mit der Baumgrenze kam die Grenze seiner Kraft. Er musste seine Schritte deutlich reduzieren, den brennenden Lungen Erholung verschaffen. Verzweifelte Rechenspiele schossen ihm durch den Kopf. Heute morgen war die Sonne gegen halb sieben aufgegangen. Wenn heute Tag und Nacht gleich lang waren, würde genau zwölf Stunden später Sonnenuntergang sein.

Wieder sah er auf die Uhr. Der Minutenzeiger bewegte sich auf die Zwei zu. Noch 20 Minuten.

Vor dem Belchenhaus war jetzt kein Mensch mehr zu sehen. Die ganze bunte Schar war verschwunden. Nur in einem der

Fenster brannte noch Licht, wahrscheinlich saß der Wirt über seiner erfolgreichen Tagesabrechnung. Kaltenbach hielt sich nicht weiter auf und hastete direkt weiter auf den Gipfelweg. Der Wahnsinnige musste ganz oben sein, und er musste ihn finden.

Kurz bevor er die letzte Kurve vor dem Gipfel erreichte, überfiel ihn ein plötzlicher Schwindel. In die Anstrengung mischte sich tödlicher Zweifel. Was war, wenn Luise gerade jetzt auf dem Kandel war? Oder auf dem Gipfel des Blauen? Auf dem Schauinsland?

Kaltenbach hielt einen kurzen Moment inne. Da war noch etwas anderes. Etwas, was er hier oben überhaupt nicht erwartete. Ein Geruch, der von oben herangeweht kam. Der Geruch von brennendem Benzin. Ein heller Schimmer waberte über dem dunklen Schwarzwaldhorizont.

Er stolperte die letzten Schritte vorwärts. Und dann sah er es.

Das mächtige hölzerne Gipfelkreuz stand in Flammen!

Mittwoch, 21. März, abends

Er war vollkommen überwältigt von dem unglaublichen Schauspiel. Das Feuer hatte die Kreuzbalken völlig eingehüllt, in wirrem Züngeln flackerten die Flammen aus dem Holz. Es knisterte und knallte unaufhörlich. In dicken Schwaden bäumte sich der Qualm hoch hinauf in den Abendhimmel, der über dem Kreuz weithin leuchtete. Die ungeheure Hitze breitete eine undurchdringliche Wand aus. Einige Meter davor musste Kaltenbach stehen bleiben. Dann schritt er langsam um die Flammensäule herum.

Blaschke hatte es wahr gemacht. Das Symbol des Lebens, der Auferstehung, der Liebe, Leitbild der gesamten abendländischen Kultur, geschändet von der zerstörerischen Wucht des Feuers. Ein Fanal des Todes.

Und der letzte Beweis für seinen Wahn. Kaltenbach kam jäh wieder zu sich. Wo war Luise? Nach allen Seiten hin war niemand zu sehen. Rings um das Kreuz breitete sich die weite Schneefläche aus. Im Halbdunkel sah er ein paar Weidezäune, ein paar Schritte entfernt die beiden Bänke, den Sockel mit der Metallrosette und den Himmelsrichtungen, ein wenig entfernt den alten Stein, der einst die Grenze zwischen Baden und Vorderösterreich markierte. Im Osten und Norden schoben sich die dunklen Abendwolken immer weiter zusammen. Nach Westen hin riss die graue Masse dagegen weiter auf. Kaltenbach sah, wie die Sonne sich zusehends zum Horizont hinuntersenkte.

Ohne nachzudenken, rannte er los. Wenn Blaschke irgendwo hier oben war, musste er im Westen sein, dort, wo er den Gang der Sonne am längsten verfolgen konnte, dort, wo in ein paar Minuten über dem Elsässer Belchen die goldene Himmelsscheibe hinuntersinken würde.

Kaltenbach ignorierte seine schmerzenden Beine und die brennenden Lungen. Es war reine Willenskraft, die ihn jetzt vorwärtstrieb. Er trat auf einen losen Stein unter dem Schnee, wankte, fing sich wieder, stolperte erneut, stürzte, rappelte sich wieder auf, stürzte erneut.

Von der Stelle aus, an der der Weg sich abwärts wandte, sah er sie. Schräg unterhalb, auf einem etwa 30 Meter hinausragenden Felsvorsprung, erkannte er die dunkle Silhouette zweier Gestalten, die sich im Licht der untergehenden Sonne abzeichneten. Beide bewegten sich nicht. Kaltenbach schlich langsam näher. Der untere Rand der Sonnenscheibe berührte in diesem Moment weit hinter der Rheinebene den

Bergkamm der Vogesen. Gleichzeitig richtete sich die größere
der beiden Gestalten hoch auf und hob die Arme weit ausgebreitet zum Himmel.

Der Hagere stand in derselben Haltung wie an Peters Grab.
Kaltenbach hörte eine Art Sprechgesang. So leise wie möglich
näherte er sich ihnen auf dem schmalen Weg, der zu beiden
Seiten steil abfiel. Als er bis auf 20 Meter herangekommen
war, erkannte er Luise. Sie kniete neben Blaschke auf dem
Boden, die Hände vor der Brust gekreuzt und den Blick starr
nach vorn gerichtet.

Wie ein keltischer Druide war Blaschke ganz in Weiß gekleidet. Ein langer, wollener Umhang bedeckte ihn vom Hals über
die Arme bis zum Boden. Eine silberne Kordel war um seine
Hüfte geschlungen, darin steckte ein reich verzierter Dolch.
In der linken Hand hielt er den Großen Torques, die rechte
war leer. Seine langen Haare waren offen und bewegten sich
im Abendwind. Auf dem Kopf trug er ein großes Geweih, an
dessen Enden schmale weiße Bänder flatterten.

Auch Luise war weiß gekleidet. Sie trug eine Art Toga,
Beine und Arme waren nackt. Um ihre blonden Haare trug
sie einen Kranz aus Mistelzweigen.

Immer näher schob sich Kaltenbach heran. Die Sonne
war in den letzten beiden Minuten etwa zur Hälfte hinter
dem Horizont untergetaucht. Der Druide unterbrach seinen
Gesang, nahm den rechten Arm herunter und griff zu dem
Dolch in seinem Gürtel.

Kaltenbach war jetzt so weit herangekommen, dass er den
Mann mit einem Sprung erreichen konnte. Blaschke war größer und hatte eine Waffe. Wenn er ihn überrumpeln wollte,
blieb nur die Überraschung. Doch er durfte Luise nicht gefähr-
den, die am Rande des kleinen Plateaus nur eine Handbreit
vom Abgrund entfernt kauerte.

Mit einer raschen Bewegung zog sich der Druide plötzlich die Dolchklinge über den Arm, der den Torques hielt. Sofort quollen dicke Blutstropfen heraus. Er beugte den Arm über Luise, sodass ihr das Blut von der Stirn über das Gesicht lief. Immer noch verzog sie keine Miene. Bis auf einen schmalen goldenen Rand war die Sonne fast ganz hinter den Bergen verschwunden. Blaschke hob den Dolch und holte aus.

Mit einem wilden Schrei stürmte Kaltenbach vorwärts. Von hinten umklammerte er seinen Hals und fasste gleichzeitig das Handgelenk hinter dem Messer. Doch der Hagere hatte die Überraschung schnell überwunden. Er bäumte sich mit aller Macht auf und bekam seinen rechten Arm frei. Mit wilden Bewegungen stach er nach hinten. Kaltenbach schrie auf, als ein heftiger Schmerz seinen Oberschenkel durchzuckte. Verzweifelt versuchte er, Blaschkes Hals noch fester zuzudrücken. Er begann zu röcheln und fuhr erneut wild mit dem Dolch um sich. Dieses Mal passte Kaltenbach besser auf. Es gelang ihm, dem Stoß auszuweichen und den Arm zu fassen. Sofort drehte er ihn mit aller Kraft hinter den Rücken. Jetzt war es Blaschke, der vor Schmerzen aufstöhnte.

Die Sonne war inzwischen nicht mehr zu sehen. Das Gold der Abschiedsstrahlen verfärbte sich orange, die Wolken über ihnen überzogen sich mit zartem Rot, das mit jeder Sekunde dunkler und kräftiger wurde. Kaltenbach mobilisierte die allerletzten Reserven. Er spürte, wie seine Kräfte erlahmten. Mit einem verzweifelten Ruck riss er den Arm hoch. Blaschke stieß einen Schrei aus und ließ den Dolch fallen, der irgendwo zwischen den Kämpfenden zur Erde fiel.

»Es ist vorbei! Geben Sie auf!«, stieß Kaltenbach keuchend hervor. Doch im selben Moment bückte sich Blaschke nach vorn und stieß gleichzeitig mit dem Fuß an Kaltenbachs blutendes Bein. Erneut überschwemmte ihn ein heftiger Schmerz.

Der Druide nutzte diese Schwäche, um sich aus dem Klammergriff zu lösen. Er wirbelte herum und stand ihm nun mit vorgebeugten Schultern und kampfbereit gegenüber. Aus seinen Augen funkelte der Wahn.

»Sie!«, stieß er zischend hervor, als er Kaltenbach erkannte. »Sie haben mir alles zerstört! Die große Beschwörung ist zunichte gemacht.« Langsam kam er auf Kaltenbach zu. »Aber niemand kann Balor aufhalten!«

Kaltenbach wagte einen letzten Versuch. Er warf den Kopf nach hinten und sah dem Druiden direkt in die Augen.

»Balor. Dass ich nicht lache. Der falsche Doktor Gerstner vielleicht?«

Sein Gegenüber stieß ein dumpfes Stöhnen aus.

»Oder sollte ich vielmehr Frank Blaschke sagen?«

Der große, weiß gekleidete Mann erstarrte mitten in der Bewegung. Seine Haare hingen ihm wild in die Stirn, das Geweih war längst heruntergefallen. Wie in Zeitlupe hob er seine beiden Hände an die Schläfen, als ob er sich gegen einen übermächtigen Dämon schützen müsse.

»Das ... ist ...« Mühsam entrang er seiner Kehle ein paar unverständliche Worte. Dann hob er den Kopf. »Niemals wieder wird mich ein Sterblicher mit diesem Namen nennen. Niemals wieder!«

Wild brüllend stürzte er auf Kaltenbach zu. Mit einem kleinen Schritt wich er dem Angreifenden aus und hieb ihm gleichzeitig heftig in die Seite. Von der Wucht seines eigenen Angriffs wurde Blaschke umgerissen. Er trat ins Leere, wankte und glitt am Rande des Felsgrates ab. In allerletzter Sekunde krallten sich seine Finger in die freiliegende Wurzel einer kleinen zerzausten Fichte, die an dieser Stelle seit Jahren um ihr Überleben kämpfte.

Kaltenbach trat von oben an die Kante. Der Mann versuchte

vergebens, mit den Füßen an den glatten eisigen Felsen Halt zu finden. Hilflos baumelte sein Körper über der Tiefe. Unter ihm fiel der Fels mindestens 20 Meter tief ab. Sein Schicksal lag in Kaltenbachs Händen.

In diesem Moment hörte Kaltenbach eine verlockende Stimme: »Er hat den Tod verdient. Er ist ein Mörder, ein Betrüger, ein Dieb.« In seinem Innern kämpfte es.

Plötzlich hörte er ein Wimmern und kam zu sich. Der Himmel im Westen hatte sich inzwischen blutrot gefärbt. Der Vollmond schob sich im Osten bleich hinter den Wolken hervor. Breite, funkelnde Streifen durchzogen den Abendhimmel. Weit hinter ihm auf dem Berg brannte das Kreuz. Kaltenbach sah, wie Luise den Kopf gedreht hatte und zu ihm hersah. Er kniete sich nieder und streckte die Hand nach unten.

»Kommen Sie, ich helfe Ihnen.«

Der Druide sah nach oben. In seinen Augen spiegelten sich Überraschung und Misstrauen.

»Sie können mir nicht helfen!«, stieß er hervor.

»Doch, Blaschke. Andere werden Ihnen helfen. Es gibt Möglichkeiten …«

»Nein, nein!«, schrie er. »Nie wieder. Ich bin Balor!« Er riss den Kopf nach oben. Für einen kurzen Augenblick sah Kaltenbach sein Gesicht weich werden, sah einen Menschen, den er noch nie gesehen hatte.

»Ich werde frei sein«, lächelte er. »Frei!«

Im selben Moment ließ er die Baumwurzel los. Die weiße Gestalt verschwand im Dunkel der Nacht.

EPILOG

Das zarte Weiß der Blütenblätter schimmerte hell im Licht der Märzsonne. In den Bäumen zwitscherten die Vögel. Die Luft war erfüllt vom Summen unzähliger Insekten.

Luise legte die langstielige Lilie auf die angehäufte Erde. Kaltenbach stand schweigend daneben. Er spürte, dass dieser Moment ihr ganz allein gehörte. Nicht nur Peter hatte seinen Frieden gefunden.

Luise hielt eine Weile den Kopf gesenkt. Dann wandte sie sich zu Kaltenbach um und hakte sich bei ihm ein.

»Lass uns gehen«, lächelte sie und wischte sich eine blonde Lockensträhne aus der Stirn. Ihre Augen funkelten unternehmungslustig. »Hast du Lust auf ein Eis bei ›Saviane‹?«

Kaltenbach nickte. Nach ein paar Schritten waren sie auf dem breiten Weg, der abwärts zur Friedhofskapelle führte. Der Bergfriedhof zeigte sich in den letzten Märztagen von seiner besten Seite. Überall sprossen Blumen aus dem Boden. Büsche und Bäume waren überzogen mit zartem Grün. Zwischen den Grabsteinen huschten Amseln und freche Spatzen hin und her.

»Warum hast du ausgerechnet eine Lilie ausgesucht?«, fragte Kaltenbach, nachdem sie eine Weile schweigend die Nähe des anderen gespürt hatten.

»Gerechtigkeit. Von Anfang an wusste ich, dass es nicht stimmen konnte, was alle vermuteten. Die Lilie ist das Zeichen der Unschuld. Schau dir die Bilder von Mariä Verkündigung an.«

Kaltenbach hatte die christlichen Symbolbilder der alten Meister bisher eher mit beiläufigem Interesse betrachtet. Doch er erinnerte sich und nickte. »Sind Gerechtigkeit, Recht und Rache nicht ganz ähnlich klingende Worte?«

»Ich wollte keine Rache. An deiner Stelle hätte ich auf dem Belchen genau so gehandelt.«

Sie verließen den Friedhof durch das Haupttor und bogen auf den Weg ein, der in schmalen Stufen hinunter zum Stadtgarten führte. Auch dort gab es überall die Boten des Frühlings. Die Rosen trieben kräftig, die Blütenrabatte lockten die Bienen. Vom nahe gelegenen Kindergarten drang fröhliches Geschrei herüber.

»Letztlich war es ein Mord aus Versehen«, meinte Kaltenbach nachdenklich. Sie liefen die schnurgerade Platanenallee entlang in Richtung Stadtkirche. »Genau das hat mich bis zum Schluss gestört. Es gab kein Motiv.«

»Ein Verbrechen war es trotzdem. Nicht aus Versehen, eher ungeplant. Blaschke hatte nicht damit gerechnet, dass ihn in jener Nacht jemand stören würde. Er hat dann rasch entschieden, und sich die Situation zunutze gemacht. Mit dem Tod Peters erhielt sein Opfer eine ungeahnte Steigerung.«

Auf dem Schlossplatz blieben sie einen Moment stehen. Die Stühle waren fast alle besetzt. Auch auf der Begrenzungsmauer saßen die Sonnenhungrigen und hielten ihr Gesicht in den Frühling. Ein kleines Mädchen rannte glücklich einer Schar Tauben hinterher.

»Sutter hatte recht. Mit dem Menschenopfer hatte er eine Grenze überschritten«, meinte Kaltenbach. »Außerdem hat er von Anfang an gewusst, wer du bist. Er hat dich bei der Beerdigung gesehen und wiedererkannt, als wir zum ersten Mal auf dem Sonnenhof waren. Von da an warst du in Gefahr.«

Das Mädchen klatschte in die Hände. Die Tauben erhoben sich gleichzeitig und flogen einen eleganten Schwung bis auf das Dach des Lenzhäuschens.

»Genug jetzt!« Luise stieß ihn aufmunternd in die Seite. »Ich habe Lust auf Eis. Mit oder ohne Sahne?«

»Schwarzwaldbecher.«

Am späten Nachmittag war Kaltenbach zurück in Maleck. Vom Friedhof herunter kam Herr Gutjahr von seinem zweiten Tagesspaziergang zurück.

»Sali!«

»Sali.«

»Wie goht's?«

»'s goht.«

Kaltenbach stieg die Treppe hinauf. In seine Frühlingsgefühle mischte sich unendliche Müdigkeit. Er riss in allen Zimmern die Fenster auf und ließ frische Luft herein. Von der Küche aus sah er zum Kandel hinüber. Seine Kuppe hatte das Weiß des Winters fast abgestreift. Die Spätnachmittagssonne ließ die Scheiben des Berghotels aufblitzen. Kaltenbach hielt einen Moment inne, dann ging er zurück auf den Flur und zog Jacke und Schuhe aus. Vor seinem Plattenregal blieb er kurz stehen und zog eine Scheibe heraus.

»Sun is shining, weather is sweet ...«

Der karibische Rhythmus breitete sich im Zimmer aus und ließ sein Herz höher schlagen. Bob Marley war der größte.

»... makes ya wanna move ya dancin' feet!«

Heute Abend würde er etwas Feines kochen. In der Küche und im Kühlschrank warteten die Einkäufe vom Wochenmarkt. Ein raffinierter Auflauf vielleicht? Eine Pasta mit frischen Gewürzen? Oder doch etwas Aufwendigeres mit Fisch ...

Sein Blick fiel auf das Paket, das auf dem Tisch vor dem Fernseher stand. Luise hatte es mitgebracht, als sie ihn zum Friedhofsbesuch abholte. »Ein kleines Dankeschön«, hatte sie gesagt. »Aber erst heute Abend aufmachen. Mit Vorsicht!«

Kaltenbach riss das hellbraune Packpapier auf. Darunter kam ein türkisfarbenes Tuch zum Vorschein, das er langsam zur Seite zog. Die filigrane Elfe aus dem Atelier sah ihn an. Ein zusammengerollter Zettel steckte unter einem Bein.

Kaltenbach faltete ihn auseinander und las.

»Es gibt Dinge im Leben, die kann man nicht kaufen.«

Kaltenbach ließ sich auf das Sofa fallen.

Er lächelte.

ENDE

*Weitere Krimis finden Sie auf den
folgenden Seiten und im Internet:
www.gmeiner-verlag.de*

Edi Graf
Kriminalpolka
978-3-8392-1424-4

»Satirischer Krimi im Musikantenmilieu, der Konzertgängern, Musikliebhabern und Krimifreunden gleichermaßen Spaß und Spannung bietet!«

Tatort Konzertbühne. Ein Giftpfeil beendet die Karriere des erfolgreichen Posaunisten Langfried Schieber. Na ja, einer weniger, mag mancher denken, doch die massige Sängerin Constanze Voorte-Sing will es genau wissen und setzt den berühmten Kommissar Rainer Tsuval auf den Täter an. Bei seinen Ermittlungen stößt er auf Zyanid im Posaunenmundstück, und bald geschehen weitere merkwürdige Morde.

Wir machen's spannend

Eva-Maria Bast
Tulpentanz
978-3-8392-1413-8

»Der zweite Fall für Strobehn und Tuleit – Hochspannung zwischen Aalen und dem Bodensee!«

Leonhard Bux, der junge Geliebte der Firmenchefin Helena Eichenhaun, wird am Bodenseeufer tot aufgefunden. Zeitgleich verschwindet in Aalen die Pfeife des Spions – eines Wahrzeichens der Stadt. Gibt es einen Zusammenhang zwischen den Fällen? Alexandra Tuleit und Kommissar Ole Strobehn enthüllen eine unglaubliche Geschichte, die tief in die Vergangenheit führt. War Leonhard nicht der, für den er sich ausgab? Wer ist der Maulwurf, der Helenas Firma fast in den Ruin trieb? Und dann gibt es noch eine Leiche …

Wir machen's spannend

Michael Boenke
Kuhnacht
978-3-8392-1416-9

»Zufallsermittler Bönle schlittert in seinen vierten Fall.«

Ein abgetrenntes Körperteil im Ried. Ein Junge, der von einer Brücke springt. Berufsschullehrer Daniel Bönle hegt den Verdacht, dass seine Schüler mit okkulten Umtrieben in der Umgebung zu tun haben. Bei einer nächtlichen Floßfahrt spitzen sich die Ereignisse dramatisch zu, als Daniels Freundin Cäci auf eine Gruppe stößt, die bizarre Rituale ausübt. Als ein eigentlich toter Schüler erneut getötet werden soll, beschließt Bönle, die Hintergründe zu erforschen …

Wir machen's spannend

Ralf Waiblinger
Hasenpfeffer
978-3-8392-1444-2

»Ein Tierkrimi voll Spannung, Witz und Ironie, mit 26 brillanten Illustrationen.«

Hasardeur! Kommissar Spekulantius Bösenschreck – ein Hund – löst auf dem Höhepunkt seiner Karriere seine Fälle mit schlampiger Polizeiarbeit und skrupellosen Ermittlungsmethoden. Im jüngsten Fälschungsskandal um hochwertige Markenuhren unterschätzt er seinen Gegner, den »Pane« – einen Hasen. Die amüsante, aber keineswegs harmlose Hetzjagd um Mord, Betrug und Erpressung kostet Bösenschreck buchstäblich sein bisheriges Leben.

Wir machen's spannend

Oliver Wolf
Kesselsturm
978-3-8392-1446-6

»Ein Serienmörder bringt die Stuttgarter um den Schlaf. Wen trifft es als Nächstes?«

Nicht genug, dass die neue Landesregierung den Bau von Windkraftanlagen in und um Stuttgart in Auftrag gibt und damit in der Bevölkerung für Unruhe sorgt. Nun halten auch noch brutale Morde die Stadt in Atem.

Alles deutet auf einen Serienmörder hin. Die Ermittler Antonia Ronda und André Bürkle heften sich an die Fersen des Täters. Eine tödliche Hetzjagd beginnt …

Wir machen's spannend

Unsere Lesermagazine
2 x jährlich das Neueste aus der Gmeiner-Bibliothek

Alle Lesermagazine erhalten Sie in Ihrer Buchhandlung oder unter www.gmeiner-verlag.de.

24 x 35 cm, 32 S., farbig; inkl. Büchermagazin »nicht nur« für Frauen

10 x 18 cm, 16 S., farbig

GmeinerNewsletter
Neues aus der Welt der Gmeiner-Romane

Haben Sie schon unsere GmeinerNewsletter abonniert?

Monatlich erhalten Sie per E-Mail aktuelle Informationen aus der Welt der Krimis, der historischen Romane und der Frauenromane: Buchtipps, Berichte über Autoren und ihre Arbeit, Veranstaltungshinweise, neue Literaturseiten im Internet und interessante Neuigkeiten.

Die Anmeldung zu den GmeinerNewslettern ist ganz einfach. Direkt auf der Homepage des Gmeiner-Verlags (www.gmeiner-verlag.de) finden Sie das entsprechende Anmeldeformular.

Ihre Meinung ist gefragt!
Mitmachen und gewinnen

Wir möchten Ihnen mit unseren Romanen immer beste Unterhaltung bieten. Sie können uns dabei unterstützen, indem Sie uns Ihre Meinung zu den Gmeiner-Romanen sagen! Senden Sie eine E-Mail an gewinnspiel@gmeiner-verlag.de und teilen Sie uns mit, welches Buch Sie gelesen haben und wie es Ihnen gefallen hat. Alle Einsendungen nehmen automatisch am großen Jahresgewinnspiel mit attraktiven Buchpreisen teil.

Wir machen's spannend